प्रेमचंद के श्रेष्ठ निबन्ध

प्रेमचंद के श्रेष्ठ निबन्ध

सम्पादक

प्रो. सत्यप्रकाश मिश्र

लोकभारती प्रकाशन

पहली मंजिल, दरबारी बिल्डिंग, महात्मा गाँधी मार्ग, इलाहाबाद-1

लोकभारती प्रकाशन
पहली मंजिल, दरबारी बिल्डिंग, महात्मा गाँधी मार्ग
प्रयागराज-211 001211 001
वेबसाइट : www.lokbhartiprakashan.com
ईमेल : info@lokbhartiprakashan.com

शाखाएँ : 1-बी, नेताजी सुभाष मार्ग, दरियागंज
नयी दिल्ली-110 002
अशोक राजपथ, साइंस कॉलेज के सामने
पटना-800 006 (बिहार)
1, अनमोल सोराबजी संतुक लेन
मरीन लाइंस, मुम्बई-400002

प्रथम संस्करण : 2013
पंचम संस्करण : 2024

आस्था पेपर कन्वर्टर
प्रयागराज द्वारा मुद्रित

PREMCHAND KE SHRESTH NIBANDH
Edited by Satyaprakash Mishra

ISBN : 978-81-8031-762-0

मूल्य : ₹ 160

अनुक्रम

प्रस्तावना

प्रेमचंद उस अर्थ में निबंधकार नहीं हैं जिस अर्थ में बालकृष्ण भट्ट, प्रताप नारायण मिश्र और बाल मुकुन्द गुप्त हैं। उनके निबन्धों में उस प्रकार का लालित्य तत्व भले न हो, परंतु भाषा का प्रयोग अपने समय को लोकहित में रूपान्तरित करने के लिए वे वैसे ही वैयक्तिक आग्रह के साथ करते हैं जैसे भट्टजी आदि कर रहे थे। अपने पाठकों को अपने पक्ष में करना प्रेमचंद की सभी रचनाओं की विशेषता है—निबन्धों की तो है ही। वे कांग्रेस के बाकायदा सदस्य थे। महात्मा गाँधी के नेतृत्व पर उनकी आस्था थी, परंतु कांग्रेस की नीतियों के प्रचार, विस्तार तथा स्वीकृति के साथ ही साथ दलबन्दी, स्वार्थी तत्त्वों की बढ़ोतरी और गलत दिशा संकेतों की निराला की तरह ही वे निन्दा करते थे। सन् १९३१ तक कांग्रेस से उनका मोहभंग होता नजर आने लगता है। उस समय के अनेक तेजस्वी लेखक संगठनों में आस्था के बावजूद आँख-कान खुले रखकर, संगठनों को प्रदूषण से न केवल बचाये रखने का प्रयत्न करते थे, बल्कि अपनी समझ के आधार पर समान भाव से सबका विश्लेषण करते थे। प्रेमचंद के निबंधों में यह रचनात्मक ईमानदारी सर्वत्र मिलती है। उन्होंने निबंध को विधा के रूप में अपने समय को पहचानने और व्याख्यायित करने का माध्यम ही नहीं बनाया, बल्कि एक पत्रकार की तरह पराधीनता से मुक्ति के लिए टिप्पणियों, प्रतिक्रियाओं और आलेखों को स्वतंत्रता संघर्ष के एक पहलू के रूप में कलम के सिपाही की तरह ग्रहण किया। 'विविध प्रसंग' के तीनों भागों में संकलित टिप्पणियाँ, लेख और समाचारपरक प्रतिक्रियाएँ इसकी प्रमाण हैं। उनकी अनेक कहानियों में इस प्रकार का आह्वानपरक तीक्ष्ण विश्लेषणात्मक तत्त्व संवादात्मक रूप में पाया जाता है। उपन्यासों की रचना में 'कलम के सिपाही' का सिपाही भाव या राजनीति के आगे चलने वाली मशाल का आगे देखू तत्त्व कितना है और इस भाव ने रचना की बनावट और बुनावट पर क्या असर डाला है, यह अलग विश्लेषण का विषय है।

प्रेमचंद के लेखों और टिप्पणियों में प्रारंभ से अन्त तक गाँव और शहर, सम्पन्न किसान और साधारण किसान, जमींदार और मजदूर; पंडे-पुजारी, महंथों द्वारा शोषित भूखे नंगे भारतीय; सूदखोर और कर्जदार, महाजन और किसान, देशी और विदेशी, स्वाधीनता और पराधीनता, सामन्त और पूँजीपति आदि का सहज परंतु विवेकपूर्ण अंतर अनेक रूपों में रचनात्मक विश्लेषण के कारक के रूप में मिलता है। उनका जगत सामान्यों का जगत है, जहाँ से विशेष और सामान्य की दुनिया साफ-साफ नजर आती है। जून और नवम्बर, १९०५ में जमाना में उर्दू में छपे उनके लेखों के कुछ उद्धरण नीचे दे रहा हूँ। प्रेमाश्रम, रंगभूमि और गोदान में किसानों के चित्रण और अवध किसान आन्दोलन आदि को साथ मिलाकर देखने से प्रेमचंद और उनके समय को समझने में खासी मदद मिलती है। गोदान के होरी की दुनिया को १९०५ के इन उद्धारणों की दुनिया से मिलाकर देखना चाहिए।

''देहाती आमतौर पर ईमानदार होते हैं। सौदा ले लिया तो उसकी कीमत अदा करने में गड़बड़ी नहीं करते हैं। अगर खुदा-न-खास्ता उनका ईमान जरा डगमगाया भी तो वह डरपोक ऐसे होते हैं कि दो चार धमकियों में सीधे रास्ते पर आ जाते हैं... बेचारा किसान सूद पर क़र्ज लेता है और निश्चित समय पर चीज की कीमत अदा करता है। जब विलायतियों को वसूली में कोई दिक्कत नहीं होती तो कोई वजह नहीं कि हमारे देशी एजेण्टों को इस काम में कोई दिक्कत हो। बस जाड़े में चीज दे आये, उसकी कीमत फसल तैयार होने पर वसूल कर ली, न कोई ठकठक न कोई बखेड़ा। व्यापार का यह ढंग उससे कहीं ज्यादा लाभदायक और देश-भक्तिपर्ण है जिसको हुण्डी कहते हैं।... व्यापार के इस ढंग से चाहे महाजन का फायदा हो, मुल्क या कौम को सरासर नुकसान होता है, क्योंकि बेचारे किसान को दोनों तरफ से नुकसान उठाना पड़ता है। उधर तो मुगल सौदागरों को एक का डेढ़ दिया और इधर अपने महाजनों को एक का सवाया देना पड़ा। बेचारे की छोटी सी आमदनी महाजनों ही भर की हो गयी।''

—जमाना जून, १९०५

''अगर शहरों में विदेशी चीजों का रिवाज कम होने लगे तो देहातों में आप से आप कम हो जायेगा। हम अपने सूबे के तजुर्बे से कह सकते हैं कि यहाँ देहाती ज्यादातर जुलाहों का बना हुआ गाढ़ा इस्तेमाल करते हैं और जाड़े में गाढ़े की दोहरी चादरें। उनको परदेसी कपड़ों की जरूरत ही नहीं महसूस होती है।''

—जमाना नवम्बर, १९०५

प्रेमचंद की दृष्टि मूलत: किसान केन्द्रित है, वही उनका मापदण्ड है। परंतु इस मापदण्ड में भी गरीब, दलित और मजदूर को वे भूलते नहीं हैं। सामन्ती विचारतंत्र के सांस्कृतिक पहलुओं और उसके प्रभावों को वे नजर अंदाज नहीं करते हैं। 'हिन्दू समाज के वीभत्स दृश्य' और 'साहित्य में घृणा का स्थान' में इस तंत्र की सर्वसत्यानाशी और शोषक प्रवृत्ति को आक्रोश के साथ न केवल वे उद्‌घाटित करते हैं, बल्कि उसकी समाप्ति की वकालत करते हैं। इन निबन्धों में उनके शब्द भाषणकला के जबर्दस्त उदाहरण लगते हैं, जो उनकी नीयत को शिद्दत के साथ प्रस्तुत करते हैं। 'पुराना ज़माना, नया जमाना' में जमींदारों और तालुकेदारों को किसानों के मामले में सबसे अधिक दोषी बताते हुए कहते हैं कि ''उचित है कि तात्कालिक हानि की चिन्ता न करके किसानों की भलाई और सुधार की कोशिश करें, स्वेच्छा से उन अधिकारों से हाथ खींच लें जो उन्हें किसानों पर प्राप्त हैं। उनसे बेगार लेना छोड़ दें, उनके साथ आदमियत का बर्ताव करें, इजाफा और बेदखली से परहेज करें ताकि जनता के दिलों में उनकी इज्जत और उनके प्रति श्रद्धा हो।'' यह नवजागरणकालीन दृष्टि उस युग के स्वदेशी आन्दोलन विदेशी पूँजी और मुक्त व्यापार के प्रति लिखे जा रहे अनेक लेखों और भाषणों में व्यक्त होती है। हिन्दी प्रदीप, सरस्वती, मर्यादा, मार्डन रिव्यू आदि पत्रिकाओं को पढ़ने से लगता है कि १९वीं शताब्दी का अंतिम और बीसवीं शताब्दी का पहला दशक बौद्धिक ऊर्जा के विस्फोट का काल है। प्रेमचंद इसी ऊर्जा के विस्फोट के प्रमाण हैं, जो उनकी रचनाओं में प्रवाहित है। सुधार-सुधार से निनादित आकाश में प्रेमचंद धीरे-धीरे अंधेरे स्थलों की गहरी पहचान करते हैं और फिर उन जगहों से उसे हटाने के प्रयत्न में यथाशक्ति लग जाते हैं। अंधेरे की यह खोज वैसे तो रचनाकार की आन्तरिक ज्वाला से ही संभव हो पाती है। निबंधों में वह ज्वाला आपको कभी-कभी झुलसा भी सकती है, क्योंकि अंधेरा अभी हटा नहीं है बल्कि कुछ जगह थोड़ा घना ही हुआ है, शायद कोहरे के कारण। प्रेमचंद को भी अंधेरे में मुक्तिबोध की तरह

बहुत कुछ समान ही दिखता है। एक अर्थ में वे भी आत्मसंभव अभिव्यक्ति की खोज में ही लगे हैं।

प्रेमचंद के लेखों में 'स्वाधीनता' महज स्वतंत्रता या सत्ता हस्तांतरण का पर्याय नहीं है। वह एक सकारात्मक भाव है, जिसे व्यक्ति को परिवार में संस्कारित करना पड़ता है। इसलिए वे बच्चों को स्वाधीन बनाने की शिक्षा और संस्कार देना चाहते हैं। स्वाधीनता का संघर्ष एक लम्बा संघर्ष है। यह चेतना लेखों और टिप्पणियों में ही नहीं उनकी कहानियों और उनके उपन्यासों में भी क्रमशः इस हद तक बढ़ती है कि उपन्यास की रचना में कोई न कोई पात्र इसे राजनैतिक न्याय और सामाजिक न्याय के रूप में परिभाषित करने लगता है। देवीदीन खटिक, मिर्जा खुर्शेद और सूरदास आदि इसे अनेक रूपों में दिखाते और कहते हैं। 'स्वराज्य' में प्रेमचंद अपने समय की गाँधीवादी शब्दावली की व्याख्या करते हुए भी स्वावलम्बन आदि पर स्वाधीनता की दृष्टि से बल देते हैं। स्वाधीन होने के लिए प्रेमचंद की दृष्टि में केवल राजनैतिक स्वतंत्रता नहीं, सामाजिक स्वतंत्रता भी आवश्यक है। धर्म और अर्थ की पराधीनता औपनिवेशिक गुलामी से कम खतरनाक नहीं है। प्रेमचंद शताब्दियों से शोषित, चेतना विलयित लोगों को देखकर धर्म के भयानक शोषण पर बार-बार प्रहार करते हैं। भारतीय समाज में धर्म के माध्यम से होने वाले शोषण को जितना प्रेमचंद ने रेखांकित किया है, उतना किसी ने नहीं। मेरी जानकारी में बालकृष्ण भट्ट के बाद वे एकमात्र व्यक्ति हैं, जो यह कहते हैं कि ''मेरा ख्याल है कि समाज में जितनी अनीति है उनमें सबसे घृणित धार्मिक पाखंड और धूर्तता है'' (जीवन और साहित्य में घृणा का स्थान) ''ईश्वर के नाम पर उनके उपासकों ने भूमण्डल पर जो अनर्थ किए हैं और कर रहे हैं, उनके देखते इस विरोध को पहले ही उठ खड़ा होना चाहिए था। आदमियों को रहने के लिए शहरों में स्थान नहीं है, मगर ईश्वर और उसके मित्रों और कर्मचारियों के लिए बड़े-बड़े मन्दिर चाहिए। आदमी भूखों मर रहे हैं, मगर ईश्वर अच्छे से अच्छा पहनेगा और खूब विहार करेगा'' (साहित्य की प्रगति)। धर्म के जड़ और शोषक तत्व का यह उद्घाटन उनकी रचनाओं में अनेक रूपों में है। 'गोदान' के नामकरण और कथ्य में यह शोषण के अदृश्य हाथों के रूप में अनुस्यूत ही है। अर्थ के शोषण में प्रेमचंद सम्पत्ति को साम्यवाद के प्रभाव के कारण १९३२-३३ तक धर्म आदि के शोषण का भी कारण मानने लगते हैं। ''हमारे जितने मत हैं, वे सब इसी विद्रोह के स्मारक हैं, किन्तु उन विद्रोहों में कलह की जो मुख्य वस्तु थी वह ज्यों की त्यों बनी रही। सम्पति में हाथ लगाने का किसी को या तो साहस ही नहीं हुआ या किसी को सूझी ही नहीं। जो इन सारी दुर्व्यवस्थाओं का मूल था वह इतने सौम्यवेश में धर्म और विद्या और नीति के आवरण में महान बना हुआ बैठा था कि किसी को उसकी ओर सन्देह करने की प्रेरणा भी न हुई।'' ऐसा नहीं कि प्रेमचंद इन दोनों पुरुषार्थों की भूमिका से परिचित नहीं हैं। वे इनके अंध विरोध या अविवेकपूर्ण विरोध के भी खिलाफ लिखते हैं, जो बौद्धिक प्रतिक्रिया का लक्षण है।

सामाजिक परिवर्तन भारतीय प्रकृति और मूल्यों के व्यापक दायरे के भीतर हो, दु:खी, पीड़ित, गरीब मजदूर किसानों का शोषण बन्द हो, परन्तु इसके साथ ही साथ मानवीय सम्बन्ध अधिक उज्ज्वल रूप में बने रहें—यह उनकी आकांक्षा है। उनके लेखों में इसके कारण कभी-कभी परस्पर विरोध दिखायी पड़ता है, सुसमंजस बौद्धिकता की कमी मिलती है, परंतु समग्र रूप में पीड़ित विवेक चेतना के इसी दबाव के कारण वे मूल्यवादी हो जाते हैं। इस अर्थ में वे आदर्श को सदा सामने रखते हैं और रचना के स्तर पर इस पर बल भी देते हैं।

इसे केवल द्विवेदीयुगीन नैतिक परिवेश मानकर मानवीय मूल्यों के प्रति भारतीय संस्कृति की मूलभूत विशेषता को नकारा नहीं जा सकता है। यद्यपि एक टिप्पणी में वे संस्कृति नाम पर किये जाने वाले दलितों आदि के शोषण का संकेत करते हैं। प्रेमचंद की नैतिकता द्विवेदीयुगीन नैतिकता से भिन्न है। वह व्यापक अर्थ में सामाजिक मूल्यों में परिवर्तन चाहती है। वह कुछ अर्थों में भारतेन्दुयुगीन गहरी सामाजिक चिन्ता से बेचैन हैं और कुछ अर्थों में धर्म और अर्थ के बन्धनों से मुक्त होकर स्वाधीनता के लिए व्याकुल हैं। प्रेमचंद न तो 'भारत व्याकुल' हैं और न अंधपश्चिम विरोधी। उनकी निगाह में भारत का नंगा, भूखा किसान और मजदूर मूल्यबीज के रूप में विद्यमान रहता है, जो उनकी रचनाओं में सर्वत्र यथार्थ को रंगता और स्थापित मान्यताओं तथा आदर्शों को आंकता रहता है। मानव चरित्रों के रहस्य को उद्‌घाटित करना, यथार्थ को किसी आइडियल के लिए प्रयुक्त करना दोनों उनके रचनाकार के चरित्रपरक पक्ष हैं।

'उद्‌देश्य के प्रति समर्पित होना', मनुष्य की विवेकपूर्ण विजय को रेखांकित करना तथा ढोंग, पाखंड, अन्याय और शोषण को बारीकी से बेनकाब करना—यह प्रेमचंद के समस्त कृतित्त्व का प्रमुख कार्य रहा है। परंतु इतना ही उन्हें लेखक नहीं बनाता और न इसके आधार पर वे वकील की तरह अपना मुकदमा तैयार करते हैं—भले ही वह साहित्यकार को ईश्वर की अदालत में जनता का वकील मानते हों। उनके समय में राष्ट्रीय स्वतंत्रता संग्राम की समग्र चेतना में सारी शक्तियों को लगाकर अंग्रेजों की गुलामी से मुक्ति प्राप्त करना—चाहे अनचाहे प्रमुख कार्य था। प्रत्येक लेखक किसी न किसी तरह यह कार्य कर रहा था। प्रेमचंद ने कहानियों, उपन्यासों पर लिखे लेखों तथा साहित्य पर दिये गये भाषणों और टिप्पणियों से साहित्य की सोद्देश्यता को न केवल रेखांकित किया है, बल्कि उसे सामाजिक परिवर्तन का माध्यम बनाने का प्रयत्न किया है। यह जरूर है कि इस प्रकार की स्थापनाओं में भी एक प्रकार का ऐतिहासिक विकास दिखता है। उनकी स्थापनाओं में क्रमशः परिवर्तन हुआ है। उनकी टिप्पणियों और उनकी रचनाओं को एक साथ रखकर देखने से कुछ महत्वपूर्ण नतीजे भी निकाले जा सकते हैं।

कहानी पर लिखे पहले लेख में कहानी और उपन्यास का अन्तर, आकार और जीवन के विस्तार को समेटने के प्रयत्न को ध्यान में रखकर किया गया है। प्रेमचंद ने एक महत्त्वपूर्ण स्थापना की है कि साहित्य समाज का दर्पण मात्र नहीं है, बल्कि दीपक है जिसका काम प्रकाश फैलाना है। प्रकारान्तर से इसका अर्थ अंधेरे को दूर करना है। उन्होंने लिखा है कि प्राचीन भारतीय साहित्य चूँकि आदर्शवाद का समर्थक है, इसलिए ''हमें भी आदर्श की ही मर्यादा का पालन करना चाहिए। हाँ यथार्थ का उसमें ऐसा सम्मिश्रण होना चाहिए कि सत्य से दूर न हो।'' 'कहानी कला २' में प्रेमचंद 'मनोवैज्ञानिक विश्लेषण' जीवन के यथार्थ और स्वाभाविक चित्रण' और 'अनुभूतियों की मात्रा के आधिक्य' को कहानी की विशेषता मानते हैं, बल्कि यह निष्कर्ष प्रस्तुत करते हैं कि अनुभूतियाँ ही रचनाशील भावना से अनुरंजित होकर कहानी बन जाती हैं।'' लेख के अंत में हिन्दी कहानी के विकसित संदर्भों को ध्यान में रखकर प्रेमचंद ने प्रभावात्मकता, आकस्मिकता, तीव्रता, संवेदनात्मकता, मितकथन और मनोभावों के प्रति संकेतात्मकता को कहानी का गुण माना है, जो कहानी विधा में कलात्मकता के प्रसार का प्रमाण है। उन्होंने स्वयं ही खुलासा किया कि 'अब कहानी का मूल्य उसके घटना विन्यास से नहीं लगाते। हम चाहते हैं कि पात्रों की मनोगति स्वयं घटनाओं की सृष्टि

करे। घटनाओं का स्वतंत्र कोई महत्त्व नहीं रहा। उनका महत्त्व पात्रों के मनोभावों को व्यक्त करने की दृष्टि से ही है... खुलासा यह कि कहानी का आधार अब घटना नहीं अनुभूति है।' प्रेमचंद की कहानी 'ईदगाह' नशा, सद्गति, 'शतरंज के खिलाड़ी' इसी प्रकार की कहानियाँ हैं। 'कहानी कला ३' में 'बौद्धिकता' मनोविज्ञान, कोमल तथा पवित्र भावनाओं का प्रोत्साहन और सत्य सेवा आदि देवत्व के अंशों का जागरण, संघर्ष और आत्मिक भाव के प्रकटीकरण को कहानी का आधार माना गया है, जो पहले दोनों लेखों में नहीं थे। परंतु इन आधारभूत तत्त्वों या विशेषताओं के कारण होने वाले परिवर्तन के बावजूद 'जीवन सत्य' का होना आव्रश्यक माना गया है, जो प्रकारान्तर से 'अनुभूति' या अनुभव का सामान्यीकरण है—वैसे तो अनुभव भी निष्कर्षात्मक होता है, परन्तु 'ज्ञानात्मक संवेदन' बनने पर वह जीवन सत्य हो जाता है।

प्रेमचंद जैसे मास्टर कथाकार द्वारा कथा समयों के इस परिवर्तन का रेखांकन उनकी कहानियों पर तो प्रकाश डालता ही है क्योंकि ये लेख एक अर्थ में संकलनों की भूमिकाओं के रूप में हैं, उनके समय के कहानी में हाने वाले परिवर्तनों को गंभीरता से रंखांकित भी करता है। हिन्दी की प्रसिद्ध कहानियों पर दृष्टिपात करने से प्रेमचंद की वस्तुपरक पहचान को रेखांकित करना आवश्यक हो जाता है। इन तीनों निबंधों में हिन्दी कहानी के विकास की तीन मंजिलों का संकेत तो है ही रचनाकारों के विकास का एक प्रतिमान भी है। 'मानव मन के रहस्य को खोलना' उपन्यास और कहानी दोनों में वे आवश्यक मानते हैं, जिसका सम्बन्ध मनोविज्ञान से है। साहित्य और मनोविज्ञान निबंध में साहित्य के वर्तमान युग को न केवल मनोविज्ञान का युग कहते हैं बल्कि चरित्रों के चित्रण में उसकी सहायता आवश्यक मानते हैं। उनके समय में मनोविज्ञान का यह प्रभाव प्रसाद, निराला और रामचन्द्र शुक्ल की रचनाओं और विचारों में ही नहीं मैथिली शरण गुप्त और महावीर प्रसाद द्विवेदी की कृतियों और लेखों में मिलता है। यह मनोविज्ञान, मनोवेगों और मनोविकारों के माध्यम से यथार्थ से यथार्थ हेतुओं की ओर प्रस्थान या प्रत्यक्ष के पीछे क्रियाशील प्रवृत्तियों की पहचान के रूप में ही प्राय: सक्रिय है। फ्रायड और युंग के अन्वेषणों का सीधा उल्लेख भले न हो, परंतु प्रेमचंद के गबन, गोदान और कायाकल्प में इसका भी प्रभाव स्पष्ट है। उनकी नैतिकता कई स्थापनाओं के स्वीकार से रोकती है। कुछ अर्थों में एक वर्जित स्पर्श उस युग के सभी लेखकों में है। जैनेन्द्र, अज्ञेय और यशपाल में मनोविज्ञान और यथार्थ के अनेक रिश्ते नये रूपों में रचनाओं के ताने-बाने में मिलते हैं।

उपन्यासों पर लिखे गए लेख उपन्यास लेखकों को ध्यान में रखकर लिखे गए हैं न कि पाठकों या आलोचकों को। ये लेख हिन्दी आलोचना में कहानी और उपन्यास पर लिखे गये एक प्रकार से पहले महत्त्वपूर्ण लेख भी हैं। इनका उद्देश्य उपन्यासों की अंधाधुंध लेखन की प्रवृत्ति को सुरुचिपूर्ण और रचनात्मक बनाना है। एक प्रकार का मानक निर्धारित करना है। इन लेखों का कार्य नये लेखकों को उपन्यास लिखने के लिए आवश्यक तैयारी करने की शिक्षा देना और विधा को सामाजिक जीवन के चित्रण के लिए उपयुक्त बनाना है। मानव चरित्र पर प्रकाश डालना और उसके रहस्य को खोलना उनकी दृष्टि में उपन्यास का मूल तत्त्व है। और इस तत्त्व की मीमांसा में उन्हें यथार्थवादी और आदर्शवादी दो दृष्टिकोण दिखायी पड़ते हैं। वे यह मानते हैं कि यथार्थ का अर्थ वह नहीं है जो हम देखते हैं, बल्कि वह है जो दिखायी पड़ रहे के पीछे होता है, जो हम नहीं देख पाते हैं। वे सिद्धांतों की पूर्ति मात्र के लिए चरित्रांकन की निर्जीवता और आदर्शहीन चरित्रांकन की निरर्थकता से बचने के लिए ही

'आदर्शोन्मुख यथार्थवाद' शब्द का प्रयोग करते हैं। उनके अनुसार 'आदर्श को सजीव बनाने ही के लिए यथार्थ का उपयोग होना चाहिए और अच्छे उपन्यास की यही विशेषता है।' सद्विचार और सद्व्यवहार से पाठकों को मोहित करने का गुण यदि उपन्यास के चरित्रों में न हुआ तो उनके अनुसार वह उपन्यास दो कौड़ी का है। साहित्य का यह व्यापक उद्देश्य प्रेमचंद को निरंतर मूल्यवादी रचनाकार बनाये रहता है। अंत में उनकी आस्था डगमगाती दिखती भी है तो मनुष्य पर से नहीं, बल्कि उन आदर्शों के डगमगाने से जो चुनाव के समय और चुनाव के बाद कांग्रेसी सरकारों के आचरण के कारण परिलक्षित होते हैं।

'जीवन में साहित्य का स्थान' में उद्देश्य परकता, यथावत विद्यमान है। कैसा साहित्य लिखा जाना चाहिए और उसके लिए कैसी तैयारी अपेक्षित है; साहित्य की राष्ट्र निर्माण में कैसी भूमिका होनी चाहिए आदि विषय किसी भी ऐसे राष्ट्र के विषय होते हैं जिस पर विजयी या शासक वर्गीय संस्कृति के प्रभाव का खतरा हो। प्रेमचंद के प्रारंभिक निबंधों में विशेषकर १९३४ ई० के पहले इस प्रकार का सुरक्षापरक मूल्यवादी भाव मिलता है। इसमें कूड़ा करकट साफ करके सुन्दर, स्वस्थ और मंगलकारी साहित्य के निर्माण का तत्त्व प्रमुख है, जिसे 'साहित्य शिक्षा' के साथ मंगलकामना मूलक राष्ट्र हितकारी भाव कह सकते हैं। "मनुष्य स्वभाव से देवतुल्य है जमाने के छल प्रपंच या और परिस्थितियों के वशीभूत होकर वह अपना देवत्व खो बैठता है। साहित्य इसी देवत्व को अपने स्थान पर प्रतिष्ठित करने की चेष्टा करता है—उपदेशों से नहीं, नसीहतों से नहीं, भावों को स्पंदित करके, मन के कोमल तारों पर चोटें लगाकर प्रकृति से सामंजस्य उत्पन्न करके" या "साहित्यकार को आदर्शवादी होना चाहिए" या "साहित्य सामाजिक आदर्शों का स्रष्टा है" या भारतीय साहित्य का आदर्श उसका त्याग और आदर्श है" आदि स्थापनाएँ 'साहित्य का उद्देश्य' की स्थापनाओं से काफी भिन्न हैं। 'साहित्य का उद्देश्य' में भारतीय संस्कृति का वर्गीय दृष्टि से मूल्यांकन है और नश्वरता आध्यात्मिकता और कलात्मकता को त्याज्य माना गया है। कहा जा सकता है कि प्रेमचंद अपने निबन्धों में साहित्य का आचार शास्त्र भी निर्मित कर रहे थे और रचनाशास्त्र भी। उनके साहित्य सम्बंधी लेखों में 'आदर्शोन्मुखता' उपादान तत्त्व है। प्रगतिशीलता को साहित्य मात्र का गुण मानते हुए प्रेमचन्द साहित्य को जीवन का प्रतिबिम्ब मानने के साथ ही साथ उसमें दीपकत्व की सामर्थ्य भी देखना चाहते हैं। दुनिया को बदलने की कोशिश और समता, न्याय आदि मूल्यों की साहित्य में प्रतिष्ठा को वे कभी नहीं भूलते हैं।

प्रेमचंद के साहित्यक निबंधों में कला पर विशेष बल नहीं है, परंतु उसका निषेध भी नहीं है। 'प्लाट' आदि की विशेषताएँ और प्राथमिकताओं पर बल देने के साथ ही साथ 'भाव परिमार्जन', 'भाव संस्कार', 'देवत्व की प्रतिष्ठा', 'आत्मा का प्रकाश', 'अनुभूति की तीक्ष्णता', 'मनोवेगों के चित्रण', 'मनोविकारों या मनोप्रवृत्तियों के प्रभावों का अंकन' आदि के लिए भाषा का विशेष प्रयोग आवश्यक है। कला, कला के लिए जैसे प्रचलित वाक्यों को प्रेमचंद आवश्यक नहीं मानते हैं। उतनी ही कला उन्हें आवश्यक लगती है जितना भोजन में मसाला। मसाले के बाहुल्य से भोजन का स्वाद और उपयोगिता कम हो जाती है। उनके अनुसार "जो स्वाभाविक है वही सत्य है और स्वाभाविकता से दूर होकर कला अपना आनंद खो देती है और उसे समझने वाले थोड़े से कलाविद् ही रह जाते हैं, उसमें जनता के मर्म को स्पर्श करने की शक्ति नहीं रह जाती। 'उपन्यास' में प्रेमचंद यह मानते हैं कि साहित्य का सबसे ऊँचा आदर्श यह है कि उसकी रचना केवल कला की पूर्ति के लिए की जाये। कला,

कला के लिए के सिद्धांत पर किसी को आपत्ति नहीं हो सकती है। वह साहित्य चिरायु हो सकता है जो मनुष्य की मौलिक प्रवृत्तियों पर अवलम्बित हो, ईर्ष्या और प्रेम, क्रोध और लोभ, भक्ति और विराग, दु:ख और लज्जा—ये सभी हमारी मौलिक प्रवृत्तियाँ हैं। इन्हीं की छटा दिखाना साहित्य का परम उद्देश्य है और बिना उद्देश्य के तो कोई रचना हो ही नहीं सकती। कला, कला के लिए, सिद्धांत को वे अघाए हुए समाज का गल्प मानते हैं। खाली समय में महीन कातना संभव होता है। दरिद्रता के चीत्कार और हाहाकार की भीषणता में कला का उपयोग रचना की स्वाभाविकता में ही है। वे एंगेल्स की भाँति उपन्यासों के विषय में चरित्रों को किसी मत का भोंपू बनने से रोकते हैं। उनके अनुसार उपन्यासकार को इसका प्रयत्न अवश्य करना चाहिए कि उसके विचार परोक्ष रूप से व्यक्त हों। प्रगतिशील लेखक संघ के अध्यक्ष की हैसियत से १९३६ ई० में दिये गये भाषण 'साहित्य का उद्देश्य' में प्रेमचंद कला, कला के लिए सिद्धांत की पूर्णत: साम्यवादी व्याख्या करते हैं। 'स्वाभाविकता', 'मानसिक परिधि का विस्तार', 'जीवन की आलोचना' जैसे पारिभाषिक वाक्यों को साहित्य के उद्देश्य के अर्थ में प्रयोग करते हुए वे कहते हैं कि 'कला नाम था और अब भी है, संकुचित रूपपूजा का, शब्द योजना का, भाव निबन्धन का। उसके लिए कोई आदर्श नहीं, जीवन का कोई ऊँचा उद्देश्य नहीं—भक्ति, वैराग्य, अध्यात्म और दुनिया से किनाराकशी उसकी सबसे ऊँची कल्पनाएँ हैं।'' 'जीवन संग्राम' प्रेमचंद की दृष्टि में साहित्य के लिए आवश्यक पारिभाषिक शब्द है, जिसका प्रयोग वे परवर्ती काल में प्राय: करते हैं।

प्रेमचंद के इन लेखों और टिप्पणियों में उनके समय के बौद्धिक वातावरण की हलचल ही नहीं है भविष्य की संभावनाओं की आहट भी है। वे अन्तर्विरोध भी हैं, जो प्रेमचंद के ही नहीं, बल्कि बीसवीं शताब्दी के तीसरे और चौथे दशक के ही हैं। वे अन्तर्विरोध प्रसाद, प्रेमचंद, निराला की रचनाओं में ही नहीं, महात्मा गाँधी, नेहरू, राजेन्द्र प्रसाद आदि के लेखों, भाषणों तथा आत्मकथाओं में भी उजागर हैं। उस समय की पत्र पत्रिकाओं को ध्यान से देखने पर 'स्वराज्य' की अध्यात्मवादी, यथार्थवादी और क्रान्तिकारी परिभाषाएँ एक साथ मिलेंगी। रमाशंकर अवस्थी, सत्यभक्त आदि के साम्यवाद और वोल्शेविक पर लेख रूद्रदत्त भट्ट के हिन्दुओं के जागरण और एकता के उद्घोष के साथ ही मिलेंगे। परन्तु प्रेमचंद के निबंधों और लेखों में विखरे हुए अनेक वाक्यों और स्थापनाओं को उनकी रचनाओं के साथ रखकर देखने पर उनका अर्थ स्पष्टत: आदर्शोन्मुखी और सोद्देश्य नजर आने लगता है। अनेक ऐसे वाक्य इन लेखों में ऐसे हैं जो छायावादी काव्य संसार के लगते हैं। वेदना, अनुभूति, आत्मा का प्रकाश, आध्यात्मिकता, स्वाभाविकता, मनोवृतियों और मनोभावों का चित्रण, देवत्व की प्रतिष्ठा आदि शब्द स्वतंत्र रूप से प्रेमचंद की दुनिया के शब्द लगते ही नहीं।

प्रेमचंद अपने युग के मुहावरे में अपने समय को, जीवन संग्राम को परिभाषित भी करते हैं और उस मुहावरे को तोड़ने का अनथक प्रयत्न भी करते हैं। इस जोर आजमाइश का प्रमाण इन लेखों में ही नहीं उनकी कृतियों में मिलता है। प्रारंभिक रचनाओं के अपराजेय संकल्प में 'गोदान', 'कफन' और 'मंगल सूत्र' तक संशय की सेंध लगी हुई दिखती है। रचनाओं की प्रकृति में कुछ बेतरतीबपन उभरता है—असामंजस्य दीखने लगता है। कांग्रेस पार्टी से भी उनका मन उचट जाता है। भगतसिंह की फांसी के प्रकरण पर प्रेमचंद दु:खी हैं। सरकार के दृष्टिकोण से असहमत हैं परंतु कांग्रेस के उन लोगों के भी खिलाफ हैं जो भगतसिंह के प्रकरण पर गाँधीजी के विपरीत राय रखते हैं। यह सब पूरे राजनैतिक वातावरण से अलग

होने के प्रमाण हैं। हिन्दी और उर्दू के मामले में भी प्रेमचंद में परिवर्तन आये हैं। उर्दू से हिन्दी में आने के बाद वे हिन्दुस्तानी के समर्थक हो गये थे। डॉ० ताराचंद और प्रेमचंद के मत एक थे।

प्रेमचंद की रचनाओं में सारा भारत अपनी अच्छाइयों और बुराइयों के साथ मौजूद है। वह सच्चे अर्थों में भारतीय लेखक हैं। इसलिए नहीं कि उन्होंने सामान्यीकरणों की रचनात्मक अभिव्यक्ति की है या टाइप चरित्रों का प्रयोग किया है, बल्कि इसलिए कि उनकी रचनाओं में हमारा समय और हमारा देश है। भारतीय किसान और मजदूर है। अंग्रेज चरित्र भी प्रेमचंद की रचनाओं में जैसे सोफिया, क्लार्क आदि अंग्रेज कम भारतीय अधिक लगते हैं। विविध प्रसंग की टिप्पणियों को देखने से उनकी रचनात्मक चिंता के दायरे का पता चलता है। देश के हर कोने की समस्या पर प्रेमचंद की अपनी राय है। बम्बई मिल मजदूरों की हड़ताल और देशी विदेशी माल पर लगे करों पर वे एक साथ टिप्पणी करते हैं। किसी भी प्राकृतिक प्रकोप पर प्रेमचंद का हाहाकार और उनकी अपील आपको अखबारों में मिलेगी। भूकम्प को पाप का कारण मानने की महात्मा गाँधी के कथन की उन्होंने वैज्ञानिक आधारों पर तीखी आलोचना की है। इस प्रकार के विस्तृत दिमाग का असर उनके लेखों और टिप्पणियों में है। वे हिन्दुस्तान के अंग्रेजी पढ़े लिखे लोगों को सत्ता का समर्थक मानते थे। अपने उपन्यासों और कहानियों में साधारण लोगों को उनकी तुलना में यथार्थवादी, सामाजिक परिवर्तन का पक्षधर, निर्भय और भरोसेमंद चित्रित किया है। २३ अप्रैल, १९३० को दया नारायण निगम को लिखे एक खत में लिखते हैं कि "इस मौके पर साफ जाहिर हुआ कि अगर दो फीसदी अंग्रेजी ख्वाँ असहाब तहरीक के साथ हैं तो ९८ फीसदी उनके मुखालिफ हैं। कौमी एतबार से यूनीवर्सिटियों और स्कूलों पर कौम का जितना रुपया खर्च हुआ वह करीबन जाया हो गया। यह लोग सरकार के आदमी हुए कौम के नहीं। गैरअंग्रेजी-दाँ कारोबारी और पेशेंवर तबकों ही ने इस तहरीक में जान डाली है। अगर तालीमयाफ्ता आदमियों के भरोसे मुल्क बैठा रहे तो शायद कयामत तक उसे आजादी नसीब न होगी। कानूनपेशा, तबीबपेशा, प्रोफेसर और सरकारी मुलाज़मीन—इन सबने जितनी गुलामाना ज़ेहनियत का पता दिया है, उसकी मुझे उम्मीद न थी। यह तबका अपनी खैरियत गवर्नमेंट का इक्तदार कायम रहने में समझता है। वह एक लमहे के लिए भी अपनी असाइश और दुनिया तलबी को फरामोश नहीं कर सकता। ज़र उसका दीन और ईमान है। वह या तो आजादी चाहता ही नहीं या उसके लिए कीमत न देकर दूसरों पर तकिया करना ही अपनी शान के मुनासिब समझता है।"

इस पुस्तक में संकलित निबन्धों और लेखों से प्रेमचंद के दृष्टिकोण को समझने में, उनकी रचनाओं को विवेचित करने में न केवल मदद मिलेगी, बल्कि प्रेमचंद के समय को भी परिभाषित करने में सुविधा होगी। आजादी या स्वाधीनता का क्या अर्थ प्रेमचंद समझते थे और राजनैतिक हल्कों में उन्हें क्या दीख रहा था इसमें काफी फर्क है। लेखों को पढ़कर उस फर्क को पहचाना जा सकता है। उनकी रचनाओं से उनकी तुलना की जा सकती है। नवजागरणकालीन अन्य रचनाकारों की तरह से वे समग्र चेतना के रचनाकार थे। वे राजनीति में न केवल रुचि रखते थे बल्कि उसमें हिस्सा लेते थे, कांग्रेस के ज़लसों में शामिल होते थे। अन्य लेखकों के प्रमाण कम हैं। इसलिए उनकी टिप्पणियों और लेखों की एक अतिरिक्त विश्वसनीयता भी है। बाहर का स्वतंत्रता संग्राम प्रेमचंद रचनाओं के भीतर भी लड़ रहे थे: वह बाहर का आभ्यंतरीकरण मात्र नहीं है अंतर का बाह्य भी है। देखा हुआ ही नहीं है

सोचा-समझा और जाँचा परखा भी है। उनकी भाषा का तेवर और वाक्य विन्यास अंग्रेजी वाक़्य विन्यास का हिन्दी रूपान्तर नहीं है, बल्कि कौम के मानसिक विकास का कायान्तरण है। भाषा रुकी हुई या बाधा डालने वाली अपारदर्शी नहीं, पारदर्शी है। वे अपरिचित को भी पारिवारिक और परिचित की तरह प्रस्तुत करते हैं। वस्तुपरक, विषय प्रधान लेखों में भी गहरी आत्मीयता है अलगाव नहीं है। इसलिए वे हमारे पूर्वज ही नहीं समकालीन हैं।

—सत्य प्रकाश मिश्र

आज़ादी की लड़ाई

आज़ादी की लड़ाई शुरू हो गयी। महात्मा गांधी ने ६ अप्रैल को समुद्र के तट पर डंडी में गुलामी की बंडी पर पहला हथौड़ा चलाया और उसकी झंकार सारे देश में गूँज उठी। पहले किसी की समझ में न आया कि महात्माजी क्या करने जा रहे हैं। मजाक भी उड़ाया गया। एक गवर्नर ने अपने खुशामदी टट्टुओं को जमा करके अपने दल के फफोले फोड़ते हुए इस संग्राम को दुःखमय प्रहसन बतलाया। गवर्नर साहब को क्या मालूम था, कि यह दुःखमय प्रहसन दो सप्ताह ही में आज़ादी का एक प्रचंड प्रवाह सिद्ध हो जायेगा, जिसे नौकरशाही की सारी संगठित शक्ति भी न रोक सकेगी। वह सब किया गया, जो ऐसी परिस्थितियों में स्वेच्छाचारी शासन किया करता है। हमारे नेता चुन-चुनकर जेल भेज दिये गये, अफ़सरों को नये-नये अधिकार दिये गये, वायसराय ने भी अपने स्वरक्षित अस्त्र निकाल लिये, यहाँ तक कि इस लू और गर्मी में देवताओं तक को पर्वत शिखरों से दो-एक बार उतरकर नीचे आना पड़ा, जो भारत के इतिहास में अनहोनी बात थी; लेकिन स्वराज्य-सेना के क़दम आगे ही बढ़े जाते हैं। जैसे बच्चे हार जाते हैं, तो दाँत काटने लगते हैं, वही हाल नौकरशाही का हो रहा है। कहीं निहत्थी जनता पर डंडों और गोलियों की बौछार हो रही है, कहीं जनता में फूट डालने की कोशिश हो रही है, (जिस गवर्नर का हमने ऊपर जिक्र किया है, उसी ने एक दूसरे मजमे में ज़मींदारों को इन विद्रोहियों की खबर लेने की सलाह भी दी थी) फ़िल्मों पर रोक लगायी जा रही है। तार की खबरों का सेंसर किया जा रहा है। हमने इन सब बातों की कल्पना पहले ही कर ली थी। कोई बात हमारी आशाओं के ख़िलाफ नहीं हुई। अंग्रेजों की दानवता का नाच हम देख चुके हैं। कायरता, कमीनापन, निर्दयता आदि गुणों में इस जाति से बाज़ी ले जाना मुश्किल है। फिर भी हमारा जो कुछ अनुमान था, उससे कुछ ज्यादा ही हो रहा है। न कोई कानून है, न कायदा, न नीति, न धर्म। बस जिधर देखिए, लबड़-धों-धों, एक घबड़ाये हुए आदमी की बौखलाहट। एक ही अपराध के लिए दो महीने से दो साल तक की सजा और वह भी कठोर। मगर हम इन बातों की शिकायत नहीं करते। इन्हीं अन्यायों से तो हमारी विजय है। सन्निपात मौत के चिह्न हैं।

हम तो महात्माजी की सूझ-बूझ के कायल हैं। जो बात की, खुदा की कसम ला-जवाब की! न जाने कहाँ से नमक-कर ख़ोज निकाला, कि उसने देखते-देखते देश में आग लगा दी। कोई दूसरा ऐसा कर नहीं, जो ग़रीब से ग़रीब आदमी से वसूल किया जाता हो, और न कोई दूसरा कर ऐसा है, जिसका एसेम्बली ने इतना विरोध किया हो।

अगर हमारी स्मृति भूल नहीं करती, तो शायद १९२४ में एसेम्बली ने इस कर को अस्वीकार कर दिया था और वायसराय को इसे अपनी स्वेच्छा से स्वीकार करना पड़ा था। कर का व्यापक नियम है, कि वह विलास की वस्तुओं पर लगाया जाना चाहिए। जो चीज जीवन के लिए उतनी ही आवश्यक है, जितनी हवा और पानी, उस पर कर लगाना नीति-विरुद्ध है। अंग्रेज़ी राज्य के पहले, भारत में यह कर कभी न लगाया गया था। आज भी दुनिया-भर में भारत ही एक ऐसा देश है, जहाँ नमक पर कर लगाया जाता है। मुसलिम स्मृतिकारों ने तो नमक, हवा और पानी पर कर लगाना निषिद्ध बतलाया है; पर हम १५० वर्षों से यह कर देते आये हैं; और मज़ा यह कि जिस वस्तु पर दो आना मन लागत आवे, उस पर सवा रुपये मन कर लिया जाता है, जो लागत का दस गुना है। सब से बड़ी बात यह है, कि इस कर को सामूहिक रूप से निहायत आसानी से तोड़ा जा सकता है। ऐसा कोई भूभाग नहीं, जहाँ लोनी मिट्टी न हो और शहर या गाँव, दोनों ही जगहों के आदमी बड़ी संख्या में जमा होकर इसे तोड़ सकते हैं और सरकारी नमक को बाज़ार से निकाल बाहर कर सकते हैं। नौकर शाही ने एड़ी-चोटी का जोर लगाया, जितना पशुबल संभव था, उससे काम लिया; पर कर टूट गया। जिस नियम के भंग करनेवालों को सरकार दंड न दे सके, जिसकी रक्षा करने के लिए डंडे के सिवा और कोई दूसरा साधन न हो, वह कानूनी देवताओं में भले स्वरक्षित रहे; पर व्यावहारिक रूप से वह टूट गया और सरकार के लिए अब इसके सिवा कोई उपाय नहीं है, कि इस कर को मंसूख कर दे और अपनी हार स्वीकार कर ले। गवर्नमेंट सोचती होगी कि जब नमक के बड़े-बड़े कारखाने खुल जायेंगे, तो हम उसे जब्त कर लेंगे और इस तरह आजाद नमक को सिर न उठाने देंगे; लेकिन हमारे पास इस चाल का यही जवाब है कि हम अपने-अपने घरों में नमक बनाना उतना ही ज़रूरी समझ लें, जितना भोजन बनाना। फिर हम देखेंगे कि सरकार अपना नमक कैसे हमारे गले मढ़ती है। लक्षणों से मालूम होता है, कि नमक आंदोलन असर कर रहा है और नमक के व्यापारियों ने सरकारी नमक मँगाने में आना-कानी शुरू कर दी है। सरकार के इस प्रचंड दमन के फल-स्वरूप बाज बड़े शहरों में जनता भी शांति के आदर्श को न निभा सकी और कराची, बंबई, पूना और कलकत्ता आदि शहरों में कुछ गोलमाल हुआ, जिससे पुलिस को अपने दिल के अरमान निकालने का अच्छा मौक़ा मिल गया; पर इन दुर्घटनाओं का दोष अगर किसी के ऊपर है, तो वह सरकार है। अगर वह सत्याग्रहियों को कायदे के अनुसार पकड़ लेती, तो कहीं कुछ न होता, जुलूसों को रोकना, सत्याग्रहियों को डंडों से पीटना जनता से अगर न देखा जाय, तो हम उन्हें क्षम्य समझते हैं। अगर नौकरशाही को यही विश्वास है, कि निरस्त्र जनता पर लाठियों का प्रहार करके, वह उन पर धाक जमा सकती है, तो यह उसकी भूल है। इन चारों स्थानों में ही पुलिस ने जिस गुंडेपन का परिचय दिया है, वह असभ्य से असभ्य जातियों को कलंकित करने के लिए काफी है।

क्या मुसलमान काँग्रेस के साथ नहीं हैं?

अभी तक तो सरकार के लिए यह कहने की गुंजाइश बाकी थी, कि इस आंदोलन में केवल काँग्रेस के गरम दलवाले ही शामिल हैं; लेकिन दिन-दिन उस पर यह हक़ीकत खुलती जाती है, कि आज़ादी की लड़ाई में देश के सभी दल मिले हुए हैं और अगर उसके मिलने में कुछ कसर थी, तो वह सरकार की हिमाक़त और पागलपन की बदौलत पूरी हुई जाती है। पुरानी कहावत है—बुरे दिन आते हैं तो बुद्धि भी भ्रष्ट हो जाती है। इस वक्त ऐसा जान पड़ता है कि अंग्रेजों के बुरे दिन आ गये हैं, नहीं तो अंग्रेज़ी कपड़े को अन्य देशों के कपड़ों से कम महसूल पर लाने का प्रस्ताव पास करने की जरूरत ही क्या थीं। गैर सरकारी बहुमत इस प्रस्ताव के विरुद्ध था; पर सरकार ने अपनी जिद से उसे पास करके ही छोड़ा। नतीजा क्या हुआ! आज पं० मदनमोहन मालवीय, मि० केलकर, मि० अणे, मि० हसनइमाम हमारे साथ हैं और व्यापारी-दल तो बिलकुल अलग ही हो गया। अब सरकार को माडरेटों में नाम लेने के लिए दो चार लिबरल और रह गये हैं। हमें आशा है कि उसकी कोई नयी हिमाकत यह कमाल भी कर दिखायेगी। हालाँकि लिबरलों के विषय में हमें संदेह है कि कोई अनीति, कोई अत्याचार इन्हें जगा सकता है। इनकी आशा अपार है और धैर्य अनन्त। वायसराय, सेक्रेटरी, अंडर सेक्रेटरी और भी जिसकी वाणी की कुछ इज्जत है, कह चुके कि डोमिनियन स्टेट्स अभी बहुत दूर है; लेकिन हमारे लिबरल भाई हैं, कि उस 'बहुत दूर' को 'बहुत नज़दीक' समझने के लिए बेकरार हैं। लिबरलों की राजनीति डिनर-पार्टी और ड्राइंग-रूम तक महदूद है; इसलिए सरकार के अंतिम आधार अगर लिबरल हों, तो यह सरकार और लिबरल दोनों ही के लिए आपस में हाथ मिलाने और बधाइयाँ देने का अवसर हो सकता है। अगर इस तिनके का सहारा सरकार लेना चाहती है, तो शौक से ले; मगर सरकार ने शुरू से जिस हिन्दू-मुसलिम वैमनस्य की उपासना की है, उसे संकट के अवसर पर कैसे भूल जाती! कहा जा रहा है, और लिखा जा रहा है कि मुसलमान इस आंदोलन में काँग्रेस केसाथ नहीं हैं। मुसलमान नेता जत्थेदार बन-बन कर कैद हों, मार खायें, कितनी ही काँग्रेस कमेटियों के प्रधान और मंत्री हों; लेकिन फिर भी यही कहा जाता है कि मुसलमान काँग्रेस के साथ नहीं हैं। जमैयतुल-उलमा जैसा सर्वमान्य मंडल पुकार पुकार कर कह रहा है कि नमक का महसूल इसलामी शरीयत के खिलाफ है; पर कहनेवाले कहे जाते हैं—मुसलमान इस आंदोलन के साथ नहीं हैं। मालूम नहीं, वह यह कह-कह कर किसे धोखा देना चाहते हैं। हाँ, हम यह मानने को तैयार हैं कि हमारे खान बहादुर साहबान, जिनकी संख्या ईश्वर की दया से, अंग्रेजों की असीम कृपा होने पर भी, बहुत ज्यादा नहीं हैं, मगर खाँ साहब नहीं हैं तो बेशक हमारे साथ नहीं तो राय साहब भी तो नहीं हैं। यों कहिए कि यह उन लोगों का आंदोलन है, जो अपने सारे संकटों का मोचन एक मात्र स्वराज्य ही को समझते हैं। जो ग़रीब हैं, भूखे हैं, दलित हैं या जो गैरत से भरा हुआ, देशाभिमान से चमकता हुआ हृदय रखते हैं और यह देखकर जिनका खून खौलने लगता है कि कोई

दूसरा हमारे ऊपर शासन करे! इसमें न हिन्दू की कैद है, न मुसलमान की। दोनों ही समान रूप से यह संकट झेल रहे हैं, तो दोनों समान रूप से शरीक हैं। मुसलमान आज़ादी के प्रेम में हिन्दुओं से पीछे रह जाएँ, यह असंभव है। मिस्र, ईरान, अफगानिस्तान और तुर्की यह सब मुसलमानों ही के देश हैं। देखिए अपनी आज़ादी के लिए उन्होंने क्या-क्या किया और कर रहे हैं। वह कौम कभी आज़ादी के खिलाफ नहीं जा सकती। दो-चार मौलवी, दो-चार 'सर', दस-पाँच 'आनरेबुल' यह हाँक लगाये जायेंगे, शौक से लगावें। हिन्दू हों या मुसलमान, जो अंग्रेज़ी राज्य में धन और अधिकार के सुख लूट रहे हैं, वे अंग्रजी सरकार के परम भक्त हैं और रहेंगे और रहना चाहिए। वे किसी के तो नमक हलाल बने रहें। जिसे अपने जीवन-निर्वाह के लिए अपने बाहुबल पर भरोसा नहीं है, जो अंग्रेजों की शरण आकर कोई ओहदा पा जाना ही अपनी जिन्दगी का निर्वाण समझता है, वह हमेशा उस पक्ष की तरफ़ रहेगा, जहाँ उसे सफलता का पूरा भरोसा है। ऐसे लोग खतरे की तरफ भूलकर भी न आवेंगे। अमेरिका के गुलाम भी तो 'गुलामों की आज़ादी' की लड़ाई में मालिकों के पक्ष में लड़े थे। ऐसे गुलाम प्रकृति के लोग हमेशा रहेंगे और उनके रहने से किसी आंदोलन का नाश नहीं होता। मगर हमें यह कोशिश करते रहना चाहिए कि हमारी इस मुसाहलत की हालत में हवा का झोंका न लगने पाये; नहीं तो वह घातक हो जाएगा। कहीं अछूतों को हमसे भड़काने की कोशिश की जायेगी और की जा रही है; कहीं हिन्दू-मुसलमानों को लड़ा देने के मंसूबे सोचे जायेंगे। हमें इन सब चालों को तीव्र दृष्टि से देखते रहना चाहिए। क्या जमाने की खूबी है कि जिन लोगों ने अछूतों को उससे कहीं ज्यादा दलित किया है, जितना कट्टर से कट्टर हिन्दू-समाज कर सकता था, वह आज अछूतों के शुभचिन्तक बने हुए हैं। बेगार की सख्तियों का दोष किस पर है, हिन्दू समाज पर या सरकार पर? उन्हें अपढ़ रखने का दोष किस पर है, हिन्दू-समाज पर या सरकार पर? उन्हें ताड़ी, शराब, गाँजा, चरस पिला-पिलाकर कौन रुपये कमाता है, सरकार या हिन्दू-समाज? प्रारंभिक शिक्षा का बिल सरकार ने पेश किया था, या स्वर्गीय मिस्टर गोखले ने? उसे किसने धनाभाव का बहाना करके नामंजूर कर दिया, हिन्दू-समाज ने या सरकार ने? हमें पूरा विश्वास है कि जिस सरकार ने कितनी ही अछूत जातों को जरायम पेशा बना दिया, उसकी शुभ-चिंतना पर हमारे दलित-समाज के नेता लोग भरोसा न करेंगे। हिन्दू-समाज अपने दलित भाइयों के प्रति अपना कर्त्तव्य समझने लगा है और वह दिन दूर नहीं है, जब आर्य और अनार्य, ऊँच और नीच की कैद नाम को भी बाकी न रहेगी। संभव है, देहातों के कट्टर हिन्दू कहीं-कहीं अब भी उनके साथ वही पुराना बर्ताव करते हों; लेकिन विचारशील हिन्दू-समाज अब उस अन्याय को कायम न रहने देगा।

आज़ादी की लड़ाई में कौन लोग आगे हैं?

इस लड़ाई ने हमारे कॉलेजों और यूनिवर्सिटियों की कलई खोल दी। हमने आशा की थी कि जैसे अन्य देशों में ऐसी लड़ाइयों में छात्रवर्ग प्रमुख भाग लिया करते हैं, वैसे

यहाँ भी होगा; पर ऐसा नहीं हुआ। हमारा शिक्षित समुदाय, चाहे वह सरकारी नौकर हो, या वकील या प्रोफेसर या छात्र, सभी अंग्रेज़ी सरकार को अपना इष्ट समझते हैं और उसकी हड्डियों पर दौड़ने को तैयार हैं। प्रत्यक्ष देख रहे हैं कि निन्यानबे सैकड़े ग्रेजुएटों के लिए सभी द्वार बन्द हैं; पर निराशा में भी आश लगाये बैठे हैं कि शायद हमारी ही तकदीर जाग जाये। देख रहे हैं कि काँग्रेस के आन्दोलन से ही अब थोड़े-से ऊँचे ओहदे हिन्दुस्तानियों को मिलने लगे हैं, फिर भी राजनीति को हौआ समझे बैठे हुए हैं। या तो उनमें साहस नहीं, या शक्ति नहीं, या आत्मगौरव नहीं, उत्साह नहीं। जिस देश के शिक्षित युवक इतने मन्दोत्साह हों, उसका भविष्य उज्ज्वल नहीं कहा जा सकता। हमारा वकील समुदाय तो इस संग्राम से ऐसा भाग रहा है, जैसे आदमी की सूरत देखते ही गीदड़ भागे। हमारे बड़े से बड़े नेता—जिनकी जूतियों का तस्मा खोलने के लायक भी यह लोग नहीं—धड़ाधड़ जेलों में बन्द किये जा रहे हैं; पर यह हैं कि अपने बिलों में मुँह छिपाये पड़े हैं। यहाँ तक कि स्वदेशी वस्तु-व्यवहार की प्रतिज्ञा पर दस्तखत करते हुए भी उनके हाथ काँपने लगते हैं और क़लम हाथ से छूटकर गिर पड़ती है और आज़ादी का नमक देखकर तो उन्हें जूड़ी-सी चढ़ आती है। हमें यह देखने का अरमान ही रह गया, कि कोई वकील किसी जत्थे का नायक होता। नहीं, वह तमाशा देखना भी खतरनाक समझते हैं। बस, मुल्ला की दौड़ मस्जिद तक। कचहरी गये और घर आये। उन्हें दीन-दुनिया से कोई मतलब नहीं। इस बेगैरती का भी कोई ठिकाना है! अभी किसी सरकारी पार्टी में शरीक होने का नेवता मिल जाय, तो मारे खुशी से पागल हो जाएँ। नेवते के कार्ड के लिए बड़ी-बड़ी चालें चली जाती हैं, नाक रगड़ी जाती हैं और वह कार्ड तो साक्षात कल्प-वृक्ष ही है। गोरी सूरत देखी और माथा ज़मीन पर टेक दिया। ऐसे लोगों के दिन अब गिने हुए हैं। स्वाधीन भारत में ऐसे देशद्रोहियों के लिए कोई स्थान न होगा। वह जनता, जिसे यूनिवर्सिटियों की हवा नहीं लगी और आन्दोलनों की तरह इस संग्राम में भी आगे-आगे है। हमारे छोटे-छोटे दूकानदार, मज़दूर, पेशेवर ही सैनिकों की अगली सफ़ों में हैं और भविष्य उन्हीं के हाथ में है। लक्षण कह रहे हैं कि सूट-बूटवाले अंग्रेजों के गुलामों की वही हालत होने वाली है,जो रूस में हुई है। यह लोग खुद अपने पाँव में कुल्हाड़ी मार रहे हैं। जनता और सब मुआफ़ कर देती है, पर देश-द्रोह को वह कभी मुआफ नहीं करती। राष्ट्रीय संस्थाओं को देखिए—गुजरात-विद्यापीठ, काशी-विद्यापीठ, अभय-आश्रम, गुरुकुल-कांगड़ी, प्रेम-विद्यालय वृन्दावन आदि ने अपने-अपने सिपाहियों के जत्थे भेजे और भेज रहे हैं। उनके छात्र जान हथेली पर रक्खे मैदान में निकल पड़े हैं; पर यूनिवर्सिटियों ने भी कोई जत्था भेजा? हमें तो खबर नहीं। यूनिवर्सिटियों में भी कोई प्रोफ़ेसर आगे बढ़ा? कहाँ की बात! अपने लोग यह रोग नहीं पालते। आनन्द से भोजन करें, रूसी उपन्यास पढ़ें, ताश खेलें, ग्रामोफ़ोन या रेडियो का आनन्द उठायें, या इस झंझट में पड़ें? जिन्दगी सुख भोगने के लिए है, झींकने के लिए नहीं! काश यह यूनिवर्सिटियाँ न खुली होतीं, काश आज उनकी ईंट से ईंट बज जाती, तो हमारे देश में

द्रोहियों की इतनी संख्या न होती। यह विद्यालय नहीं, गुलाम पैदा करने के कारखाने हैं। स्वाधीन भारत ऐसे विद्यालयों को जड़ खोदकर फेंक देगा।

देहातों में प्रोपेगंडे की ज़रूरत

अब तक हमारे आन्दोलन शहरों तक ही महदूद रहे हैं; लेकिन नमक-कर-भंग देहातों में भी जा पहुँचा है। सत्याग्रही दलों का देहातों से पैदल निकलना ऐसा प्रोपेगंडा है, जिसके महत्व का अनुमान नहीं किया जा सकता। नौकरशाही का आतंक देहातों पर शहरों से कहीं ज्यादा छाया हुआ है। वहाँ सब-इंसपेक्टर का दर्जा ईश्वर से कुछ ही कम होता है और कांसटेबुल तो खुदमुख्तार बादशाह ही है। कोई आन्दोलन जिससे पुलिस के रोब-दाब में फ़र्क पड़े, उसकी हवा भी वहाँ नहीं पहुँचने पाती। मगर अब समय आ गया है कि हमारे स्वयंसेवक बड़ी संख्या में देहातों में पहुँचें और जलसों और जुलूसों से लोगों में राजनैतिक भाव भरें और उन्हें आनेवाले महासंग्राम के लिए तैयार करें। अगर देहातों में यह आग लग गयी, तो फिर किसी के बुझाये न बुझेगी। हम यह मानते हैं कि देहातों में नौकरशाही दमन के कठोर से कठोर शस्त्रों का प्रहार करेगी, जमींदारों को भड़कायेगी, तरह-तरह की ग़लतफ़हमियाँ फैलायेगी; पर हमें इन कठिनाइयों का सामना करना है। हमें यह समझा देना है कि इस राज्य में सबसे ज्यादा हमारे देहात ही सताये जाते हैं और स्वराज्य में सबसे ज्यादा हित देहातवालों ही का सिद्ध होगा।

हिन्दू-मुस्लिम बाँट बखरे का प्रश्न

भारतीय एकता के विरोधी यह कहते कभी नहीं थकते, कि जब तक हिन्दुओं और मुसलमानों में हिस्से का समझौता न हो जाय, मुसलमान इस संग्राम में शामिल नहीं हो सकते। इस कथन में कितनी सच्चाई है, इसे मुस्लिम जनता अब समझने लगी है। वह यह है कि जब तक एक तीसरी शक्ति इन दोनों जातियों के वैमनस्य से फ़ायदा उठानेवाली रहेगी, एकता का सूर्य कभी उदय न होगा। पूरी एकता तो स्वराज्य मिल जाने पर ही हो सकती है। हिस्से का निश्चय करने के लिए एक से अधिक बार कोशिशें की गयीं, यहाँ तक कि आज भी सर तेजबहादुर सप्रू सर्वदल-सम्मेलन करने में लगे हुए हैं; मगर उन कोशिशों का फल क्या निकला? समझौता न हुआ, न हुआ। कोई रोजगार शुरू किया जाता है, तो पहले ही से यह निश्चय नहीं कर लिया जाता कि हम इतने रुपये फ़ी सैकड़े नफा लेंगे। पहले तो उसके लिए पूँजी जमा की जाती है। फिर संगठन शुरू होता है, तब माल की तैयारी होती है, इसके बाद, खपत का सवाल होता है, आखिर में नफ़े का प्रश्न आता है। यहाँ पहले ही से नफ़े के हिस्से तय करने की सलाह दी जाती है। अरे भाईजान, पहले पूँजी तो लगाओ, अभी नफे का क्या सवाल है? हिन्दुस्तान अगर इतने दिनों की गुलामी से कुछ सीख सका है, तो वह यह है कि समाज के किसी अंग को असन्तुष्ट रखकर राष्ट्र दुनिया में उन्नति नहीं कर सकता। हमें विश्वास है कि भारत इस सबक़ को अब कभी न भूलेगा। महात्मा गांधी ने तो यहाँ तक

कह दिया है कि मुसलमान जितना चाहें ले लें, इसमें हिस्से का सवाल ही नहीं। स्वराज्य के अधीन राजपद धन कमाने का साधन नहीं, प्रजा की सेवा का साधन होगा। हम तो यही समझे बैठे हैं। अगर उस दशा में भी हमारे मुसलमान भाई राजपदों या मेम्बरियों में बड़ा हिस्सा लेने का आग्रह करेंगे, तो स्वराज्य-सरकार उनके मार्ग में बाधक न बनेगी। उस वक्त राजपद वही स्वीकार करेंगे, जो देश के लिए त्याग करना चाहेंगे, धन-लोलुप और विलासी जनों के लिए स्वराज्य शासन में कोई स्थान न होगा।

मशीनगन और शान्ति

शान्ति स्थापित करने के दो साधन हैं। एक तो मानवी है, दूसरा दानवी। एक मशीनगन है, दूसरा देश की वास्तविक दशा को समझना और उसके अनुकूल व्यवहार करना। सरकार ने अपने स्वभावानुसार मशीनगन से काम लेना ही उचित समझा है। इसका परिणाम क्या होगा, सरकार को इसकी चिन्ता नहीं। पुलिस और सेना उसके पास है। देश में जितने स्वाधीनता के उपासक हैं, वह सब बड़ी आसानी से तोप का शिकार बनाये जा सकते हैं। भारत ग़रीब है, यहाँ ऐसे आदमियों की कभी कमी न रहेगी, जो पेट के लिए अपने भाइयों का गला काटने को तैयार रहें। काँग्रेस के लोग जेल में पहुँच ही गये। और दलों के इने-गिने आदमी हैं, उनको फाँस लेना और भी आसान है। रहे हमारे लिबरल भाई, उनकी परवा ही किसे है? सरकार उनकी सहायता के बगैर भी राज कर सकती है। टैक्सों को दूना कर देने का उसे अख्तियार है। इस तरह वह इससे बड़ी फ़ौज भी रख सकती है। मशीनगनों के सामने चूँ करने का किसे हौसला हो सकता है। अंग्रेज़ अधिकारियों के वेतन बड़ी आसानी से बढ़ाये जा सकते हैं। कुछ थोड़े से ओहदे हिन्दुस्तानियों को देकर बड़ी आसानी से काम लिया जा सकता है। समाचार-पत्रों को एकदम बंद कर देने से फिर कहीं से विरोध की आवाज भी न आवेगी। सरकार अपने दिल में सन्तोष कर सकती है कि अब किसी को कोई शिकायत नहीं रही। रिफ़ार्म की गोलमेज-कान्फरेन्स की और डोमिनियन स्टेट्स की चर्चा ही व्यर्थ है। यह इसी दानवी नीति का फल है, कि आज भारत में अंग्रेजों का कोई दोस्त नहीं है। जो लोग अपने स्वार्थवश सरकार की खुशामद करते हैं, वे भी उसके भक्त नहीं हैं। ऐसा प्रजा पर राज करना, अगर अंग्रेजों के लिए गौरव की बात है, तो हम नहीं समझते कि वह अपनी सभ्यता और उच्चता का किस मुँह से दावा कर सकती है। अगर अंग्रेजों की जगह इस वक़्त हब्सी होते, तो वे भी दमन ही तो करते। दमन शासन का सबसे निकृष्ट रूप है और अंग्रेजों ने उसी का आश्रय लिया है। क्या उनका खयाल है, कि जिस शक्ति से दबकर उन्होंने सुधार किये और कान्फ़रेन्स के वादे किये, वह शक्ति अब ग़ायब हो गयी है? दमन उस शक्ति को दिन-दिन मजबूत कर रहा है। उस राज्य के लिए इससे बढ़कर कलंक की दूसरी बात नहीं हो सकती कि उसे हर एक बात के लिए मशीनगनों ही की शरण लेना पड़े। जिस राज्य में जनता पर महज इसलिए गोलियाँ चलायी जाएँ कि वह अपने लीडरों की गिरफ्तारी पर शोक मनाने के लिए जमा होती है, उसके चल-चलाव के दिन अब आ गये हैं। पेशावर में जो हत्याकाण्ड

हुआ है वह कभी न होता, अगर नौकरशाही ने मशीनगनों और फ़ौजी हथियारों से जनता को धमकाया न होता। वह ज़माना गया, जब जनता पशुबल के प्रदर्शन से डर जाया करती थी। अब वह ड़रती नहीं, वह उसे अपनी पराधीनता का हेतु समझकर उसकी जड़ खोदने के लिए और दृढ़ संकल्प कर लेती है। नमक कानून टूट गया। सरकार की मशीनगनें उसको न बचा सकीं। लाखों नमक बनानेवाले आज गर्व से सिर उठाये घूम रहे हैं। आर्डिनेन्स भी टूट जायेगा। कोई कानून, जिसको राष्ट्र के नेताओं ने स्वीकार नहीं किया है और जिसका केवल पशुबल पर आधार है, अब जनता उसके सामने सिर झुकाने को तैयार नहीं है। सरकार अगर आँखें बन्द रखना चाहती है, तो रक्खे; पर उसके आँखें बन्द कर लेने से देश की स्थिति नहीं बदल सकती। देश अब अपनी किस्मत का मालिक आप बनना चाहता है और उसकी कीमत अदा करने का निश्चय कर चुका है। पेशावर और कराची जैसे कांड उसके पतन को और निकट ला रहे हैं।

अप्रैल, १९३०

■

स्वराज्य के फायदे

स्वराज्य क्या है?

अपने देश का पूरा-पूरा इन्तज़ाम जब प्रजा के हाथों में हो तो उसे स्वराज्य कहते हैं। जिन देशों में स्वराज्य है वहाँ की प्रजा अपने ही चुने हुए पंचों द्वारा अपने ऊपर राज करती है। वहाँ यह नहीं हो सकता कि प्रजा लगान और करों के बीच में दबी रहे और अधिकारी लोग दिनों-दिन सेना बढ़ाते जाएँ, कर्मचारियों का वेतन बढ़ाते जाएँ। प्रजा भूखों मर रही हो, चारों ओर अकाल पड़ा हो और देश का अन्न दूसरे देशों को ढोया चला जाता हो, मरी, हैजा आदि रोग फैल रहे हों और अधिकारी लोग उसके रोकने का उचित प्रयत्न न करके सैर-सपाटे किया करते हों, ग़रीब मुसाफिरों को रेलगाड़ियों में बैठने की जगह न मिलती हो और अधिकारियों के वास्ते एक पूरी गाड़ी अलग खड़ी रहती हो. सारांश यह कि अधिकारी लोग प्रजा पर उसके हित के लिए नहीं बल्कि अपना प्रभुत्व जमाने और भोग विलास करने के लिए राज करते हों। जिन देशों में यह दशा होती है और प्रजा के हाथों में उसके सुधारने का कोई साधन नहीं होता, वही देश पराधीन कहलाता है और हमारा भारत इसी प्रकार के देशों में है जहाँ कर्मचारी लोग प्रजा का नमक खा कर अपने को प्रजा का सेवक नहीं, उसका स्वामी समझते हैं। भारत को छोड़ कर समस्त संसार में अब एक देश भी ऐसा नहीं है जहाँ की दशा इतनी खराब हो और आजकल हमारे नेता लोग इस चिन्ता में पड़े हुए हैं कि इस दशा से भारत का उद्धार कैसे हो। क्या सारे संसार में हमीं सबसे नीच, सबसे मूर्ख, सबसे निर्बल हैं कि हाथ पर हाथ धरे इस दशा में पड़े रहें? हमारे पुरुषाओं में श्री रामचन्द्र जैसे पराक्रमी, महात्मा श्रीकृष्ण जैसे ज्ञानी, महात्मा बुद्ध जैसे त्यागी, महाराज विक्रम जैसे प्रतापी, महाराणा प्रताप और शिवाजी जैसे रणधीर, बादशाह अकबर जैसे प्रजा भक्त, गुरु वशिष्ठ जैसे आत्मदर्शी हो गये हैं, हम लोग उन्हीं की संतान हैं। क्या हम लोगों में बल, बुद्धि, विद्या सर्वथा लोप हो गयी है? नहीं, यह बात नहीं है; भीष्म और अर्जुन के नाम पर जान देनेवाले कभी इतने बलहीन, इतने कर्महीन नहीं हो सकते। यह दिनों का फेर है जिसने हमें इस अधोगति को पहुँचा दिया है। लेकिन अब हम सचेत हो रहे हैं, हमारी निद्रा टूट रही है और हमें पूर्ण विश्वास है कि हम अपने सदुपयोग और पूर्वजों के आशीर्वाद से फिर भारत को उसी उन्नत दशा में पहुँचा देंगे जहाँ वह था, हम फिर समस्त भूमण्डल में उसका नाम उजागिर कर देंगे। इसका एकमात्र साधन 'स्वराज्य' है और भारत में प्रत्येक प्राणी का धर्म है कि वह यथायोग्य इस सद्कार्य में अपने नेताओं की मदद करे।

स्वराज्य के भेद

स्वराज्य के तीन भेद हैं। एक वह है जहाँ का राजा उसी देश का निवासी होता है लेकिन राज का सब काम अपनी ही इच्छानुसार करता है, प्रजा उसके इन्तज़ाम में जरा भी दखल नहीं दे सकती, जैसे काबुल, नेपाल। दूसरा वह है जहाँ का राजा अपनी प्रजा के प्रतिनिधियों की सलाह के बिना कुछ न कर सकता हो, जैसे इंग्लिस्तान, जापान। तीसरा वह है जहाँ राजा नहीं होता, उसकी जगह पर पंच लोग किसी योग्य और सर्वमान्य पुरुष को चुन कर कुछ नियत समय के लिए अपना प्रधान बना लेते हैं और वह प्रजा के चुने हुए मेम्बरों की सम्मति से राज्य का सारा प्रबन्ध करता है, जैसे फ्रान्स, अमेरिका, चीन आदि। भारत की दशा विचित्र है, वह इन तीनों भेदों में से एक में भी नहीं आता, उसकी दशा सबसे गयी बीती है, न उसका राजा ही भारत का निवासी है और न वह प्रजा के चुने हुए पंचों द्वारा देश पर राज्य ही करता है। वास्तव में भारत का राजा कोई एक आदमी नहीं है, बल्कि समस्त इंग्लैण्ड—नहीं बल्कि अंग्रेज जाति उस पर राज्य करती है, चाहे वह आस्ट्रेलिया में रहती हो, चाहे कनाडा में। सोचने की बात है कि जब एक लोभी राजा समस्त देश की प्रजा को नाना प्रकार की विपत्तियों में डाल सकता है तो एक पूरी जाति लोभ के वश में देश में कितना हाहाकार फैला सकती है। अकेला राजा तो प्रजा को लूट कर अपना पेट भर सकता है लेकिन किसी पराधीन देश के लिए अपने ऊपर राज करनेवाली समस्त जाति का पेट भरना असम्भव है। यही कारण है कि भारत की दशा इतनी हीन हो रही है। अंग्रेज जाति के व्यवसायी उसका व्यवसाय अपने हाथों में करना चाहते हैं, नौकरी पेशा करनेवाले ऊँचे-ऊँचे ओहदे दबाये बैठे हैं, वहाँ के उद्योगी लोग यहाँ के उद्योग धन्धों पर आसन जमाये हुए हैं। यहाँ तक कि वहाँ के विद्वान लोग यहाँ की विद्या के भी अधिकारी बन गये हैं। हम इन तीनों भेदों में कौन चाहते हैं यह अभी साफ-साफ नहीं कहा जा सकता पर इसमें अब जरा भी सन्देह नहीं है कि हम वह स्वराज्य चाहते हैं जहाँ प्रजा के चुने हुए पंचों की सलाह से सब राजकाज़ किया जाता है और पंचों की सम्मति के बिना शासक लोग कुछ भी नहीं कर सकते। भारत में ऐसी सभाएँ हैं जहाँ प्रजा के प्रतिनिधि सरकार को सलाह देने जाते हैं। छोटे लाट साहब और बड़े लाट साहब दोनों ही को सलाह देने के लिए ऐसी सभाएँ बनायी गयी हैं। लेकिन एक तो इन सभाओं में जो पंच प्रजा की ओर से भेजे जाते हैं उन्हें वही लोग चुनते हैं जो या तो महाजन हैं या बड़े ज़मींदार या बड़े काश्तकार हैं, साधारण जनता को उनके चुनने का अधिकार नहीं है, दूसरे इन सभाओं को केवल राय देने का अधिकार है, अधिकारियों की इच्छा है चाहे उस राय को मानें या न मानें, वह इन सलाहों के मानने पर मजबूर नहीं हैं। विदित ही है कि वास्तव में यह साभाएँ केवल हाथी के दाँत हैं, उनकी जात से जनता की कोई भलाई नहीं हो सकती। उन्हें न तो आमदनी और खर्च के विषय में मुँह खोलने का अधिकार है, न सेना के विषय में, न पुलिस के विषय में। हाँ, शिक्षा स्वास्थ्य, रक्षा और म्यूनिस्पैलिटी के मामलों में उन्हें कुछ सत्ता प्राप्त है, लेकिन वह भी केवल नाम के लिए, क्योंकि जब आमदनी और

खर्च उनके अखत्यार के बाहर है तो वह शिक्षा या स्वास्थ्य रक्षा का उचित प्रबन्ध कैसे कर सकते हैं, जब खजाने की कुंजी शासकों के हाथों में है तो वह उनके आधीन है कि वह शिक्षा के लिए धन दें या न दें। स्वराज्यवादियों का लक्ष्य यही है और महात्मा गाँधी ने साफ कह दिया है कि हमको आमदनी और खर्च और सेना सबन्धी मामलों पर पूरा अखत्यार हो, यही हमारा उद्देश्य है।

स्वराज्य के साधन

स्वराज्य का मुख्य साधन 'स्वावलम्बन' है, अर्थात अपने देश की सब जरूरतों को आप पूरा कर लेना है। जो प्राणी अपने खेत का अनाज खाता है, अपने काते हुए सूत का कपड़ा पहनता है और अपने झगड़े बखेड़े अपनी पंचायत में चुका लेता है उसे हम स्वाधीन कह सकते हैं। हम अपनी जरूरतों के लिए दूसरे देशवालों के मुहताज हैं, अनेक छोटे-छोटे घरेलू झगड़े चुकाने के लिए भी अदालतों का मुँह ताकते हैं, यहाँ तक कि अन्न वस्त्र के लिए भी दूसरों के अधीन हैं, यह हमारी पराधीनता है, इस अवस्था को दूर कर देने पर फिर हम सच्चे स्वराज्य का आनन्द उठाने लगेंगे। हमारे देश में काफी कपड़ा नहीं बनता। वह कपड़ा खरीदने के लिए हमें अपने देश का अनाज, तेलहन आदि अन्य देशों के हाथ बेचना पड़ता है। अनाज के निकल जाने से देश में बारहों मास अकाल की दशा बनी रहती है। महँगी से प्रजा को काफी भोजन नहीं मिलता, वह अपना उदर भरने के लिए नाना प्रकार के कुकर्म करती है, इस प्रकार पुलिस और अदालतों का जोर बढ़ता है। केवल एक कपड़े की कमी से देश के सिर कैसी-कैसी बाधाएँ आ पड़ती हैं। यदि हम लोग अपने तन ढाँकने के लिए काफी कपड़े बना लें, तो हमारे ७० करोड़ रुपये देश में रह जाएँ, धन धान्य की वृद्धि हो जाय। भोग विलास की चीजों के पीछे भी हम अपने देश के करोड़ों रुपये अन्य देशों की भेंट करते हैं। इस मामले में सारा अपराध पढ़े लिखे अंग्रेजी शिक्षा के भक्तों के सिर है। वह वकालत करके या नौकरी करके या अन्य रीतियों से प्रजा का धन खींच लेते हैं और उसे सिगरेट, साबुन, मोटर, शीशे के सामान, भाँति-भाँति की विलासयुक्त सामग्रियों की वेदी पर चढ़ा देते हैं। जब तक हम लोग अपने देश की कमायी अन्य देशों के हाथों इस प्रकार बेचते रहेंगे हम सच्चे स्वराज्य का आनन्द नहीं उठा सकते। इसलिए निहायत जरूरी है कि हम अपने पैरों पर खड़े होना सीखें, किसी के अधीन न रहें। अगर हमारे देश में साठ लाख चर्खे भी चलने लगें, तो हम अपने वस्त्रों के लिए किसी अन्य देश के मोहताज न रहें, सारा देश धन और अन्न से परिपूरित हो जाय। इसी प्रकार यदि हमारे सुशिक्षित भाई लोग भोग विलास के पदार्थों को त्याग दें तो उन्हें प्रजा को ठगकर, धूर्तता से, छल से धन कमाने की जरूरत न रहे। हमारा राष्ट्रीय जीवन कितना सुखद और शान्तिमय हो जाय। कितनी मनोहर कल्पना है। कुछ लागों के कथनानुसार, यह सुदशा काल्पनिक ही सही, मनोरम स्वप्न ही सही, आदर्श सही, पर कोई कारण नहीं कि हम उस आदर्श को प्राप्त करने का प्रयास न करें। इस अवस्था में देश का सबसे उपकार जो हम कर सकते हैं वह चर्खे चलाना है। यह केवल

व्यावसायिक प्रश्न नहीं है, धार्मिक प्रश्न है। यह केवल दैहिक मुक्ति का नहीं, आत्मिक मुक्ति का साधन है। यह विचार मत करो कि चर्खे चलाने से तो मजूरी नहीं पड़ती। मजूरी समझ कर नहीं, इस काम को अपना कर्तव्य समझ कर करो। हमारा विशेष अनुरोध उन परदेवाली साध्वी स्त्रियों से है जिनके समय का अधिकांश गपशप या परनिन्दा में कटता है। उन्हें इस समय ईश्वर ने देशोद्धार का बड़ा अच्छा अवसर प्रदान किया है। इस पवित्र काम में उन्हें सहर्ष अपने पुरुषों को सहायता करनी चाहिए। उन्हें केवल वस्त्र दान का पुन्न ही न होगा बल्कि वह अपने देश के उन लाखों जुलाहों को काम में लगा लेंगी, उनके परिवार को दरिद्रता के चंगुल से निकाल लेंगी, जो इस समय ताशे ढोल बजा कर या नेचे आदि बना कर अथवा पुतली घर में मजूरी करके अपना पेट पाल रहे हैं। इससे भी बड़ा उपकार यह होगा कि हमारे देश से कुली प्रथा उठ जायेगी जिसके कारण आज लाखों परिवार अपने गाँव घर छोड़ कर शहरों की तंग और गन्दी कोठरियों में अपने जीवन के दिन काट रहे हैं और नाना प्रकार की कुवासनाओं में पड़ कर अपने जीवन का सर्वनाश कर रहे हैं।

स्वराज्य प्राप्ति का दूसरा साधन उन व्यवस्थाओं का त्याग करना है जो हमारी आत्मा को दबाती हैं और उसे पराधीन, परावलम्बी बनाती हैं। अदालतें, सरकारी नौकरियाँ, सरकारी शिक्षा आदि हमारी आत्मा को कुचलनेवाली, हमारे मन के पवित्र भावों का दमन करनेवाली, हमें कौड़ी का गुलाम बनानेवाली, हमारी वासनाओं को भड़कानेवाली संस्थाएँ हैं। हमारे बालकवृन्द बालकपन से ही सरकारी नौकरियों की आशा करने लगते हैं, उसी समय से उनकी आत्मा पराधीन होने लगती है। उन्हें परकटे पक्षी की भाँति दरबे के सिवा और कुछ नहीं सूझता। चापलूसी करने की, कांइयापन करने की आदत पड़ जाती है, वह अपनी इन्द्रियों के दास बन जाते हैं, सरकारी नौकरी ही उनका सर्वाधार बन जाती है। ऐसी शिक्षा पानेवाले युवकों के हृदय में देश प्रेम के उच्च भावों का उदय होना असम्भव नहीं तो कठिन अवश्य है। जिनकी आत्मा ही दब गयी वह स्वराज्य और स्वाधीनता की कल्पना भी नहीं कर सकते। यह तो हुआ शिक्षा का हाल। अदालतों का प्रभाव इससे कम प्राण घातक नहीं। वहाँ मुकदमेबाजी करने वाली जनता और उनका धन लूटनेवाले वकील मुखतार दोनों ही अपनी आत्मा को हताहत करते हैं। अगर कोई आदमी, झूठ,छल, कपट, धूर्तता, बेईमानी का भीषण नाटक देखना चाहे तो उसे एक बार अदालत में जाना चाहिए। वहाँ ऐसे-ऐसे घृणोत्पादक दृश्य देखने में आयेंगे कि उसकी आँखें खुल जायेंगी और मानवी दुर्बलता, दुष्टता तथा नीचता का विकट अनुभव हो जायेगा। कहीं गवाह तैयार किये जा रहे हैं, कहीं मुवक्किलों को उनका बयान तोते की भाँति रटाया जा रहा है, कहीं कांइयाँ मुहर्रिर मुवक्किलों से खर्च के लिए तकरार कर रहा है, कहीं कर्मचारी लोग रिश्वत के सौदे चुका रहे हैं, कहीं वकील साहब अपने मेहनताने का सौदा पटाने में मग्न हैं, कहीं मुखतार देहातियों के एक दल को साथ लिये इज़लासों में दौड़ते फिरते हैं। और यह सब धूर्त लीला खुल्लम-खुल्ला बिना किसी संकोच के होती रहती है।

आत्मनाश का इससे करुणाजनक दृश्य कल्पना में नहीं आ सकता। वकालत को आजाद पेशा कह कर लोग इस पर गर्व करते हैं, यहाँ तक कि शिक्षा का यही सर्वश्रेष्ठ लक्ष्य समझा जाता है। हमारे विद्यालयों से उच्च उपाधियाँ प्राप्त करके लोग यही कामना लिये हुए निकलते हैं, पर वास्तव में इससे नीच और परतन्त्र बनानेवाला कोई दूसरा पेशा नहीं है। शिक्षक की, चिकित्सक की, सौदागर की, कारीगर की जरूरत हमेशा रहेगी चाहे देश की राजनैतिक स्थिति कुछ भी हो। लेकिन वकीलों की उपयोगिता अदालतों पर ही निर्भर है। आज अदालतें बन्द हो जाएँ या पंचायतों का सर्वसाधारण में प्रचार हो जाय तो वकीलों को कोई कौड़ी को भी नहीं पूछे। टके-टके मारे फिरें। अंग्रजी राज के पहले यहाँ वकालत का नाम भी न था। अंग्रेजी राज के साथ यह पेशा भी आया और उसी राज की भाँति दिनों दिन उन्नति करने लगा, यहाँ तक कि आज इसने शिक्षित समाज पर एकाधिपत्य-सा कर लिया है। सोचिए कि जिस समाज का प्रतिभाशाली भाग अपनी जीविका के लिए किसी विशेष संस्था के अधीन हो वह स्वराज्य और आज़ादी के भावों का आनन्द कैसे उठा सकता है। वस्तुत: हमारे वकील भाई अदालतों के गुलाम हैं, उन्हें कोई स्वाधीन पेशा नहीं आता, उनमें स्वावलम्बन का भाव लुप्त हो गया है और उनसे समाज के उपकार की कोई आशा नहीं की जा सकती। अब रहे मुकदमेबाज लोग, उनमें प्राय: वही लोग हैं जो अपने धन या धूर्तता के बल से अन्याय को न्याय बनाना चाहते हैं। ऐसे आदमियों की आत्मा दुर्बल हो जाती है और वह अपना मतलब निकालने के लिए किसी ग़रीब की ज़ायदाद हज़म करने के लिए अथवा शत्रुओं से अपना वैर चुकाने के लिए तरह-तरह के पाखण्ड रचते हैं। जो आत्मा अनीति की शरण लेती है वह कभी स्वराज्य के योग्य नहीं हो सकती। वह सदैव कुचेष्टाओं के नीचे दबी रहती है, अपना स्वार्थ सिद्ध करने के लिए सदैव दूसरों की खुशामद किया करती है। उसमें सम्मान का भाव नष्ट हो जाता है, वह पतित हो जाती है। ऐसी गिरी हुई आत्माएँ स्वराज्य की कल्पना भी नहीं कर सकतीं। उनके संकीर्ण हृदय में स्वार्थ के सिवा ऊँचे और पवित्र भाव उठते ही नहीं। वह नित्य इसी चिन्ता में रहती है कि किसका धन उड़ा लें, किसकी ज़ायदाद हड़प कर जाएँ। स्वराज्य प्राप्त करने के लिए आत्मशुद्धि, निर्भयता और सद्व्यवहार ही की उपासना करनी पड़ेगी और मुकदमेबाजी को छोड़ने में हमें इस उपासना से बड़ी मदद मिलेगी।

ऊपर जिन साधनों का ज़िक्र किया गया है वह सभी एक शब्द असहयोग के अन्तर्गत आ जाते हैं। और शासन प्रजा के सहयोग या सहायता के बिना नहीं चल सकता। प्रजा का धर्म है कि वह अपनी सरकार की यथायोग्य सहायता करे, धन से, बल से, बुद्धि से उनकी सेवा करे, किन्तु जब शासन अनीति पर उतारू हो जाय, प्रजा को कष्ट देने लगे, उसके अधिकारों को कुचलने लगे, अपना रौब जमाने के लिए उस पर अत्याचार करने लगे, तो फिर उसका प्रजा से सहायता पाने का मुँह नहीं रहता, और प्रजा भी उसकी सहायता न करने में दोषी नहीं ठहरायी जा सकती। भारत में इस समय ऐसा ही अवसर आ पड़ा है। अधिकारी वर्ग नाना प्रकार के विधानों से प्रजा का दमन

करने पर तुले हुए हैं। कहीं सभाएँ बन्द की जा रही हैं, कहीं नेताओं का मुँह बन्द किया जा रहा है, कहीं निहत्थी प्रजा पर गोलियाँ चल रही हैं, कहीं कार्यकर्ता जेल भेजे जा रहे हैं और वहाँ उनसे कड़ी मेहनत ली जा रही है, कहीं पंचायतों को तोड़ा और पंचों को दण्ड दिया जा रहा है, यहाँ तक कि किसी को शराब पीने से रोकने को भी जुर्म समझा जाता है। महात्मा गांधी की जय-जयकार करने के लिए, खादी पहनने के लिए, चरखों का प्रचार करने के लिए सज्जनों पर तरह-तरह के दोषारोपण किये जा रहे हैं। ऐसी दशा में प्रजा का कर्तव्य है कि वह सरकार को किसी प्रकार की सहायता न दे, क्योंकि अत्याचारी शासन की मदद करना अत्याचार करने से कम पाप नहीं है। सरकार की नौकरी करना अनुचित है इसलिए कि प्रजा पर अत्याचार करने का काम नौकरों द्वारा ही होता है। सरकारी अदालतों में जाना अनुचित है इसलिए कि इससे सरकार का रौब बढ़ता है और प्रजा की आत्मा दुर्बल होती है, वकालत करना अनुचित है, इसलिए कि इससे सरकारी न्यायालयों की पुष्टि होती है, सरकारी विद्यालयों में पढ़ना अनुचित है, इसलिए कि इससे हमारे हृदय में गुलामी के भाव पुष्ट होते हैं। लेकिन यह स्मरण रखना चाहिए कि हम असहयोग इस हेतु ग्रहण नहीं करते कि इससे सरकार को हानि पहुँचे। नहीं, हम केवल इसलिए असहयोग करते हैं कि हमारा यही वर्तमान धर्म है। सरकार की नीति का हमको जो अनुभव हुआ और हो रहा है उससे भली-भाँति सिद्ध हो जाता है कि स्वराज्य के बिना हमारे देश का कल्याण नहीं हो सकता। उसकी प्राप्ति का साधन शान्तिमय असहयोग है और आत्मशुद्धि, निर्भयता और सद्व्यवहार असहयोग के तीन अंग हैं। केवल असहयोग हमको स्वराज्य पद पर नहीं पहुँचा सकता। असहयोग तो केवल बाह्य साधन है, आन्तरिक साधन आत्मा की पवित्रता है। अपनी आत्मा को खो देने से हम पराधीन हुए, स्वार्थ परायणता ने ही हमारे गले में दासत्व की जंजीर डाली। आत्मा को पाकर ही हम स्वाधीन हो सकते हैं।

स्वराज्य के फ़ायदे

स्वराज्य के फ़ायदे का शुमार करना ईश्वर के गुणों के गिनने के बराबर है। उसकी महिमा अपरम्पार है। स्वराज्य मिलने पर देश में सुख और शान्ति का स्वराज्य हो जायेगा उसी तरह जैसे कोई क़ैदी जेल से छूट कर सुखी होता है। उसके हाथों में हथकड़ियाँ नहीं हैं। पैरों में बेड़ियाँ नहीं, सिर पर सिपाहियों की संगीनें नहीं हैं, वह अन्न के लिए, वस्त्र के लिए किसी का मुहताज नहीं है, जब चाहे सोये, जब चाहे जागे, ज़ब चाहे काम करे, जब चाहे आराम करे, जहाँ चाहे जाय, कोई उसका बाधक नहीं है। इस छुटकारे का आनन्द उसी कैदी से पूछिए। वही उसका मजा जानता है। स्वराज्य से देश को सबसे बड़ा फायदा जो होगा वह भारतीय जीवन का पुनरुद्धार है। प्रत्येक जाति के जीवन में कोई प्रधान गुण होता है। अंग्रेज जाति का प्रधान गुण पराक्रम है, फ्रांसियों का प्रधान गुण स्वतन्त्र प्रेम है, उसी भाँति भारत का प्रधान गुण धर्मपरायणता है। हमारे जीवन का मुख्य आधार धर्म था। हमारा जीवन धर्म के सूत्र में

बँधा हुआ था। लेकिन पश्चिमी विचारों के असर से हमारे धर्म का सर्वनाश हुआ जाता है, हमारा वर्तमान धर्म मिटता जाता है, हम अपनी विद्या को भूलते जाते हैं, अपने रहन-सहन, रीति-रिवाज से विमुख होते जाते हैं, हमारा अद्वितीय सामाजिक संगठन छिन्न-भिन्न हुआ जाता है; पश्चिम की देखा-देखी हम धनोपार्जन ही को जीवन का लक्ष्य मानने लगे हैं, सम्पत्ति ही को सर्वोपरि समझने लगे हैं, यही हमारा धर्म हो गया है। ज्ञान का, सन्तोष का, कर्तव्यपालन का, त्याग का महत्व हमारी निगाहों से उठता जाता है। हम विद्या को धर्म समझ कर सीखते और सिखाते थे, चाहे वह गान विद्या हो, धनुर्विद्या हो या कोई अन्य विद्या हो। अब हम उसे धनोपार्जन के लिए सीखते और सिखाते हैं। हममें परस्पर प्रेम नहीं रहा, सहानुभूति नहीं रही। हमारी मैत्री, हमारा प्रेम, हमारी सदिच्छाएँ, हमारे हृदय की उच्च वृत्तियाँ, सभी धन इच्छा के नीचे दबती जाती हैं। सारांश यह है कि हम अपनी आत्मा को भूलते जाते हैं। स्वराज्य पाकर हम अपनी आत्मा को पा जायेंगे, हमारे धर्म का उत्थान हो जायेगा, अधर्म का अन्धकार मिट जायेगा और ज्ञान भास्कर का उदय होगा। वर्ण व्यवस्था और आश्रम धर्म का फिर राज होगा। हम फिर अपने भाग्य के विधाता हो जायेंगे, बैलों की भाँति हाँके न जाकर पुरुषों की भाँति अपना मार्ग स्थिर करेंगे। हमको अपने संसार में अपने विचारों के प्रचार करने का, अपने आदर्शों को दिखाने का अवसर मिल जायेगा। हम किसी जाति के पिछलग्गू न बन कर संसार सभा में अपने उचित स्थान पर बैठेंगे, हमारी गणना दीन-हीन परवश जातियों में न होकर उन जातियों में होने लगेगी जिनके हाथों में संसार की बागडोर है। पराधीनता ने हमारी बुद्धि को मन्द कर दिया है। हमारा मानसिक बल लुप्त हो गया है। हमने पिछली कई शताब्दियों से संसार के ज्ञानकोश में कुछ योग नहीं किया, कोई नयी कल्पना नहीं की, विचार सागर में कोई लहर पैदा नहीं की। पश्चिम की जगमगाते हुए विल्लौर के सामने हमारे जवाहिरात की चमक मन्द पड़ गयी थी। स्वराज्य हमारी बुद्धि को, हमारी विचार शक्ति को मुक्त कर देगा और संसार में फिर उनकी आवाज सुनायी देगी। हमारा महत्व बढ़ेगा, हमारी प्रतिभा बढ़ेगी और हम उन्नत और बलवान जातियों के सम्मुख बैठने के अधिकारी हो जायेंगे। हम संसार में एक नयी सभ्यता, एक नये जीवन का प्रचार कर देंगे, संसार के वर्तमान धर्म प्रेम को अपने सन्तोषमय जीवन से लज्जित कर देंगे, स्पर्द्धा और प्रतिद्वन्दिता को मिटा कर सहकारिता और प्रेम का सिक्का जमा देंगे। तब—संसार का द्वार हमारे लिए बन्द न होगा हम अछूत, नीच, असभ्य, गँवार न समझे जायेंगे, तब कनाडा और आस्ट्रेलिया, अफ्रीका और न्यूजीलैंड के लोग हमारी सूरत से घृणा न कर सकेंगे, तब फिज़ी और डमरा के मदान्ध सौदागर हमें कोड़े मार कर गुलाम न बना सकेंगे, तब हमको कुचलने के लिए, हमको गुलाम बनाये रखने के लिए तरह-तरह के कठोर पाशविक कानून न बनाये जा सकेंगे, क्योंकि तब हमारे हाथों में भी इन अत्याचारों का जवाब देने की शक्ति होगी, तब किसी को हमें नीच समझने का अधिकार न रहेगा, तब हमको जो जाति अपने देश में जाने से रोकेगी उसे हम भारत में पैर न रखने देंगे, उसके साथ व्यवसाय न

करेंगे, उससे कोई सम्पर्क न रक्खेंगे। तब हमारे देश में आप ही धन धान्य की इतनी बहुलता हो जायेगी कि हमारे भाइयों को कुलियों में भरती होने की ज़रूरत ही न रहेगी। अंग्रेज़ी उपनिवेशों में इस समय हमारे भाइयों की जो दुर्गति हो रही है उसे देखकर किन आँखों से आँसू न निकल पड़ेंगे। जिन भारतीय मजूरों ने अपना पसीना और रक्त बहा कर पूर्वीय अफ्रीका, नेटाल, ट्रान्सवाल, फिज़ी को चमन बनाया, जंगलों को काट कर बसाया उन्हीं को अब वहाँ से निकाल देने के लिए मदान्ध, स्वार्थान्ध अंग्रेज, नाना प्रकार के क्रूर व्यवहार कर रहे हैं। स्वराज्य पाने के बाद फिर किसका मुँह है जो हमसे ऐसा बुरा, ऐसा पैशाचिक व्यवहार कर सके।

इस धार्मिक और मानसिक उन्नति के अतिरिक्त स्वराज्य से दूसरा बड़ा उपकार जो होगा वह हमारी आर्थिक सुदशा है। प्रचीनकाल में भारत अत्यन्त समृद्धशाली देशों में था। यहाँ तक कि अन्य देशों के लोग यहाँ के धन की उपमा देते थे। हमारे कवियों ने भी अपने काव्य ग्रन्थों में नगरों के जो वर्णन किये हैं उनसे भी उसी बात की पुष्टि होती है। अब वह कंचन, वह रत्न कहाँ हैं? आज तो हमारा देश संसार के सबसे कंगाल देशों में है जहाँ के निवासियों को साल में नौ महीने आधे पेट भोजन करके निर्वाह करना पड़ता है। इसका कारण कुछ तो यह है कि भूमि इतनी उर्बरा नहीं रही लेकिन मुख्य कारण हमारी पराधीनता है। हमको लगभग सत्तर करोड़ रुपये प्रतिवर्ष कपड़े के लिए अन्य देशों को देने पड़ते हैं, लगभग चालीस करोड़ रुपये अंग्रेज कर्मचारियों के पेन्शन आदि के निमित्त देने पड़ते हैं। सत्तर करोड़ रुपये केवल सेना विभाग के भेंट हो जाते हैं। रेलों की कम्पनियों को कितने ही करोड़ रुपये नफा के देने पड़ते हैं। इसके अतिरिक्त अंग्रेज लोग जितना धन चाय, नील, ऊख आदि की खेती करके, अन्न, लोहे, कपड़े आदि के कारखाने क़ायम करके ढो ले जाते हैं, उसका कोई हिसाब नहीं। राज्य कर्मचारियों को वेतन जो यहाँ दिया जाता है वह अन्य देशों के कर्मचारियों से कहीं अधिक है। यह सब धन कहाँ से आता है? हमारी भूमि से। यही कारण है कि जमीन पर दिनों दिन लगान बढ़ता जाता है, दिनों दिन भाँति-भाँति के कर लगते जाते हैं कि किसी तरह यह शासन का बढ़ा हुआ खर्च पूरा पड़े। शिक्षा के लिए रुपयों का सदैव रोना रहता है। स्वास्थ्य रक्षा के लिए धन का सदैव तोड़ा रहता है लेकिन पुलिस और सेना के लिए कभी धन की कमी नहीं रहती। स्वराज्य होने से इस दशा में बहुत कुछ सुधार होने की सम्भावना है। अभी विश्वस्त रूप से यह तो नहीं कहा जा सकता कि इस शासन का खर्च घटाने में सफल होंगे, लेकिन इसमें लेशमात्र भी सन्देह नहीं है कि कुछ न कुछ क़िफायत ज़रूर होगी। हम पुलिस की इतनी बड़ी संख्या न रक्खेंगे और पुलिस के उच्च अधिकारियों की संख्या घटाने का प्रयत्न किया जावेगा। खर्च की सबसे बड़ी मद सेना है। हम इतनी बड़ी और इतनी महँगी सेना न रक्खेंगे। गोरे सिपाहियों पर बहुत ज्यादा खर्च पड़ता है। गोरे अफसरों को भी लम्बी-लम्बी तनख्वाह देनी पड़ती है। इसकी जगह देशवासी ही अफसर होंगे और सिपाहियों की भी संख्या घटा दी जायेगी। देश रक्षा के लिए स्वयंसेवकों की सेना बनायी जायेगी, स्थायी सेना के कम

हो जाने से खर्च में बहुत बचत हो जायेगी। राज्य कर्मचारियों में अधिकांश इसी देश के लोग होंगे और उन्हें इतना वेतन न देना पड़ेगा। इसी मद से भी बहुत खासी बचत हो जायेगी। यह भ्रम है कि स्थायी सेना को घटा देने से अन्य जातियाँ हमारे ऊपर आक्रमण करेंगी। इस समय सब देश अपनी आन्तरिक उन्नति के उद्योगों में लगे हुए हैं और बोलशेविजंम के भावों के कारण उन्हें अपना ही घर सँभालना मुश्किल पड़ रहा है और जिस तरह इस मत का प्रचार बढ़ रहा है उससे बहुत कम राष्ट्रों को दूसरे राष्ट्रों पर आक्रमण करने की फुरसत या हबिश रह जायेगी। बोलशेविजंम का सुधरा हुआ जो रूप आगे बच रहेगा सम्भव है उसमें एक दूसरे पर आक्रमण करके उसका धन धान्य हरण करने का रिवाज ही उठ जाय। हम यदि किसी को न सतावेंगे तो दूसरे हमको क्यों सताने लगे। संसार से सैनिकता के उठ जाने के शुभ लक्षण जान पड़ रहे हैं। इसलिए हमें सेना और शासन विभागों में जो बचत होगी वह स्वास्थ्य रक्षा और शिक्षोन्नति में खर्च होगी। इतना करने पर बहुत सम्भव है कि हमारा भूमिकर इससे हल्का हो जाय और अन्य कर तोड़ दिये जाएँ। हमारे नेता लोग भूमिकर को हल्का करने के लिए सरकार से सदा अनुरोध करते आये हैं। जब प्रबन्ध उनके हाथों में आ जायेगा तो वह अवश्य अपने सिद्धान्त का पालन करेंगे और हमारे किसानों के सिर से लगान का भारी बोझा उतर जायेगा। हमारी अदालतों पर भी इस समय भारी व्यय होता है। न्याय इतना महँगा हो गया है कि बेचारे ग़रीबों के लिए वह दुर्लभ हो गया है। तब अदालतों का बहुत-सा काम पंचायतों को सौंप दिया जायेगा और जनता को बिना घरबार रेहन किये न्याय मिल जाया करेगा। अवैतनिक कर्मचारियों की संख्या बढ़ा देने से भी अदालतों के खर्च में कमी की जा सकेगी।

जब जनता के पास धन एकत्र हो जाय तो वह उसे किसी न किसी काम में लगाना चाहेगी। इस प्रकार देश की व्यवसायिक और व्यापारिक उन्नति होगी। अभी सरकार ने मालगाड़ियों के ऐसे नियम बना रक्खे हैं, विलायत के सौदागरों के माल भेजने के ऐसे सुभीते कर रक्खे हैं कि वह यहाँ सस्ता माल भेज सकें। यह देश अभी कौशल और कलों से काम करने में निपुण नहीं है। इसका फल यह हो रहा है कि बाहर से सस्ती चीजों के पट जाने के कारण हम अपने शिल्पादि को सँभाल नहीं सकते। तब रेलगाड़ियाँ हमारे इन्तज़ाम में होंगी। हम अपनी सुविधानुसार आने जानेवाले माल का महसूल बढ़ा घटा सकेंगे। बाहर से आनेवाली सस्ती चीजों पर कड़ा कर लगाकर विदेशी माल को रोक सकेंगे और स्वदेशी वस्तुओं को प्रोत्साहन देकर उनका प्रचार बढ़ा सकेंगे। इन थोड़े दिनों में हमारा देश किसी अन्य देश का मुहताज़ न रहेगा। हमारे यहाँ वह सभी जिन्सें पैदा होती हैं या पैदा की जा सकती हैं जो मानव जीवन के लिए आवश्यक हैं। फिर हमें किसी दूसरे देश का मुहताज क्यों रहना पड़े? यह भी याद रखना चाहिए कि हमारा देश कृषि प्रधान है। शिल्प और उद्योग यहाँ सदैव कृषि के नीचे ही रहेगा। अतएव हम अपने यहाँ बहुत बड़े-बड़े कारखाने क़ायम नहीं कर सकते क्योंकि इससे मजूर लोग शहर में बसने लगते हैं और नाना प्रकार की

आदतों में पड़ कर अपने शरीर और आत्मा दोनों का ही सर्वनाश करते हैं। कलकत्ता, बम्बई, अहमदाबाद आदि स्थानों में मजूरों की दशा अत्यन्त शोचनीय हो रही है। हमें यही उद्योग करना चाहिए कि हमारा ग्राम्य जीवन जो स्वास्थ्य रक्षा और आचरण की पवित्रता का पोषक है नष्ट न होने पावे। इसलिए हमें प्रायः उन्हीं उद्योग धन्धों का प्रचार करना होगा जो कृषक लोग घर बैठ कर अवकाश के समय कर सकें। छोटे-छोटे कारखाने अलबत्ता कस्बों में खोले जा सकते हैं। इसमें सन्देह नहीं कि इस व्यावसायिक नीति से हम विदेशी वस्तुओं का मुकाबला न कर सकेंगे। लेकिन जब हम कर लगा कर विदेशी वस्तुओं को रोक देंगे तो उनसे मुकाबला करने का प्रश्न ही न रह जायेगा। इसके सिवा हम तो केवल अपनी जरूरत को पूरा करने के लिए शिल्प और कला की उन्नति चाहते हैं। हमारा उद्देश्य कदापि नहीं है कि सस्ता माल बना कर निर्बल देशों पर पटकें और व्यवसाय के बहाने उन पर आधिपत्य जमायें। हम सुख और शान्ति से रहना चाहते हैं, किसी को सताना या दबाना नहीं चाहते। हम उतना ही कपड़ा बनाना चाहते हैं जिससे हमारी प्रजा का तन ढँक जाय। मैनचैस्टर, लंकाशायर आदि की भाँति दूसरे देश के गले अपना सस्ता माल नहीं मढ़ना चाहिए। इसी व्यावसायिक चढ़ा ऊपरी के कारण योरोप की जातियों में नित्य वैमनस्य बना रहता है, एक दूसरे को शत्रु समझती हैं। उसका भयंकर परिणाम वह महा समर था जिसका अभी तक निबटारा नहीं हुआ। हम इस संग्राम से दूर रहना चाहते हैं। खिलाफत का प्रश्न जिसने संसार के समस्त मुसलमानों को बेचैन कर रक्खा है, बहुत कुछ इसी व्यावसायिक चढ़ा ऊपरी से सम्बन्ध रखता है। फ्रांस शामदेश को नहीं छोड़ता इसलिए कि वह शाम के बन्दरगाहों से अपना माल अरब देश में ला सके। अंग्रेज लोग बसरा और बगदाद नहीं छोड़ना चाहते क्योंकि वहाँ मिट्टी के तेल की खाने हैं। इस व्यावसायिक स्वार्थपरता को छिपाने के लिए तरह-तरह के नैतिक ढकोसले गढ़ते जाते हैं, और हम उस देश को छोड़ दें तो वहाँ अराजकता फैल जायेगी, वहाँ के लोग एक दूसरे से लड़ मरेंगे इत्यादि।

कुछ सज्जनों का कहना है कि इस व्यावसायिक काम में हम संसार से अलग-अलग नहीं रह सकते। हमारा देश कोई कुटी नहीं है कि उसका द्वार बन्द करके हम शान्ति से बैठें। यह सर्वथा सत्य है। हम भी ऐसा करना नहीं चाहते। हम अन्य देशों से ज्ञान विज्ञान सीखना चाहते हैं। उनके आचार विचार से परिचित रहना चाहते हैं, किन्तु इसका यह आशय नहीं है कि हम अन्य देशों की व्यावसायिक पराधीनता स्वीकार करें। जर्मनी, फ्रांस आदि उन्नत देश भी अपने देश के व्यापार की रक्षा के लिए रक्षणकारी कर लगाते हैं। केवल इंग्लिस्तान अबाध वाणिज्य का पक्षपाती है, लेकिन वहाँ भी नीतिज्ञ इस नीति के विरोधी हैं और देश की वस्तुओं की रक्षा करने के लिए अन्य वस्तुओं पर कर लगाने का प्रयत्न कर रहे हैं। आजकल सारे अंग्रेज़ी साम्राज्य के नेता लोग इन्हीं प्रश्नों पर विचार करने के लिए लंदन में जमा हुए हैं। भारत से भी माननीय श्री निवास शास्त्रीजी इस कान्फ्रेन्स में सम्मिलित होने के लिए गये हैं। जब

ऐसे समुन्नत देशों का यह हाल है तो भारत यदि अपने व्यापार की रक्षा करे तो कोई अनुचित बात नहीं है।

रेल विभाग का प्रबन्ध अभी तक अंग्रेज़ी कम्पनियों के हाथों में है। यद्यपि कई रेल की शाखाएँ अब सरकार की सम्पत्ति हो गयी हैं पर सरकार ने उनका प्रबन्ध अपने हाथ में न लेकर कम्पनियों पर ही छोड़ दिया है। इस काम के लिए वह कम्पनियों को चार रुपये पाँच रुपये सैकड़ा नफा देती है। हमारे नेता सरकार से बार-बार कह चुके हैं कि वह रेलों का इन्तज़ाम स्वयं करें किन्तु सरकार इस ओर ध्यान नहीं देती। इसी बात की जाँच करने के लिए अभी हाल में एक कमेटी बैठी थी। मालूम नहीं उसने क्या निश्चय किया। कम्पनी के इन्तज़ाम से प्रजा को जो कष्ट होता है। कम्पनी प्रजा के सुख और सुभीते पर ध्यान नहीं देती केवल अपने लाभ पर ध्यान रखती है। रेल के विभागों में ऊँचे पदों पर कोई हिन्दुस्तानी नियुक्त नहीं होने पाता। रेलगाड़ियों में जनता को जो कष्ट होता है वह हम अपनी आँखों से देखते हैं। आमदनी का बहुत बड़ा हिस्सा जनता की जेब से आता है लेकिन अव्वल और दूसरे दरजे के मुसाफिरों के लिए जहाँ सजी हुई गाड़ियाँ होती हैं, सजी हुई भोजन की गाड़ियाँ और ठहरने के स्थान होते हैं वहाँ सर्वसाधारण को तीसरे दरजे की गाड़ियों में भूसे की भाँति भरा जाता है और वह पशुओं की तरह मुसाफिर खानों मे पड़े रहते हैं, उन्हें स्टेशनों पर पानी तक नहीं मिलता। स्वराज्य रेलों का सारा प्रबन्ध हमारे हाथ में रख देगा और तब हम—

तीसरे दरज़े के मुसाफिरों के सुख के लिए यथोचित विधान करेंगे। मालगाड़ियों के इन्तज़ाम में भी हम अंग्रेज व्यापारियों के फायदे के लिए अपने देश के व्यापारियों का नुकसान न करेंगे। तब हमारे व्यापारी मालगाड़ियों के लिए स्टेशन मास्टरों की खुशामद न करेंगे और न बड़ी-बड़ी रिश्वत देंगे। उन्हें जरूरत के अनुसार सुगमता से गाड़ी मिल जाया करेगी और माल के रुके रहने से उन्हें जो हानि होती है वह कदापि न होने पायेगी।

मादक वस्तुओं का त्याग करना स्वराज्य प्राप्ति का उपाय है। सरकार को मादक पदार्थों की बिक्री और अफीम के बनाने से करोड़ों रुपयों की आमदनी होती है। यह अधर्ग का धन है और अधर्म के धन को भोग करके कोई देश सुखी नहीं रह सकता। मादक वस्तुओं से मनुष्य की जो शारीरिक और आत्मिक हानि होती है उसके उल्लेख करने की ज़रूरत नहीं है। हम सभी जानते हैं कि इसका नतीजा खराब होता है। ग़रीबों की पसीने की कमायी नष्ट हो जाती है और वह दरिद्र होकर भाँति-भाँति के दु:ख झेलते हैं। हर्ष की बात है कि जिन जातियों को नीच कहा जाता है वह इस बुरी प्रथा को छोड़ रहे हैं, लेकिन उच्च जातियों के लोग जो शराब की जगह भाँग और अफीम का सेवन करते हैं इनके त्यागने का नाम भी नहीं लेते। उनके विचार में भाँग या अफीम त्याज्य नहीं। यह उनकी भूल है। मादक वस्तुएँ सभी हानिकर हैं और हमारा कर्तव्य है कि उन्हें स्वयं छोड़ें और यथाशक्ति दूसरों से छुड़वाएँ।

उपसंहार

स्वराज्य क्या है, उसके पाने के क्या उपाय हैं और हमारे क्या लाभ होंगे इनका संक्षिप्त वर्णन हम ऊपर कर चुके हैं। हमारे देश में काँग्रेस ही वह संस्था है जो स्वराज्य सम्बन्धी बातों का प्रचार करती है। महात्मा गाँधी उस सभा के मुखिया हैं। उन्होंने स्पष्ट कह दिया है कि स्वराज्य के सुख भोगना चाहते हो तो चर्खे चलाओ, स्वदेशी वस्तुओं को ग्रहण करो, अदालतों को छोड़ो, पंचायतों द्वारा अपने कलहों का फैसला कराओ। नशे की चीजों को त्यागो, वकालत के निकृष्ट पेशे को छोड़ो और राष्ट्रीय शिक्षा का उचित प्रबंन्ध करो। महात्मा गांधी देश के भक्त हैं। उन्होंने देश के लिए अपना सर्वस्व त्याग दिया है। हमारी भलाई के लिए वह रात दिन हिन्दुस्तान भर में दौड़ रहे हैं। यदि ऐसे बुद्धिमान और दूरदर्शी नेताओं की अधीनता में हम स्वराज्य न ले सकेंगे तो फिर हमको बहुत काल तक पछताना पड़ेगा क्योंकि ऐसे महान पुरुष संसार में बिरले ही जन्म लिया करते हैं। यह समझना चाहिए कि परमात्मा ने उन्हें भारत का उद्धार करने के लिए अवतरित किया है और यदि हम उनकी आज्ञा न मानें तो हमारा परम दुर्भाग्य है। हम सबको, चाहे विद्यार्थी हों या सौदागर, ब्राह्मण हों या शूद्र, चाहिए कि इस पवित्र उद्योग में अपने नेताओं का हाथ बटायें। ईर्ष्या, द्वेष और स्वार्थपरता को कुछ दिनों के लिए भुला दें और एक दिल होकर स्वराज्य प्राप्ति के लिए उद्योग करें, खुद चरखे चलायें और अपनी घरवालियों से चलवायें क्योंकि इस समय यह आपत्ति धर्म है, इससे मुँह न मोड़ना चाहिए। अगर घर पीछे एक छटाँक सूत भी रोज निकलने लगे तो देश का बड़ा कल्याण हो और एक छटाँक सूत कातने में घंटे से ज्यादा समय नहीं लग सकता।

हमारी ईश्वर से प्रार्थना है कि वह हमें सद्‌बुद्धि दें और इस उच्च और पवित्र काम में हमारी सहायता करें।

■

बच्चों को स्वाधीन बनाओ

बहुत से लोग यह शीर्षक देखकर ही चौंक पड़ेंगे। वाह! लड़के तो आप ही स्वाधीन होते हैं। वह तो बचपन ही में न पुट्ठे पर हाथ रखने देते हैं, न मुँह में लगाम डालने देते हैं और जहाँ ज़रा समझ आयी कि सरपट दौड़ना शुरू कर देते हैं। ज़रूरत है कि उन्हें आज्ञा पालन सिखाओ, बड़ों का अदब करना सिखाओ, संयम सिखाओ। उन्हें स्वाधीन बनाना तो ऐसा ही है, जैसा आग पर तेल छिड़कना।

यह समय है कि लड़के आजकल उससे कहीं ज्यादा स्वाधीन हैं, जितने कि उनके माता-पिता इस उम्र में खुद थे। इस स्वाधीन प्रवृत्ति का जो नतीजा हो रहा है, उसे देखकर यदि माता-पिता के मन में ऐसी शंका पैदा हो तो कोई आश्चर्य नहीं, लेकिन इसीलिए तो ज़रूरत है कि लड़कों को स्वाधीन बनने की शिक्षा दी जाय। बालक जितना ही बलशाली होगा, उतना ही स्वाधीन भी होगा, लेकिन अभी हम उसे इसकी शिक्षा नहीं देते। अगर युवकों को फौज के लिए भरती किया जाय, तो उन्हें क़वायद सिखाने की ज़रूरत होती है। अगर वे गायक़ बनना चाहें, तो यह सम्भव नहीं है कि बिना सिखाये आप ही आप गाने लग जाएँ, लेकिन य़ह देखकर भी कि हमारे बालक वृन्द जितने स्वाधीन आज हैं, उतने किसी अतीत काल में न थे। हम उन्हें बचपन से इस समस्या को हल करने की उचित शिक्षा नहीं दे रहे हैं।

थोड़े से शब्दों में, बालक को प्रधानत: ऐसी शिक्षा देनी चाहिए कि वह जीवन में अपनी रक्षा आप कर सके।

यह तो मानी हुई बात है कि आज के बालक स्वाधीन हैं, और अब किसी के बस की बात नहीं है कि इस दशा को पलट दे। इसके बहुत से कारण हैं—परिवारों का देहातों से निकलकर शहरों में आबाद होना, जहाँ परिचित जनों के दबाव और स्वभाव से लोग मुक्त हो जाते हैं, पुराने नीति-व्यवहारों का शिथिल हो जाना, जिनका पहले विद्रोही युवकों पर बहुत दबाव पड़ता था। मोटरकार, सिनेमा और समाचारपत्र सब स्वाधीनता की प्रवृत्ति को मजबूत करते हैं।

लेकिन इस पर आँसू बहाने से काम न चलेगा। पुराने ज़माने में जब बड़ों का हुक्म और अदब मानना समाज का सब से मान्य नियम था और हर एक छोटी जाति अपने से ऊँची जाति के सामने अदब से सिर झुकाती थी, तब बालकों को बचपन ही से अदब करना सिखाया जाता था और उचित भी था, लेकिन आज किसी बाहरी सत्ता की आज्ञाओं को मानने की शिक्षा देना बालकों की सबसे बड़ी ज़रूरत की तरफ से आँखें बन्द कर लेना है। युवकों के सामने आज जो परिस्थिति है उसमें अदब और नम्रता का

इतना महत्व नहीं है, जितना व्यक्तिगत विचारों और कामों की स्वाधीनता का।

इन नयी शिक्षा का आशय क्या है? आज्ञा-पालन हमारे जीवन का एक अंग है और हमेशा रहेगा। अगर हर एक आदमी अपने मन की करने लगे, तो समाज का शीराज़ा बिखर जायेगा। अवश्य हर एक घर में जीवन के इस मौलिक तत्व की रक्षा होनी चाहिए, लेकिन इसके साथ ही माता-पिता की यह कोशिश भी होनी चाहिए, कि उनके बालक उन्हें पत्थर की मूर्ति या पहेली न समझें। चतुर माता-पिता बालकों के प्रति अपने व्यवहार को जितना स्वाभाविक बना सकें, उतना बनाना चाहिए, क्योंकि बालक के जीवन का उद्देश्य कार्य-क्षेत्र में आना है, केवल आज्ञा मानना नहीं। वास्तव में जो बालक इस तरह कि शिक्षा पाते हैं, उनमें से आत्म-विश्वास का लोप हो जाता है। वे हमेशा किसी की आज्ञा का इन्तज़ार करते हैं। हम समझते हैं कि आज कोई बाप अपने लड़के को ऐसी आदत डालनेवाली शिक्षा न देगा।

दूसरा सिद्धान्त यह है कि माता-पिता को कोई बात खुद न तय करनी चाहिए, बल्कि लड़कों पर ही छोड़ देनी चाहिए। एक बादशाह ने जब अपने बालक को एक अध्यापक को सौंपा, तो यह सलाह दी—जितनी जल्दी हो सके, अपने को बेकार बना लेना। हमारा यह कर्त्तव्य नहीं है कि हम सदा अपने लड़कों से अपनी आज्ञाएँ मनवाते रहें, बल्कि उनको इस योग्य बना दें कि वह खुद अपने मार्ग का अपने आप निश्चय कर लें। युवकों में यह प्रवृत्ति जितनी अधिक होगी, उतनी ही सफल उनकी शिक्षा भी समझनी चाहिए।

तीसरा सिद्धान्त यह है कि गृहस्थी को जनतन्त्र के क़ायदों पर चलाना चाहिए। तजुर्बे से यह बात मालूम होती है, कि हम जनतन्त्र पर चाहे कितना ही विश्वास क्यों न रक्खें, हमारे घरों में स्वेच्छाचार ही का राज्य है। घर का मालिक मुसोलिनी या कैसर की तरह डटा हुआ उसे जिस रास्ते चाहता है, ले जाता है और कभी इसका उलटा दिखायी देता है। घर में न कोई क़ायदा है न कोई कानून। जो जिसके जी में आता है, करता है, जैसे चाहता है, रहता है; कोई किसी की खबर नहीं लेता। लड़के अपनी राह जाते हैं, जवान अपनी राह और बूढ़े अपनी राह। दोनों ही तरीक़े जनतन्त्र से कोसों दूर हैं—पहले तरीक़े में स्वतन्त्रता का नाम नहीं, दूसरे तरीक़े में ज़िम्मेदारी का। यह दोनों तरीक़े लड़कों की शिक्षा की दृष्टि से अनुचित हैं। करना यह चाहिए कि घर के मामलों में शुरू ही से बच्चों की राय ली जाये। छोटा बालक भी—अगर उसको सीधे रास्ते पर लगाया जाये—अपनी ज़िम्मेदारी को समझने लगता है। जिन लड़कों के साथ माँ-बाप बुरा व्यवहार करते हैं, वे भी उनके साथ सच्चा स्नेह रखते हैं, मगर माँ-बाप उनकी इस प्रकृति को अपने स्वेच्छाचार से कुचल डालते हैं और उसका बुरा नतीजा हम रोज अपनी आँखों से देखते हैं।

हर एक मामूली आदमी को यह जानकर गर्व और आनन्द होता है कि घर में उसका भी कोई स्थान है, वह भी कुछ समझा जाता है। बालक भी इस भाव से खाली नहीं होता। सफल परिवार का सबसे बड़ा रहस्य यह है कि वह इस प्रवृत्ति को

व्यवहार में लावे। ऐसा बालक सदैव परिवार के सम्मान की रक्षा करेगा। यहाँ उसे स्वाधीन राय कायम करने का पाठ मिल रहा है। हो सकता है कि इस विषय में कुछ लोगों का कड़वा तजुर्बा हो—युवकों ने परिवार के हित की ओर ध्यान न देकर अपने ही अधिकारों पर जोर दिया हो। अभिमान और विलास उनकी राय में आजकल के युवकों में ज़रूरत से ज्यादा मौजूद है, लेकिन यह बालक का दोष नहीं, माँ-बाप का दोष है। बालकों को यह शिक्षा देने के लिए समय, धैर्य, बुद्धि और सहानुभूति की ज़रूरत है। इसका आशय यह है कि बच्चा ज्यों ही आने और पैसे में फ़र्क समझने लगें, उनके हाथ में पैसे दे दिये जाएँ उनका वज़ीफा बाँध दिया जाय और कुमारावस्था में ही उन्हें इस योग्य बना दिया जाय कि वे पैसे का मूल्य समझने लगें और खर्च को आमदनी के अन्दर रखने की आदत सीखें।

हम इन बातों पर ध्यान नहीं देते। कितने ही माँ-बाप तो अपने लड़कों के विषय में उतने ही बेख़बर होते हैं जितने अपने तोते या कुत्ते के विषय में। बदमाश और शरीफ बालकों की पारिवारिक स्थिति की परीक्षा ली जाय, तो सिद्ध हो जायेगा कि बाल-चरित्र में जो दोष आ जाते हैं, उसका कारण घरवालों की लापरवाही है।

बच्चों में स्वाधीनता के भाव पैदा करने के लिए यह जरूरी है कि जितनी जल्दी हो सके, उन्हें कुछ काम करने का अवसर दिया जाये। आम तौर पर यह समझा जाता है, कि अच्छे माता-पिता का कर्तव्य अपनी सन्तानों को कठिनाइयों से दूर रखना है। इसका फल यह है कि ऊँचे खानदानों में लड़के क्रियाहीन हो जाते हैं। जब उन्हें बिना कोई उद्योग किये ही सारी चीज़ें मिल जाती हैं, तो फिर वे काम क्यों करें? हालाँकि विचार शास्त्र का यह एक मोटा सिद्धान्त है कि लड़कों को अपने हाथ से, अपने उद्योग से, कोई काम कर दिखाने में या कोई चीज़ बनाकर खड़ी कर देने में, जितना आनन्द मिलता है, उतना और किसी बात में नहीं। लड़का अपनी कागज़ की नाव पानी में डालकर जितना खुश होता है, उतना बड़े-बड़े विशाल जहाजों को चलते देखकर नहीं होता।

हमारे सुचालित मदरसों में अब इस बात को लोग समझने लगे हैं कि लड़कों को हाथ से कुछ काम कराना अव्वल दर्जे की मानसिक और नैतिक साधना है। हर एक घर में ऐसा ही होना चाहिए। लड़कों में आत्म-विश्वास उत्पन्न करने का इससे उत्तम कोई साधन नहीं है।

सम्पन्न घरों में अपने हाथ से कुछ करना अपमान समझा जाता है। लड़कों के हर एक काम के लिए नौकर लगे हुए हैं। आने-जाने के लिए मोटरें हैं, उन्हें सैर कराने के लिए खूब साफ़ कपड़े पहना दिये जाते हैं और ताक़ीद कर दी जाती है कि कपड़े मैले न होने पावें। उनके मनोरंजन के लिए सिनेमा हैं, चित्रशालाएँ हैं, जहाँ उन्हें केवल आँख से देखने की ज़रूरत है, खुद कुछ करना नहीं पड़ता। इससे परतन्त्रता की जो बुरी आदत पड़ जाती है, वह जिन्दगी भर साथ नहीं छोड़ती। ऐसे ही विलास में पले हुए युवक हैं, जो अपने स्वार्थ के लिए अपने भाइयों का अहित करते हैं, सरकार की

बेजा खुशामद करते हैं।

हम बहुधा लड़कों को कोई नया काम करते देखकर घबड़ा जाते हैं। घड़ी छू रहा है, कहीं तोड़ न डाले! लड़के ने क़लम हाथ में लिया और हाँ, हाँ, हाँ का शोर मचा! ऐसा नहीं होना चाहिए। लड़कों की स्वाभाविक रचनाशीलता को जगाना चाहिए। लड़का खिलौने बनाना चाहे, बेतार का यन्त्र बनाना चाहे, मछली का शिकार करना चाहे, तरकारियाँ पैदा करना चाहे, कपड़े सीना चाहे, बीन बजाना चाहे, नाटकों में अभिनय करना चाहे, या कविता लिखना चाहे, उसे बाधा मत दो। अगर कोई बालक साल के चन्द हफ्ते भी प्राकृतिक शक्तियों के बीच में रहे, दरिया में किश्ती चलाये, मैदान में गाड़ी चलाये या फावड़ा लेकर खेत में काम करे, तो उसे आत्म-विश्वास का जो अनुभव होगा, वह पुस्तकों और उपदेशों से नहीं हो सकता। आश्चर्य तो यह है कि वह लोग भी जिनकी जवानी कठिनाइयों में गुज़री, अपने बालकों को जीवन-संग्राम के उत्साह बढ़ाने वाले कामों से बचाते हैं।

हम यहाँ यह बतला देना चाहते हैं कि स्वाधीनता से हमारा मतलब क्या है? इसका यह मतलब नहीं है कि हम बिना रोक-टोक जो कुछ चाहे करें और जो कुछ चाहे न करें । इसका मतलब यह है कि बाहरी दबाव की जगह हम में आत्म-संयम का उदय हो। सच्चा स्वाधीन आदमी वही है, जिसका जीवन आत्मा के शासन से संयमित हो जाता है, जिसे किसी बाहरी दबाव की ज़रूरत नहीं पड़ती। बालकों में इतना विवेक होना चाहिए कि वे हर एक काम के गुण-दोष को भीतर की आँखों से देखें।

अप्रैल, १९३०

■

मानसिक पराधीनता

हम दैहिक पराधीनता से मुक्त होना तो चाहते हैं; पर मानसिक पराधीनता में अपने-आपको स्वेच्छा से जकड़ते जा रहे हैं। किसी राष्ट्र या जाति का सबसे बहुमूल्य अंग क्या है? उसकी भाषा, उसकी सभ्यता, उसके विचार, उसका कलचर। यही कलचर हिन्दू को हिन्दू, मुसलमान को मुसलमान और ईसाई को ईसाई बनाये हुए है। मुसलमान इसी कलचर की रक्षा के लिए हिन्दुओं से अलग रहना चाहता है, उसे भय है, कि सम्मिश्रण से कहीं उसके कलचर का रूप ही विकृत न हो जाय। इसी तरह हिन्दू भी अपने कलचर की रक्षा करना चाहता है; लेकिन क्या हिन्दू और क्या मुसलमान, दोनों अपने कलचर की रक्षा की दुहाई देते हुए भी उसी कलचर का गला घोंटने पर तुले हुए हैं।

कलचर (सभ्यता या परिष्कृति) एक व्यापक शब्द है। हमारे धार्मिक विचार, हमारी सामाजिक रूढ़ियाँ, हमारे राजनैतिक सिद्धान्त, हमारी भाषा और साहित्य, हमारा रहन-सहन, हमारे आचार-व्यवहार, सब हमारे कलचर के अंग हैं; पर आज हम कितनी बेदर्दी से इसी कलचर की जड़ काट रहे हैं। पश्चिमवालों को शक्तिशाली देखकर हम इस भ्रम में पड़ गये हैं कि हममें सिर से पाँव तक दोष ही दोष हैं, और उनमें सिर से पाँव तक गुण ही गुण हैं। इस अन्धभक्ति में हमें उनके दोष भी गुण मालूम होते हैं और अपने गुण भी दोष। भाषा ही को ले लीजिए। आज अंग्रेज़ी हमारे सभ्य-समाज की व्यावहारिक भाषा बनी हुई है। सरकारी भाषा तो वह है ही, दफ्तरों में तो हमें अंग्रजी में काम करना ही पड़ता है; पर उस भाषा की सत्ता के हम ऐसे भक्त हो गये हैं कि निजी चिट्ठियों में, घर की बातचीत में भी उसी भाषा का आश्रय लेते हैं। स्त्री पुरुष को अंग्रेज़ी में पत्र लिखती है, पिता पुत्र को अंग्रेज़ी में पत्र लिखता है। दो मित्र मिलते हैं, तो अंग्रेज़ी में वार्तालाप करते हैं, कोई सभा होती है, तो अंग्रेज़ी में। डायरी अंगेजी में लिखी जाती है। वाह! क्या भाषा है! क्या लोच है! कितनी मार्मिकता है, विचारों को व्यंजित करने की कितनी शक्ति, शब्द-भंडार कितना विशाल, साहित्य कितना बहुमूल्य, कितना परिष्कृत, कविता कितनी मर्मस्पर्शिणी, गद्य कितना अर्थबोधक! जिसे देखो अंग्रेजी जबान पर लट्टू, उसके नाम पर कुर्बान है। यहाँ तक कि हमारी योग्यता और विद्वत्ता की यही एक परख हो गयी है कि हम अंग्रेज़ी बोलने या लिखने में कितने कुशल हैं। आठवें क्लास से अंग्रेज़ी के मुहावरों की रटन शुरू हो जाती है, पर्यायों के सूक्ष्म अर्थभेद पर विचार होने लगता है, अपनी अंग्रेज़ी वक्तृता में अंग्रेजों का ऐक्सेंट और उच्चारण कैसे लायें, इस प्रयत्न में जान खपा दी जाती है। अगर किसी स्वर का उच्चारण अंग्रेजों से उनके मौखिक गठन के दोषों के कारण नहीं होता, तो

हम भी अपने में वही बात पैदा करेंगे। आज तक 'The' जैसे साधारण शब्द का भी ठीक उच्चारण—जो अंग्रेजों को भी जँचे—बहुत कम लोग कर सकते हैं और हमारी यह मनोवृत्ति राष्ट्रीय भावों के साथ ही साथ बढ़ती जाती है। यहाँ तक कि अंग्रेजी ही पठित-समाज की भाषा बन गयी है। अपनी भाषा में बात-चीत करते समय कभी-कभी एकाध अंग्रेजी शब्द आ जाने को तो हम मुआफ़ी के क़ाबिल समझते हैं; लेकिन दु:ख तो यह है, कि ऐसे सज्जनों की भी कमी नहीं है, जो बहुत थोड़ी-सी अंगेजी जानकर भी अंग्रेज़ी में ही अपनी योग्यता का प्रदर्शन करते हैं। अंग्रेज स्वप्न में भी किसी अंग्रेज से ग़ैर अंग्रेज़ी भाषा में न बोलेगा; मगर यहाँ हम आपस में ही अंग्रेज़ी बोलकर अपनी मानसिक दासता का ढिंढोरा पीटते हैं। मैं उस मनोवृत्ति की कल्पना भी नहीं कर सकता, जो एक ही भाषा-भाषियों को अंग्रेज़ी में बातें करने की प्रेरणा करती है। किसी मदरासी, बंगाली या चीनी से तो अंग्रेज़ी में बातें करने का कोई अर्थ हो सकता है। उनसे बातें करनी जरूरी है और इस वक्त और कोई ऐसी भारतीय भाषा नहीं, जिसका सभी प्रांतवालों का एक-सा ज्ञान हो; मगर एक ही प्रांत के रहनेवाले, एक ही भाषा के बोलनेवाले, क्यों आपस में अंग्रेज़ी बोलें, क्यों अंग्रेज़ी में पत्र लिखें, क्यों 'प्रणाम' या 'नमस्कार', या 'वंदे' या 'नमस्ते' या 'तस्लीम' करने के बदले 'मार्निंग,-मार्निंग' कहें, यह मेरी समझ में नहीं आता। क्यों 'हल्लो' ही मुँह से निकले, मैं इसकी कल्पना नहीं कर सकता। संसार में ऐसे प्राणियों की कमी नहीं है, जो मँगनी की चीज़ों का व्यवहार करके भी सिर उठाकर चलते हैं। उन्हें यही खुशी है, कि लोग मुझे इन चीज़ों का स्वामी समझते होंगे। अंग्रेज़ी का व्यवहार करनेवालों की मनोवृत्ति भी कुछ इसी तरह की होती है। या तो उनका अभिप्राय यह होता है, कि देखें हम दोनों में कौन अच्छी अँग्रेजी बोलता है, या यह कि देखो, हम जितनी सफ़ाई से अंग्रेज़ी बोलते हैं, तुममें वह सफ़ाई नहीं है। और इसका परिणाम यह होता है, कि अच्छी अंग्रेज़ी लिखनी और बोलनी तो आ जाती है; पर अपनी भाषा भूल जाती है, या हेय और तुच्छ समझकर भुला दी जाती है। यह हमारे शिक्षित-समुदाय की लज्जाजनक ही नहीं, शोकजनक मानसिक दासता है।

फ़्राँसीसी कवि फ्रेंच में कविता करता है, जर्मन, जर्मन में, रूसी रशियन में, कम से कम जिन रचनाओं पर उसे गर्व होता है, वह अपनी ही भाषा में करता है; लेकिन हमारे यहाँ के सारे कवि और सारे लेखक अंग्रेज़ी में लिखने लगें, अगर केवल कोई प्रकाशक उनकी रचनाओं को छापने पर तैयार हो जाय! जिन्हें प्रकाशक मिल जाते हैं, वह चूकते भी नहीं, चाहे अंग्रेज़ आलोचक उनका मजाक ही क्यों न उड़ायें; मगर वह खुश हैं।

हम मानते हैं, कि अंग्रेज़ी भाषा प्रौढ़ है, हरेक प्रकार के भावों को आसानी से ज़ाहिर कर सकती है और भारतीय भाषाओं में अभी वह बात नहीं आयी; लेकिन जब वही लोग, जिन पर भाषा के निर्माण और विकास का दायित्व है, दूसरी भाषा के उपासक हो जावें, तो उनकी अपनी भाषा का भविष्य भी तो शून्य हो जाता है। फिर

क्या विदेशी साहित्य की नींव पर आप भारतीय राष्ट्रीयता की दीवार खड़ी करेंगे? यह हिमाकत है। आज हमारा पठित-समाज साधारण जनता से पृथक् हो गया है। उसका रहन-सहन, उसकी बोल-चाल, उसकी वेष-भूषा, सभी उसे साधारण समाज से अलग कर रहे हैं। शायद वह अपने दिल में फूला नहीं समाता, कि हम कितने विशिष्ट हैं। शायद वह जनता को नीच और गँवार समझता है; लेकिन वह खुद जनता की नजरों से गिर गया है। जनता उससे प्रभावित नहीं होती, उसे किरंटा' या 'बिगड़ैल' या 'साहब बहादुर' कहकर उसका बहिष्कार करती है और आज खुदा न खासता वह किसी अंग्रेज़ के हाथों पिट रहा हो, तो लोग उसकी दुर्गति का मजा उठावेंगे, कोई उसके पास भी न फटकेगा। ज़रा इस गुलामी को देखिए, कि हमारे विद्यालयों में हिन्दी या उर्दू भी अंग्रेज़ी द्वारा पढ़ायी जाती है। अगर बेचारा हिन्दी-प्रोफ़ेसर अंग्रेज़ी में लेक्चर न दे, तो छात्र उसे नालायक समझते हैं। आदमी के मुख में कलंक लग जाय तो वह शर्माता है, उस कलंक को छिपाता है, कम से कम उस पर गर्व नहीं करता; पर हम अपनी दासता के कलंक को दिखाते फिरते हैं, उसकी नुमाइश करते हैं, उस पर अभिमान करते हैं, मानो वह नेकनामी का तमग़ा हो, या हमारी कीर्ति की ध्वजा। वाह री भारतीय दासता, तेरी बलिहारी है!

भाषा को छोड़िए, वेष-भूषा पर आइए। आप उन साहब बहादुर को देख रहे हैं, जो हैट-कैट लगाये, ग़रूर से इधर-उधर देखते चले जा रहे हैं। यह हमारे हिन्दुस्तानी योरोपियन हैं। रास्ते से हट जाओ, साहब बहादुर आते हैं! साहब को सलाम करो, आप पूरे साहब बहादुर हैं! मुझे तो आप सिर से पाँव तक गुलाम नज़र आते हैं, जो अपनी गुलामी का उसी बेशर्मी से प्रदर्शन कर रहे हैं, जैसे कोई वेश्या अपने हाव-भाव का। आपमें आत्मबल अवश्य है, बड़े ऊँचे दरजे का आत्मगौरव, आप लोक-मत को ठुकरा देते हैं, किसी के नाक-भौं सिकोड़ने की परवा नहीं करते, जो अपने स्वार्थ के लिए उपयोगी या अपनी मनोतुष्टि के लिए वांछनीय समझते हैं, वह अवाध्य रूप से करते हैं। क्यों लोकमत का आदर करें! लोकमत के गुलाम नहीं; लेकिन उसी आत्मगौरव के पुतले से कहिए, कि ज़रा शाम को बिना फेल्टकैप लगाये किसी अंग्रेजी-क्लब में चला जाय, तो उसके हाथ-पाँव फूल जायेंगे, खून ठण्डा हो जायेगा; चेहरा फक़ हो जायेगा! क्यों? इसलिए कि उसका आत्म-गौरव केवल अपने भाइयों पर रोब जमाने के लिए है, उसमें सार का नाम नहीं। वह जिस समाज में मिलना चाहता है, उसकी छोटी से छोटी रूढ़ियों की भी अवहेलना नहीं कर सकता। जनता को वह समझता है, हमारा कर ही क्या लेगी, यह खुश रहे तो क्या, और नाराज रहे तो क्या, यह हमारा कुछ बना-बिगाड़ नहीं सकती। जिनसे कुछ बनने-बिगड़ने का भय है उनके सामने वह भीगी बिल्ली बन जाता है। अपने एक मित्र साहब बहादुर से मैंने पूछा—तुम इस ठाठ से क्यों रहते हो, तो बड़े दार्शनिक भाव से बोले—इसलिए कि अंग्रेजों से मिलने जाता हूँ, तो जूते बाहर नहीं उतारने पड़ते। जो लोग अचकन और टोपी पहनकर जाते हैं, उन्हें जूते उतार देने पड़ते हैं। मैं कहता हूँ, जो स्वार्थ लेकर अंग्रेजों से

मिलने नहीं जाते, वह अचकन नहीं, मिर्जई भी पहने हों, तो उन्हें जूते उतारने की जरूरत नहीं और जो स्वार्थ लेकर जाते हैं, वह किसी वेष में हों, उनकी आत्मा दबी रहती है। ऐसे प्राणियों की दशा उस आदमी की सी है, जो अपने कपड़े पर एक दाग को छिपाने के लिए सारा कपड़ा ही काला रंग ले। अगर स्वार्थ मजबूर कर रहा हो, तो मेरे विचार में तो जूते उतार देना इससे कहीं अच्छा है, कि हम उस अपमान से बचने के लिए बेहयाई का एक अपराध और अपने सिर पर लें। यह मत समझो, कि अंग्रेज तुम्हारा कोट-पैंट देखकर तुम्हारा ज्यादा आदर करता है। और अगर ऐसा हो भी, तो अपना वेष छोड़कर उस आदर को लेना, एक प्याले शोरबे के लिए अपने जन्म-सिद्ध गौरव को बेचना है। एक दूसरे मित्र से यही प्रश्न किया, तो बोले—इससे सफर करने में बड़ा सुभीता होता है, जनता समझती है यह कोई साहब हैं, मेरे डब्बे में नहीं आती। एक और साहब ने कहा—अंग्रेज़ी कपड़े पहनने से देह में बड़ी चुस्ती और फुरती आ जाती है। गरज, लोग तरह-तरह की दलीलों से आपका समाधान कर देंगे। मैं पूछता हूँ—क्यों साहब, क्या सारी चुस्ती और फुरती अंग्रेज़ी कपड़ों में ही है? क्या यह कोई तिलिस्माती चीज है, कि बदन पर आयी और आपकी देह में स्फूर्ति दौड़ी! यह दलीलें लग़ो और लचर है। हाँ, इस तर्क में अवश्य सार है, कि जब सारा-संसार योरोपीय वेष के पीछे जा रहा है, तो आप उससे अलग कैसे जा सकते हैं। दूसरी दलील यह हो सकती है, कि हमारा कोई जातीय परिधान भी तो नहीं है। भिन्न-भिन्न प्रांतीय परिधानों की अपेक्षा तो एक सार्वदैशिक योरोपीय परिधान का होना कहीं अच्छा है। बेशक यह टेढ़ा प्रश्न है। यह बात भी विचारणीय है, कि अन्य देशों में अमीर-गरीब सबका पहनावा एक ही है, चाहे उसके कपड़े में कितना ही अन्तर हो। आपके यहाँ किसान मिर्ज़ई या नीमआस्तीन या कुर्ता-धोती पहनता है, कहीं शलवार है, कहीं पगड़ी, कहीं जाँघिया। पहले एक जातीय ठाठ की सृष्टि तो कर लीजिए , फिर विलायती पहनावे पर आक्षेप कीजिएगा। भाषा ही की भाँति एक जातीय पहनावा भी बरसों के बाद कहीं जाकर आविर्भूत होता है, किसी संस्था या नीति-द्वारा उसकी सृष्टि नहीं की जा सकती। अभी भारत को एक सार्वदैशिक परिधान के लिए बहुत दिनों तक इन्तजार करना पड़ेगा; मगर जब तक वह समय नहीं आता, तब तक के लिए हमारे विचार में इस नीति को सामने रखना चाहिए, कि यथासध्य जनरुचि का सम्मान किया जाय। अगर किसी प्रान्त में जनता कोट पहनती है, तो वहाँ के लिए कोट-पतलून ही उपयुक्त है। इसी भाँति जिन प्रान्तों में साधारण जनता कुरता और धोती पहनती है, वहाँ कुरता और धोती को ही जातीय परिधान के पद पर सम्मानित करना चाहिए। अभिप्राय केवल यह है, कि शिक्षित-समाज केवल अपनी विशिष्टता या प्रभुत्व जताने के लिए ऐसी वेष-भूषा का व्यवहार न करे जिसमें विदेशीपन की झलक आती हो। हो सकता है, कि कुछ लोगों को अंग्रेज़ी वेष में रहने पर भी जरा अभिमान या स्वार्थ-सिद्धि की भावना न हो; पर दुर्भाग्यवश यह विदेशी वेष जनता की आँखों में खटकता है और इसे धारण करनेवाले चाहे देवता ही क्यों न हों, वे स्वजाति के द्रोही और शासक जाति के

अनन्य भक्त के रूप में नजर आते हैं। संभव है, स्वाधीन हो जाने पर यही हमारा स्वजातीय वेष हो जाय; लेकिन तब इसमें वह कुसंस्कार न रहेंगे, जिन्होंने इस वक्त इसे इतना अवहेलनीय बना रक्खा है। ज़रा सोचिए, क्या यह एक पढ़े-लिखे व्यक्ति को शोभा देता है, कि वह अपना रहन-सहन ऐसा बना ले कि जनता उसे श्रद्धा की दृष्टि से देखने के बदले घृणा या भय की दृष्टि से देखे। किसी समय जनरुचि को पद-दलित करने का नतीजा बुरा भी हो सकता है और यह तो स्पष्ट ही है कि अगर जनता के हाथों में प्रभुत्व होता, तो बहुत से अंग्रेज़ी वेष के प्रेमी यह वेष धारण करने के पहले ज्यादा विचार से काम लेना आवश्यक समझते; मगर हमारी यह मनोवृत्ति भाषा और वेष तक ही रहती, तो अधिक चिंता की बात न थी। इसने हमारे कितने और सामाजिक विचारों पर भी अपना प्रभुत्व जमा लिया है और अभी से रोक-थाम न की गयी, तो एक दिन हमारी जातीय संस्कृति ही का लोप हो जायेगा। यह एक साधारण -सी बात है, कि पराधीन जाति को अपने में सारी बुराइयाँ और राज्य करनेवाली जाति में भलाइयाँ ही भलाइयाँ नजर आती हैं। हमारी सभ्यता कहती है—अपनी जरूरतों को मत बढ़ाओ, ताकि तुम्हारी जात से कुटुम्ब और परिवार का भी कुछ उपकार हो। पश्चिमी सभ्यता का आदर्श है—अपनी जरूरतों को खूब बढ़ाओ, चाहे उसके लिए दूसरों की जेब ही क्यों न काटनी पड़े। अपने ही लिए जियो और अपने ही लिए मरो। हमारी सभ्यता कृषि-प्रधान थी, हम गाँवों में रहते थे, जहाँ अपने आत्मीयजनों का संसर्ग बहुत-सी बुराइयों से हमारी रक्षा करता था। पश्चिमी सभ्यता व्यवसाय-प्रधान है और बड़े-बड़े नगरों का निर्माण करती है, जहाँ हम सारे बंधनों से मुक्त होकर दुराचरण में पड़ जाते हैं। हमारी सभ्यता में सम्मिलित-कुटुम्ब एक प्रधान अंग था। पश्चिमी सभ्यता में परिवार का अर्थ है—केवल स्त्री और पुरुष। दोनों में बुराइयाँ और भलाइयाँ, दोनों ही हैं; पर जहाँ एक में सेवा और त्याग प्रधान है, वहाँ दूसरे में स्वार्थ और संकीर्णता। हमारी सभ्यता में नम्रता का बड़ा महत्व था, पश्चिमी सभ्यता में आत्मप्रशंसा को वही स्थान प्राप्त है। अपने को खूब सराहो, अपने मुँह खूब मियाँ-मिट्ठू बनो। हमारी सभ्यता में धन का स्थान गौण था, विद्या और आचरण से आदर मिलता था। पश्चिमी सभ्यता में धन ही मुख्य वस्तु है। हम भी धन कमाते थे; पर दया के साथ। पश्चिम भी धन कमाता है; पर दया का नाम नहीं। हमारी सभ्यता का आधार धर्म था, पश्चिमी सभ्यता का आधार संघर्ष है।

लेकिन यहाँ हम अपने सद्‌गुणों की प्रशंसा नहीं करने बैठे हैं। हमारे कहने का तात्पर्य केवल यह है कि हमें हरेक पश्चिमी चीज के पीछे आँखें बंद करके चलने की जो प्रवृत्ति हो रही है, वह केवल हमारी मानसिक पराजय के कारण। हमारी सभ्यता में भी रोग थे; मगर उसकी दवा योरोपीय सभ्यता की अंधभक्ति नहीं है। उसकी दवा हमें अपनी ही संस्कृति में खोजनी थी। योरोपीय सभ्यता की नकल करके हमें अपने यहाँ भी उन्हीं दवाओं का व्यवहार करना पड़ेगा, जो योरोप कर रहा है। योरोप पथ-भ्रष्ट है, उसे अपने लक्ष्य का ज्ञान नहीं और आज योरोप के विचारवान् लोग कह रहे हैं,

कि यह संस्कृति अब विध्वंस के गर्त में जानेवाली है। क्या हम भी उन्हीं बुराइयों की नक़ल करके अपनी संस्कृति को भी विध्वंस के गर्त में ढकेलने की तैयारी करें? यह समझ लीजिए कि यह राजनीतिक परिस्थिति नहीं रहेगी; पर इस परिस्थिति में हमने अपने अस्तित्व को खो दिया, अपने धर्म की सत्ता खो दी, अपनी संस्कृति को खो बैठे, तो हमारा अंत हो जायेगा।

जनवरी, १९३१

■

नवीन और प्राचीन

पूर्व और पश्चिम की प्राचीन संस्कृति में विशेष अन्तर न था। हाँ चूँकि नयी संस्कृति का बड़ा भाग पश्चिम से आया है, इसलिए उसे पश्चिमी की उपाधि मिल गयी है। पश्चिमी संस्कृति ने हमें बहुत दिनों तक चकाचौंध में डाले रखा। उसकी चटक-मटक देखकर हम ऐसे मतवाले हुए कि जो कुछ सुन्दर और सरल भी हमारे यहाँ था, वह भी हमारी नज़रों से गिर गया। वक्त की पाबन्दी ही लीजिए! हमारे यहाँ पुरानी सभ्यता यह थी कि कोई परिचित या मित्र जिस वक्त चाहे हमारे पास बे-रोक-टोक आ सकता था। हम उससे बातें करके खुश होते थे। उस वक्त हमें यह विचार कभी न सताता था कि इस मनुष्य के आ जाने से हमारा समय नष्ट हो रहा है। एक मित्र की दिलजोई हमारी निगाह में रुपये से कहीं ज्यादा मूल्यवान थी। लेकिन अब हम हरेक चीज़ को रुपये के काँटों पर तौलते हैं, इसलिए किसी ऐसे आदमी का आना, जिससे हमारा कोई स्वार्थ न सिद्ध होता हो, हमें जहर-सा लगता है। एक आदमी आपको अपना हितैषी समझकर अपना दुख रोने, या केवल विनोद के लिए आपके पास आता है और आप उसके पास एक मिनट बैठना भी भार समझते हैं! क्योंकि अब समय का मूल्य रुपये से आँका जाता है। मनुष्यता, सहानुभूति, दिलजोई किसी से प्रयोजन नहीं है। बस जो कुछ है रुपया है! अब हमारे बड़े आदमियों के द्वार पर भी भीतर और बाहर का लेबल लगा रहता है। जिससे स्वार्थ है, उसके लिए भीतर है। जिससे कोई प्रयोजन नहीं, उसके लिए बाहर है और हम इस संस्कृति का बखान करते नहीं थकते। पश्चिम आदमियत का गला घोंटकर स्वार्थ की मशीन बन गया है। वही हमें यह सिखा रहा है।

पूर्वीय सभ्यता अतिथियों के आ जाने से फूल उठती थी, इसे अपना अहोभाग्य समझती थी कि कोई मेहमान आया। वह आधी रात को आये या पिछली रात को, उसकी ख़ातिरदारी में कोई कमी न होती थी। वह घर में सबसे अच्छी जगह पाता था, सबसे अच्छा भोजन खाता था और सारा घर उसकी सेवा सत्कार में लगा रहता था। अब पश्चिम की सभ्यता ने हमें रोटी-चोर बनना सिखा दिया है। मेहमान आया और हमारे प्राण-पखेरू उड़ गये। कहाँ से कहाँ यह बला सिर पड़ी, अब मना रहे हैं कि वह जल्द से जल्द रफ़ा हो जाय! गृह-स्वामी का मुँह उतरा हुआ है, स्वामिनी की भवें चढ़ी हुई हैं। मालूम होती हैं कोई अमंगल अपनी अँधेरी छाया डाले हुए है। बाबू साहब अपना कमरा नहीं छोड़ सकते। मेहमान बाहर बरामदे में टिका दिया जाता है। स्वामिनी ज़माने भर की लौंडी नहीं है, कि जो चाहे दनदनाता चला आये और वह सबके लिए भोजन बनाने बैठे। उसे तो अपने घरवालों के लिए भोजन बनाना पहाड़ हो

रहा है। तब तक यह यमदूत न जाने कहाँ से फट पड़े और अंधेर तो देखो, पहले से सूचना भी न दी, नहीं कोई बहाना कर लेते कि बीमार हैं या कहीं बाहर ज़ा रहे हैं। जिस दिन मेहमान बिदा होता है, घर में जैसे नया दिन होता है। हम इतने स्वार्थी, इतने संकीर्ण हो गये हैं कि निःस्वार्थ-भाव से कोई काम नहीं कर सकते। अगर अतिथि कोई मुक़दमा लाया हो या उससे किसी मोटे मरीज के फँसने की आशा हो या उसके ज़रिये कोई बड़ा आर्डर मिलने की सम्भावना हो, तो फिर परिस्थिति बदल जाती है। उस अतिथि की खूब ख़ातिर होती है, मालूम होता है, सारा घर उस पर प्राण दे रहा है। यहाँ भी वही रुपया वही हाय! हाय! और जो सज्जन नये रंग में जितने रँगे हैं उनमें यह संकीर्णता उतनी ही अधिक है। देहातियों में, मजूरों में, वैश्यों में यह प्रवृत्ति अभी उतनी तीव्र नहीं है जितनी शिक्षित और सभ्य समाज में। अपने लिए, जो कुछ हो अपने लिए, यही उनका जीवनतत्व है। हम यह नहीं कहते, कि इस नयी संस्कृति में और उस पुरानी अतिथि-सेवा में सब बुराइयाँ ही बुराइयाँ या खूबियाँ ही खूबियाँ हैं। पुराने आतिथ्य में बहुधा बेफ़िकरे और निकम्मे मेहमान सिर पर सवार हो जाते थे। लेकिन बेफ़िकरे या निकम्मे आदमियों के सत्कार में भी तो कुछ सज्जनता थी, कुछ उदारता थी। इस नयी संकीर्णता में तो कोरा स्वार्थ है, कोरी खुदग़र्जी।

पश्चिम ने हमें सबसे जहरीला जो पाठ पढ़ाया है वह यही खुदग़र्जी है। समस्त संसार को स्वार्थ के पैरों तले रौंदकर वह अब स्वार्थ का पिशाच हो गया है। उसमें न हृदय है, न कोमलता है, न दर्द है। बस सिर से पैर तक, भीतर से बाहर-तक स्वार्थ भरा हुआ है। हँसना-बोलना, रोना-गाना, एक भी स्वार्थ से खाली नहीं। प्राचीन संस्कृति में चिकित्सक के लिए किसी मरीज से फ़ीस लेना हराम था। वैद्यजी या हक़ीम साहब को जिस वक्त किसी मरीज का बुलावा मिल जाय, उसी वक्त घर से चल पड़ना अनिवार्य था, उसमें कोई रियायत न थी। हक़ीमजी अक्सर दवा भी खुद ही देते थे या कोई नुस्ख़ा लिखते थे, तो उन्होंने दवा के बहाने फ़ीस वसूल करने की कल्पना तक उनके मन में न आती थी। मरीज की सेवा करना उनका धर्म था। इसी को वह अपना गौरव समझते थे, पर आज जो कुछ होता है, वह हम रोज ही देखते हैं। हाँ, उस परिवार का एक चिह्न अभी बाकी है। कितने ही वैद्य या डाक्टर घर पर मरीज़ से फीस नहीं लेते। हाँ, दवा में कुछ इसकी गुंजाइश निकाल ली जाती है। यही वह आत्मोन्नति है, जो पश्चिम के इन डेढ़ सौ सालों ने हमें दी है। वकील पुराने ज़माने में भी होते थे, अध्यापकों से भी प्राचीन युग ख़ाली न था पर वकील सरकार से वेतन पाता था और अध्यापक भिक्षा माँगकर विद्या-दान देता था। मनुष्य स्वार्थ का पुतला होकर रह गया है। अगर उसमें प्रतिभा है तो संसार का इससे कोई उपकार नहीं हो सकता। वह जायदाद पैदा करेगा, पहाड़ों पर जायेगा, हवा में उड़ेगा, शराबें उड़ायेगा। मुफ्त में क्यों किसी की सेवा करे। उसके पश्चिमी गुरु ने उसे यह नया पाठ पढ़ाया है। अब तो हमारे महात्मा लोग बिना पैसे के आशीर्वाद भी नहीं दे सकते। पहले बुद्धि या सिद्धि की सफलता सेवा और उपकार में थी, अब स्वार्थ-सिद्धि में।

मरीज के होंठों पर प्राण लगे हों, डाक्टर साहब बिना फ़ीस लिये नहीं जा सकते। यह तो दूनी-चौगुनी फीस वसूल करने का मौका है। ऐसे शिकार क्या रोज़ फँसते हैं! जब सभी स्वार्थ के उपासक हैं, कुएँ में भंग पड़ गयी है तो हमारे अध्यापकजी ने क्या अपराध किया है। वह भी योरोप जायेंगे, वहाँ से लौटकर लम्बा वेतन लेंगे। 'कैरियर' बनाना ही तो जीवन का उद्देश्य है! वाह रे पश्चिम! तेरी लीला ईश्वर की लीला से भी विचित्र है। क्या वे दिन फिर कभी आयेंगे, जब हमारी पुरानी संस्कृति का अभ्युदय होगा! उस संस्कृति का जिसमें ग़रीबी कलंक न थी। क्या आशा है।

नवम्बर, १९३१

■

जाग्रति

जीवन के लिए जागना जितना जरूरी है, उतना ही जरूरी सोना है। दोनों क्रियाएँ एक दूसरे के सहारे पर हैं। नींद का न आना भी एक बीमारी है जिससे अनेक प्रकार की बाधाएँ आ सकती हैं और जो प्राणी रात-दिन सोता ही रहे, वह तो मरा-सा है ही। यदि दोनों क्रियाएँ एक दूसरे की सहायता करती रहें—आदमी जागे कर्म करने के लिए, सोये विश्राम करने के लिए—तो जीवन सुखी होता है; लेकिन जागना जीवन का मुख्य लक्षण है, सोना अर्थात्-विश्राम, तो केवल उसका सहायक है। इसलिए, जाग्रति जीवन और अभ्युदय का चिह्न है और निद्रा पतन तथा ह्रास का। जाग्रति रज-प्रधान क्रिया है, निद्रा में तम की प्रधानता होती है। कम से कम सोने के लिये अनेक उपाय और साधन बताये गये हैं। अधिक से अधिक सोने के लिए आज तक किसी ने कोई उपाय नहीं बताया—उसी तरह, जैसे स्वस्थ रहने के लिए तरह-तरह के प्रयत्न किये जाते हैं, पर बीमारी के लिए भी किसी ने कोई प्रयत्न किया है, ऐसा कभी सुनने में नहीं आया। वास्तव में स्वास्थ्य का न होना ही बीमारी है—उसी तरह, जैसे प्रकाश का न होना ही अंधकार है। आदमी जितना ही कम सोये उतना ही जागरूक है, यहाँ तक कि कई विद्वानों का मत है, सोना कोई आवश्यक क्रिया नहीं। संभव है तपस्वियों के लिए सोना आवश्यक न हो, उनकी प्रकृति में रज और सत ही रह जाता हो, तम की सर्वथा हानि हो जाती हो, पर साधारण प्राणियों के लिए भी यही नियम लागू है कि मात्रा से अधिक सोने में हानि है, अतएव जब हम किसी राष्ट्र के विषय में जाग्रति की कामना करते हैं, तो इसका बोध यह होता है कि वह राष्ट्र मात्रा से अधिक तमोगुणी हो गया और उसमें जीवन की मात्रा ज़रूरत से कम है। हम इस तत्व को मानते हैं कि हमारे लिए जाग्रति की बहुत बड़ी जरूरत है, लेकिन उस जाग्रति का, उस अभ्युदय का रूप क्या हो, इस विषय में अभी हममें थोड़ा मतभेद है, अनेक विचारक, अनेक सिद्धांत बताते हैं। हम जागरण के दो-चार अंकों में इसी विषय की विवेचना करना चाहते हैं।

सबसे पहले यह जरूरी है कि हम यह समझ लें—हमारे जीवन का उद्देश्य क्या है। जब तक हम इसका निश्चय न कर लें, हम जाग्रति का रूप स्थिर नहीं कर सकते। जैसे प्राणियों में प्रकृति भेद होता है और कभी-कभी ऐसा होता है कि जो वस्तु एक आदमी के लिए अमृत है, वही दूसरे आदमी के लिए घातक विष है, वैसे ही जातियों में भी प्रकृति भेद होता है। इसके अनेक कारण हो सकते हैं—देश की प्राकृतिक अवस्था, जलवायु की विभिन्नता, परम्परा की विशेषता आदि। यदि हम इन परिस्थितियों को अपना दीपक न बनायेंगे, अपना मार्ग ऐसा न बनायेंगे, जो इन हालतों के अनुकूल हो, तो बहुत संभव है कि हम अपने लक्ष्य की प्राप्ति के बदले, दिन-दिन

उससे दूर होते जायें। हमारी संस्कृति, जो सनातन से चली आती है, उसी के आधार पर हमें चलना होगा, क्योंकि संस्कृति केवल इन्हीं परिस्थितियों का समन्वय-मात्र है। यों कहना चाहिए कि संस्कृति का जो कुछ रूप है, वह इन्हीं परिस्थितियों का बनाया हुआ है। जब हम उस संस्कृति पर विचार करते हैं, तो हमें मालूम होता है वह कर्तव्य-प्रधान, धर्म-प्रधान, परमार्थ-प्रधान, अहिंसा-प्रधान, व्रत और नियम प्रधान संस्कृति है। उसमें व्यक्ति और समष्टि के सामंजस्य का ऐसा विधान है कि एक दूसरे का शत्रु न होकर सहायक बनी रहे। व्यक्ति के लिए धन और शौर्य प्राप्त करने की पूरी स्वाधीनता है, पर उसका उपयोग समाज और राष्ट्र के हित के लिए होना चाहिए, भोग-विलास अथवा निर्बलों पर प्रभुत्व जमाने के लिए नहीं। 'अहिंसा परमोधर्म:' और 'वसुधैव कुटुम्बकम्,' यह दो सूत्र हमारी संस्कृति के मूल तत्व हैं और इस अधोवस्था में हम उन्हें अपनाये हुए हैं। यद्यपि अनेक कारणों से उस संस्कृति का रूप विकृत हो गया है, उसमें असंख्य बुराइयाँ घुस गयी हैं, यहाँ तक कि अब उसका रूप पहचाना नहीं जा सकता, फिर भी यह तत्व प्रकाश स्तंभों की भाँति अब भी प्रतिकूल दशाओं का सामना करते हुए खड़े हैं। बहुत कुछ खो चुकने पर भी, अब तक हममें जो कुछ रह गया है, वह उन्हीं प्रकाश-स्तंभों का प्रसाद है। अन्यथा अब तक हमारी नौका न जाने कब की भँवर में पड़कर डूब चुकी होती है। इस कथन से हम इस निष्कर्ष पर पहुँचे कि हमारे जीवन का उद्देश्य प्रभुत्व की प्राप्ति नहीं, बल्कि परमार्थ संचय है। हमारे जीवन का आदर्श स्वार्थ की अंधी उपासना नहीं, संसार की निधि को समेटकर अपनी थैली में भर लेना नहीं वरन् संसार में इस तरह रहना है कि हमसे किसी को हानि न हो, किसी को कष्ट न हो, किसी का गला न दबे। हमारे आदर्श चरित्र नेपोलियन जैसे नहीं, जो संसार पर अधिकार प्राप्त करना चाहता था, न क्लाइब या क्रामबेल जैसे, लेनिन या मुसोलिनी जैसे। हमारे आदर्श चरित्र कृष्ण और राम और अशोक जैसे राजा, अर्जुन और भीष्म-जैसे योद्धा और गांधी जैसे गृहस्थ हैं। हमारा विश्वास संघर्ष में नहीं सहयोग में है।

कहा जाता है कि सिद्धांत रूप से सभी संस्कृतियाँ एक-सी हैं। पूर्व और पश्चिम में कोई अंतर नहीं। वही अहिंसा और प्रेम और सेवा, जो हमारी संस्कृति का मूल तत्व है, पश्चिमी संस्कृति का भी मूलाधार है। जो कुछ अंतर है, वह नयी और पुरानी संस्कृति में है। पश्चिम की पुरानी संस्कृति में है। पश्चिम की पुरानी संस्कृति हमारी संस्कृति से अभिन्न थी। जब से पश्चिम में कलों का युग आरंभ हुआ, तभी से वहाँ की संस्कृति में स्वार्थ और संघर्ष की प्रधानता हुई। यद्यपि यह कथन बिलकुल सार-हीन नहीं है, फिर भी पश्चिमी संस्कृति का जो उद्‌गम स्थान है, यानी यूनान और रोम, वह संघर्ष-प्रधान राष्ट्र था। ईसाई-धर्म, जो मूल में बौद्ध धर्म और बहुत अंशों में हिन्दू-धर्म का ही रूपान्तर है, पश्चिम में उस पौधे के समान था, जो कहीं विदेश से लाकर आरोपित किया गया हो। कुछ दिनों तक तो उसने अपने भीतर की शक्ति से बाहर की प्रतिकूल शक्तियों का समाना किया, फिर वह नष्ट हो गयी। विदेशी पौधा उस प्रतिकूल

जलवायु में फल-फूल न सका। आज पश्चिमी ईसाई कहलाते हुए भी, ईसाइयत से कोसों दूर हैं। ईसाइयत की दया और अहिंसा का वहाँ कहीं नाम भी नहीं। रोम और यूनान के कवि, दार्शनिक योद्धा तो प्रसिद्ध हैं, पर कोई त्यागी महात्मा था, इसमें संदेह है। वह भोग-प्रधान संस्कृति थी और राष्ट्र के सभी अंग अधिक से अधिक भोगने के लिए लालायित रहते थे, जिसका परिणाम आपस के संघर्ष के सिवा और हो ही क्या सकता था। भारत में हमें प्राचीनकाल में ऐसे संघर्ष का पता नहीं मिलता। इसका कारण या तो यह हो सकता है कि यहाँ शक्तिशालियों ने दुर्बलों को इतना कुचल डाला था कि उनमें फ़रियाद करने की सामर्थ्य न थी, या यह कि त्याग और सेवा-भाव का इतना प्रसार था कि संघर्ष को पनपने के लिए कोई अवसर ही न मिलता था। देवताओं और असुरों में लड़ाइयों की कथाएँ मिलती हैं, लेकिन वह स्वार्थ का संघर्ष न था, बल्कि सिद्धांत था। असुर भोगवादी थे, देवता त्यागवादी। देवता जब लड़े आत्मरक्षा के लिए असुरों को परास्त करके उन पर रोब जमाने का भाव कभी उसके मन में न आया। योरोप में इसके प्रतिकूल स्वार्थ का संघर्ष था—गरीबों और अमीरों की, शासकों और शासितों की लड़ाई थी। उसी संघर्ष की छाप पश्चिमी संस्कृति के हरेक अंग पर लगी हुई है। ईसाई धर्म ने कई सदियों तक उस स्वाभाविक मनोवृत्ति को दबाये रखा। अंत में वह भी परास्त हो गयी, अतएव योरोप के जीवन में आज जो स्वार्थ का उन्माद है, यह उसकी स्वाभाविक और सनातन मनोवृत्ति है। बार-बार क्रांति का होना, उसी स्वार्थमय संघर्ष का परिणाम था।

हमने योरोप के संघर्ष और भारत के अहिंसा और प्रेम की चर्चा की थी। हमारी संस्कृति का मूल तत्व अहिंसा है, पश्चिम की संस्कृति का मूल तत्व संघर्ष है। यह बात नहीं है कि पश्चिम में अहिंसा भाव का अस्तित्व नहीं, या भारत में संघर्ष कोई अनोखी बात है, लेकिन हमें यहाँ अपवादों से बहस नहीं। पश्चिमी जीवन की नस-नस में, अणु-अणु में संघर्ष भरा हुआ है। उसी तरह भारतीय जीवन के अंग-अंग में अहिंसा और धर्म बसा हुआ है। संसार की विभूतियों पर अधिकार पाने के लिए और उन्हें भोगने के लिए संघर्ष और संग्राम अनिवार्य है। अहिंसा से तो केवल संतोष और त्याग और निवृत्ति का ही विकास होता है। योरोप का विजेता किसी संग्राम में विजय प्राप्त करने के बाद उस विजय से अधिक से अधिक लाभ उठाने का प्रयत्न करता है। यहाँ अर्जुन विजय प्राप्त करके ग्लानि और विराग में डूब जाते हैं, अशोक प्रभुता के शिखर पर पहुँच कर भिक्षु बन जाता है और धर्म के प्रचार में अपना जीवन सार्थक करता है। संघर्ष में गोलबन्दी होती है; अन्यथा एक वर्ग दूसरे वर्ग को चट कर जाय, इसलिए प्रत्येक वर्ग अपना संगठन करता है और अपने स्वार्थों की रक्षा करने के लिए बराबर प्रयत्न करता रहता है। भारत में इस तरह की गुटबन्दी का प्रमाण नहीं मिलता। किसी वर्ग को दूसरे वर्ग से इतना भय न था कि वह अपना संगठन करता। प्रत्येक वर्ग का कार्यक्षेत्र नियत था। उस क्षेत्र के अंदर वह अपना जीवन व्यतीत करता था । ब्राह्मण, समाज और राष्ट्र का नेता था, इसलिए नहीं कि उसमें धन बल था, या बाहुबल

था, इसलिए कि उसमें ज्ञानबल था। वैश्य धन कमाता था; पर उस धन को जनहित में खर्च करता था। मनोवृत्तियाँ कुछ इस तरह की हो गयी थीं कि लोग अधिकारों की अपेक्षा अपने कर्तव्यों का ज्यादा विचार रखते थे। उस वक्त का राजा केवल सिंहासन की शोभा न बढ़ाता था; बल्कि उसे रात-दिन प्रजा के हित की चिंता रहती थी। वह नित्य अपने समय का कुछ न कुछ भाग प्रजा का दुख-दर्द सुनने में व्यतीत करता था, जिससे प्रजा में उसके प्रति भक्ति और श्रद्धा का भाव उत्पन्न होता था। जमींदार केवल किसान से लगान वसूल करके चैन न करता था, बल्कि प्रजा के हित की रक्षा करता था। कुएँ और तालाब खुदवाना, अकाल और दुर्भिक्ष के समय प्रजा के लिए अपना सर्वस्व अर्पण कर देना, उसका धर्म था। अवश्य ही लोभी जमींदार भी होंगे, लेकिन समाज में वे बदनाम रहते थे और इसलिए उन्हें प्रजा पर अत्याचार करने का साहस न होता था।

इसके विपरीत पश्चिम में स्वार्थ और लोभ का राज है। कलों के आविष्कार ने व्यवसायिकता की एक हवा-सी फैला दी है। यह व्यवसायिकता पश्चिमी सभ्यता का कलंक है। संसार का जितना अहित इस व्यवसायवाद से हुआ है और आगे होगा, वह अभूतपूर्व है। इसी का यह कुपरिणाम है कि जो लोग अपने घरों में बैठ कर अपना काम करते थे, वे अब मिलों में आकर गुलामी करने पर मजबूर हैं। मिल का स्वामी उनसे अधिक से अधिक काम लेकर कम से कम मजदूरी देना चाहता है, और यह संघर्ष यहाँ तक जोर पकड़ गया है कि योरोप के प्रत्येक देश में इसे उखाड़ फेंकने का प्रयत्न जोरों से हो रहा है। रूस ने तो उसे उखाड़ ही दिया, पर अन्य देशों में भी कम या ज्यादा संघर्ष छिड़ा हुआ है। मिलों में थोड़े से मजूर बहुत से आदमियों का काम कर लेते हैं, इसलिए बहुत से लोग बेकार रहते हैं। इस बेकारी को दूर करने के लिए मिलों में ज्यादा माल बनाना पड़ता है और उस माल की खपत के लिए बाज़ार खोजे जाते हैं। व्यवसायवाद और साम्राज्यवाद इस तरह एक स्थान पर आकर मिल जाते हैं। व्यापारियों को माल की खपत के लिए ऐसा बाजार चाहिए, जहाँ उनका माल बे-रोक टोक बिक सके, इसलिए कुछ देशों को अपने अधीन रखना उनके लिए अनिवार्य हो जाता है। उनका स्वार्थ इसी में होता है कि उस देश में वाणिज्य व्यवसाय की उन्नति न हो, अन्यथा उनके माल की बिक्री में बाधा होगी। यों कहना चाहिए कि वर्तगान शासन व्यापारियों के ही हाथ में है। सरकार उन्हीं के बल पर चलती है। उन्हीं की स्वार्थरक्षा के लिए बड़ी-बड़ी सेनाएँ रखी जाती हैं, खून की नदियाँ बहायी जाती हैं। योरोप का महाभारत इसके सिवाय और क्या था। ओटावा-सम्मेलन इसके सिवा और क्या है। इस व्यावसायिक संस्कृति ने कल-प्रधान राष्ट्रों के लिए लाज़िम कर दिया है कि उनके अधिकार में पराधीन राष्ट्रों की अधिक से अधिक संख्या हो।

इस संघर्ष का सबसे अच्छा उदाहरण वर्तमान पार्टी गवर्नमेंट है। राष्ट्र कई राजनैतिक दलों में विभाजित हो जाता है और जिस दल के प्रतिनिधि अधिक संख्या में होते हैं, उसी के हाथ में शासन आ जाता है। कभी-कभी तो ऐसा हो जाता है कि राष्ट्र

की सारी शक्ति उस पार्टी के हाथ में आ जाती है, जिसमें उस राष्ट्र के एक तिहाई, चौथाई या इससे भी कम आदमी होते हैं। वहाँ की संघर्षमय मनोवृत्ति किसी ऐसी शासन विधि की कल्पना ही नहीं कर सकती, जिसमें सारा राष्ट्र-सम्मिलित हो। क़हने को तो बहुमत का शासन होता, पर वह बहुमत वास्तव में अल्पमत होता है। अगर किसी राष्ट्र में आठ दल हैं और प्रत्येक दल के प्रतिनिधियों की संख्या पचीस ही तक रह जाय, तो जिस दल की संख्या छब्बीस होगी वह अधिकारी होगा। शेष सातों दल उसका विरोध करके उसे उखाड़ फेंकने की चेष्टा करते रहेंगे। मजा यह है कि ये आठों दल अपने भिन्न-भिन्न सिद्धान्तों के आधार पर खड़े होते हैं और अपने ही सिद्धान्तों को देश के कल्याण के लिए उपयोगी समझते हैं। सब के अपने-अपने देश सुधार के प्रोग्राम हैं। एक मरीज़ के आठ चिकित्सक हैं। चाहिए तो यह था कि आठों आपस में सलाह करके रोगी का इलाज करते, लेकिन वहाँ प्रत्येक वैद्य अपने इलाज से रोगी की चिकित्सा करता है। एक वैद्य भी उसे स्वीकार नहीं करता कि उसके सिवा रोगी की चिकित्सा कोई दूसरा कर सकता है। मरीज़ इस परीक्षा में मरे या जीए यह उसकी तक़दीर है। एक दल कहता है—अवैध व्यापार से देश का कल्याण होगा। दूसरा कहता है—बिलकुल ग़लत, इससे देश रसातल को चला जायेगा। बाहर से आनेवाली वस्तुओं पर कर लगाना चाहिए। ज़ाहिर है कि दो मतों में एक अवश्य भ्रम मूलक है। दो परस्पर विरोधी चीज़ें समान फल नहीं पैदा कर सकतीं,लेकिन पार्टी-शासन में यह ताकत है कि वह विष को भी अमृत बना देता है। गौर करने की बात यह है कि जब राष्ट्र पर कोई संकट आ पड़ता है, तो सभी दलों की अक्ल गुम हो जाती है और थोड़े दिनों के लिये दलबन्दी स्थगित कर दी जाती है। योरोपीय महाभारत के समय इंगलैंड में किसी एक दल का शासन न होकर संयुक्त राष्ट्र का शासन था। उसने लड़ाई जीत ली। आजकल भी किसी एक दल का शासन नहीं, राष्ट्र के सभी दलों का सम्मिलित शासन है। इस अवसर पर सम्मिलित शासन को वही सफलता होगी या नहीं, कोई नहीं कह सकता। पर, उन महानुभावों के ध्यान में यह बात कभी नहीं आती कि जब सम्मिलित शासन से हम संकटों पर विजय पाने में सफल हो जाते हैं, तो क्या साधारण अवस्थाओं में उससे विशेष उपकार न होगा, लेकिन जिन लोगों की प्रकृति ही झगड़ालू हो, संघर्ष जिनकी घुट्टी में पड़ गया हो, उन्हें सत्य को स्वीकार करने का साहस कहाँ से आवे!

सितम्बर, १९३२

■

शिक्षा का नया आदर्श

अब तक संसार के सामने शिक्षा का जो आदर्श था, वह परम्परागत समाज-व्यवस्था की ही पूर्ति करता था। समाज पर अब तक व्यक्तिवाद की प्रमुखता रही है और हमारी शिक्षा-प्रणाली भी व्यक्ति का ही समर्थन करती थी। बचपन ही से व्यक्ति का विकास होने लगता है और यूनिवर्सिटियों में जाकर पूरा हो जाता है। उस साँचे में ढलकर युवक आत्मसेवी, घोर स्वार्थी, मित्रता में भी स्वार्थ की रक्षा करनेवाला, पक्का उपयोगितावादी और घंमड़ी होकर रह जाता है। हमारी शिक्षा हमारी सामाजिक चेतना को नहीं जगाती, उसका उद्देश्य अपने फायदे के लिए समाज से काम निकालना है। समाज केवल इसलिए है कि उसे बढ़ने और संचय करने का अवसर दे। वही मनुष्य सफल समझा जाता है,जो समाज को खूब अच्छी तरह एक्सप्लाइट कर सके। व्यवस्था ही कुछ ऐसी है कि व्यक्ति को मजबूर होकर उसी लीक पर चलना पड़ता है, दूसरा कोई रास्ता नहीं है।

लेकिन समाज-व्यवस्था में बड़े वेग से क्रान्ति हो रही है। कम्युनिज़्म का प्रचार हो या न हो पर समाज का आदर्श बदल गया है। भारत जैसे रूढ़ियों के गुलाम देश दस-बीस साल और परलोक-चिन्तन में पड़े रहें, लेकिन संसार समष्टि की ओर जा रहा है और सच पूछो तो समष्टिवाद की अनीश्वरता, जो हर आदमी के लिए समान अवसर की व्यवस्था करती है, जो किसी का जन्मसिद्ध या परम्परागत विशेष अधिकार नहीं मानती, ईश्वरता के कहीं निकट है। एकात्मवाद का प्रकट रूप इसके सिवा और क्या हो सकता है। मानवी सभ्यता का और धर्म का सबसे ऊँचा आदर्श 'संसार व्यापी भाई-चारा' रहा है। आदि से हम उसी ओर जाने की चेष्टा कर रहे हैं और वही हमारा लक्ष्य है, लेकिन या तो इसलिए कि हमें इतने महान् तत्व की यथार्थता पर कभी विश्वास ही नहीं हुआ या इसलिए कि इसे धर्म की आखिरी सीढ़ी मानकर हमने सोच लिया कि इसके आगे और कुछ हो ही नहीं सकता, हम आज भी इस आदर्श से उतने ही दूर हैं, जितने कई हज़ार साल पहले थे। लेकिन समाज के सामने उससे ऊँचे आदर्श की सृष्टि नहीं हुई और आज भी भूमण्डल की आत्मा उसी अनन्त भविष्य की ओर आँखें उठाए देख रही है और अब धीरे-धीरे विचारवानों का मतैक्य होता जाता है कि इस आदर्श को प्राप्त करने के लिए हमें एक नई सृष्टि रचनी पड़ेगी अर्थात्—बालक के लालन-पालन और शिक्षा-दीक्षा को एक सिरे से बदलना पड़ेगा, जिससे समाज में संघर्ष की जगह सहयोग की प्रवृत्ति जागे, लोग एक-दूसरे से सशंकित रहने के बदले विश्वास करें और शक्ति का संचय इसलिए न करें कि उससे दूसरों पर आतंक जमाएँगे बल्कि इसलिए कि दूसरों की सहायता करेंगे। संसार में इस समय जिस शिक्षा-प्रणाली का

व्यवहार हो रहा है, वह मनुष्य में ईर्ष्या, भय, घृणा, स्वार्थ, अनुदारता और कायरता आदि दुर्गुणों ही की पुष्ट करती है और वह क्रिया शैशव की अवस्था से ही शुरू हो जाती है। सम्पन्न माता-पिता अपने बालक का ज़रूरत से ज़्यादा लाड़-प्यार करके और बड़े होने पर उसको दूसरे लड़कों से अच्छी दशा में रखने की चेष्टा करके उसे इतना निकम्मा बना देते हैं और उसकी बुद्धि को इतना परिवर्तित कर देते हैं कि वह समाज का खून चूसने के सिवाय और किसी काम का रह ही नहीं जाता। इस लिहाज़ से हमारे गुरुकुल आज-कल के ईटन या हैरो या राजकुमार कालेजों से कहीं उत्तम थे, जहाँ सभी छात्र समान थे। इससे उनमें सार्वजनिकता का भाव पैदा होता था। अब पश्चिम के विचारकों को भी यह दिखायी देने लगा है कि जिस शिक्षा-प्रणाली को वे सदियों से गले लगाए हुए हैं, वह चरित्र को दुर्बल बना देती है और मनुष्य की असामाजिक भावनाओं को प्रबल करके समाज में अमंगल और पृथकता का बीज बोती है। यह साम्राज्यवाद और व्यवसायवाद और राष्ट्रों में संघर्ष इसी कुशिक्षा के फल हैं, जिसने व्यक्ति को प्रधानता देकर उसे समाज का हिंसक जन्तु बना दिया है।

शिक्षा के आदर्शों में जो सबसे बड़ी क्रान्ति हो रही है वह यह है कि शिशु के पहले पाँच-छः साल मनुष्य को जैसा बना देते हैं, वैसा ही वह बन जाता है। इस शैशवावस्थां में उसका चरित्र जैसा बन जाता है, वह बाद को फिर किसी तरह नहीं बदला जा सकता। साधारणतः अब तक हम बाल्यावस्था को ज्यादा महत्व नहीं देते थे, पर इसी अवस्था में हम अपने अज्ञान के कारण बालकों का भविष्य सदा के लिए बिगाड़ देते हैं। इसी उम्र में बच्चे हमारे अज्ञान के कारण झूठ बोलना, झूठे बहाने करना और चोरी करना सीखते हैं। इसी उम्र में आलस्य की, और आरोग्य के सिद्धांतों के विरुद्ध आचारण करने की आदत पड़ती है। इसी उम्र में वे जिद्दी, स्वार्थी और कायर होते हैं और इस लिहाज से माँ-बाप पर बालक के चरित्र के विषय में पहले से कहीं बड़ी जिम्मेदारी आ पड़ती है। कितने ही विचारवानों का तो यह कहना है कि बच्चा पहले ही साल में बहुत-सी अच्छी या बुरी आदतें सीख लेता है और चूँकि इस उम्र में कोई बच्चा शाला नहीं भेजा जा सकता, इसलिए माँ-बाप का यह कर्तव्य हो जाता है कि वे माँ-बाप बनने के पहले शिशु-पालन के सिद्धान्तों से अच्छी तरह परिचित हो जाएँ। यह स्वीकार किया जाने लगा है कि अधिकांश बालकों में एक-सी प्रवृत्तियाँ होती हैं और उन प्रवृत्तियों का सदुपयोग या दुरुपयोग उन्हें अच्छा या बुरा बना देता है।

सितम्बर, १९३३

■

साम्प्रदायिकता और संस्कृति

साम्प्रदायिकता सदैव संस्कृति की दुहाई दिया करती है। उसे अपने असली रूप में निकलते शायद लज्जा आती है, इसलिये वह गधे की भाँति जो सिंह की खाल ओढ़ कर जंगल के जानवरों पर रोब जमाता फिरता था, संस्कृति का खोल ओढ़ कर आती है। हिन्दू अपनी संस्कृति को क़यामत तक स्वरक्षित रखना चाहता है, मुसलमान अपनी संस्कृति को। दोनों ही अभी तक अपनी-अपनी संस्कृति को अछूती समझ रहे हैं, यह भूल गए हैं कि अब न कहीं मुस्लिम-संस्कृति है, न कहीं हिन्दू-संस्कृति, न कोई अन्य संस्कृति, अब संसार में केवल एक संस्कृति है और वह है आर्थिक संस्कृति, मगर हम आज भी हिन्दू और मुस्लिम संस्कृति का रोना रोए चले जाते हैं। हलाँकि संस्कृति का धर्म से कोई सम्बन्ध नहीं। आर्य संस्कृति है, ईरानी संस्कृति है, अरब संस्कृति है, लेकिन ईसाई-संस्कृति और मुस्लिम या हिन्दू संस्कृति नाम की कोई चीज़ नहीं है। हिन्दू मूर्ति पूजक है, तो क्या मुसलमान कब्र-पूजक और स्थान पूजक नहीं है, ताज़िए को शर्बत और शीरीनी कौन चढ़ाता है, मस्जिद को खुदा का घर कौन समझता है। अगर मुसलमानों में एक सम्प्रदाय ऐसा है, जो बड़े-से-बड़े पैगम्बरों के सामने सिर झुकाना भी कुफ्र समझता है, तो हिन्दुओं में भी एक सम्प्रदाय ऐसा है जो देवताओं को पत्थर के टुकड़े और नदियों को पानी की धारा और धर्म ग्रन्थों को गपोड़े समझता है। यहाँ तो हमें दोनों संस्कृतियों में कोई अन्तर नहीं दीखता।

तो क्या भाषा का अन्तर है? बिलकुल नहीं। मुसलमान उर्दू को अपनी मिल्ली भाषा कह लें, मगर मदरासी मुसलमान के लिए उर्दू वैसी ही अपरिचित वस्तु है, जैसे मदरासी हिन्दू के लिए संस्कृत। हिन्दू या मुसलमान जिस प्रान्त में रहते हैं, सर्व-साधारण की भाषा बोलते हैं, चाहे वह उर्दू हो या हिन्दी, बंगला हो या मराठी। बंगाली मुसलमान उसी तरह उर्दू नहीं बोल सकता और न समझ सकता है, जिस तरह बंगाली हिन्दू। दोनों एक ही भाषा बोलते हैं। सीमा प्रान्त का हिन्दू उसी तरह पश्तो बोलता है, जैसे वहाँ का मुसलमान।

फिर क्या पहनावे में अन्तर है? सीमाप्रान्त के हिन्दू और मुसलमान आपके सामने खड़े कर दिए जाएँ, कोई तमीज नहीं। हिन्दू स्त्री-पुरुष भी मुसलमानों के-से शलवार पहनते हैं, हिन्दू-स्त्रियाँ मुसलमान स्त्रियों की ही तरह कुरता और ओढ़नी पहनती-ओढ़ती हैं। हिन्दू पुरुष भी मुसलमानों की तरह कुलाह और पगड़ी बाँधता है। अक्सर दोनों ही दाढ़ी भी रखते हैं। बंगाल में जाइए, वहाँ हिन्दू और मुसलमान-स्त्रियाँ दोनों ही साड़ी पहनती हैं, हिन्दू और मुसलमान-पुरुष दोनों ही कुरता और धोती पहनते हैं। तहमद की प्रथा बहुत हाल में चली है, जब से साम्प्रदायिकता ने जोर पकड़ा है।

खान-पान को लीजिए। अगर मुसलमान मांस खाते हैं, तो हिन्दू भी अस्सी फीसदी मांस खाते हैं। ऊँचे दरजे के हिन्दू भी शराब पीते हैं, ऊँचे दरजे के मुसलमान भी। नीचे दरजे के हिन्दू भी शराब पीते हैं, नीचे दरजे का मुसलमान भी। मध्यमवर्ग के हिन्दू या तो बहुत कम शराब पीते हैं या भंग के गोले चढ़ाते हैं, जिसका नेता हमारा पंडा पुजारी क्लास है। मध्यवर्ग के मुसलमान भी बहुत कम शराब पीते हैं, हाँ कुछ लोग अफीम की पीनक अवश्य लेते हैं, मगर इस पीनक बाजी में हिन्दू भाई मुसलमानों से पीछे नहीं हैं। हाँ मुसलमान गाय की कुर्बानी करते हैं और उनका मांस खाते हैं, लेकिन हिन्दुओं में भी ऐसी जातियाँ मौजूद हैं, जो गाय का मांस खाती हैं, यहाँ तक कि मृतक मांस भी नहीं छोड़ती, हालाँकि बधिक और मृतक मांस में विशेष अन्तर नहीं है। संसार में हिन्दू ही एक ऐसी जाति है, जो गो-मांस को अखाद्य या अपवित्र समझती है। तो क्या इसलिये हिन्दुओं को समस्त संसार से धर्म-संग्राम छेड़ देना चाहिए?

संगीत और चित्र-कला भी संस्कृति का एक अंग है, लेकिन यहाँ भी हम कोई सांस्कृतिक भेद नहीं पाते। वही राग-रागिनियाँ दोनों गाते हैं और मुगल काल की चित्र-कला से भी हम परिचित हैं। नाट्य कला पहले मुसलमानों में न रही हो, लेकिन आज इस सीग़े में भी हम मुसलमानों को उसी तरह पाते हैं जैसे हिन्दुओं को।

फिर हमारी समझ में नहीं आता कि वह कौन-सी संस्कृति है; जिसकी रक्षा के लिये साम्प्रदायिकता इतना जोर बाँध रही है। वास्तव में संस्कृति की पुकार केवल ढोंग है, निरा पाखंड। और इसके जन्मदाता भी वही लोग हैं, जो साम्प्रदायिकता की शीतल छाया में बैठे विहार करते हैं। यह सीधे-सादे आदमियों को साम्प्रदायिकता की ओर घसीट लाने का केवल एक मंत्र है और कुछ नहीं। हिन्दू और मुस्लिम संस्कृति के रक्षक वही महानुभाव और वही समुदाय हैं, जिनको अपने ऊपर, अपने देशवासियों के ऊपर और सत्य के ऊपर कोई भरोसा नहीं, इसलिये अनन्त तक एक ऐसी शक्ति की ज़रूरत समझते हैं,जो उनके झगड़ों में सरपंच का काम करती रहे। इन संस्थाओं को जनता के सुख-दुःख से कोई मतलब नहीं, उनके पास ऐसा कोई सामाजिक या राजनैतिक कार्यक्रम नहीं है, जिसे राष्ट्र के सामने रख सकें। उनका काम केवल एक-दूसरे का विरोध करके सरकार के सामने फ़रियाद करना और इस तरह विदेशी शासन को स्थायी बनाना है। उन्हें किसी हिन्दू या किसी मुस्लिम शासन की अपेक्षा विदेशी शासन कहीं सह्य है। वे ओहदों और रिआयतों के लिए एक दूसरे से चढ़ा-ऊपरी करके जनता पर शासन करने में शासक के सहायक बनने के सिवा और कुछ नहीं करते। मुसलमान अगर शासकों का दामन पकड़कर कुछ रिआयतें पा गया है, तो हिन्दू क्यों न सरकार का दामन पकड़े और क्यों न मुसलमानों ही की भाँति सुर्खरु बन जाय। यही उनकी मनोवृत्ति है। कोई ऐसा काम सोच निकालना, जिससे हिन्दू और मुसलमान दोनों एक होकर राष्ट्र का उद्धार कर सकें, उनकी विचार शक्ति से बाहर है। दोनों ही साम्प्रदायिक संस्थायें मध्यवर्ग के धनिकों, जमींदारों ओहदेदारों और पद-लोलुपों की

हैं। उनका कार्य क्षेत्र अपने समुदाय के लिये ऐसे अवसर प्राप्त करना है, जिससे वह जनता पर शासन कर सकें, जनता पर आर्थिक और व्यावसायिक प्रभुत्व जमा सकें। साधारण जनता के सुख-दुख से उन्हें कोई प्रयोजन नहीं। अगर सरकार की किसी नीति से जनता को कुछ लाभ होने की आशा है और इन समुदायों को कुछ क्षति पहुँचने का भय है, तो वे तुरन्त उसका विरोध करने को तैयार हो जायेंगी। अगर और ज्यादा गहराई तक जाएँ, तो हमें इन संस्थाओं में अधिकांश ऐसे सज्जन मिलेंगे जिनका कोई-न-कोई निजी हित लगा हुआ है और कुछ न सही तो हुक्काम के बंगलों पर उनकी रसाई ही सरल हो जाती है। एक विचित्र बात है कि इन सज्जनों की अफसरों की निगाह में बड़ी इज्जत है, इनकी वे बड़ी खातिर करते हैं। इसका कारण इसके सिवा और क्या है कि वे समझते हैं, ऐसों पर ही उनका प्रभुत्व टिका हुआ है। आपस में खूब लड़े जाओ, खूब एक दूसरे को नुकसान पहुँचाओ। उनके पास फरियाद ले जाओ, फिर उन्हें किसका गम है, वे अमर हैं। मजा यह है कि बाजों ने यह पाखण्ड फैलाना भी शुरू कर दिया है कि हिन्दू अपने बूते पर स्वराज्य प्राप्त कर सकते हैं। इतिहास से उसके उदाहरण भी दिए जाते हैं। इस तरह की गलत फहमियाँ फैलाकर इसके सिवा कि मुसलमानों में और ज्यादा बदगुमानी फैले और कोई नतीजा नहीं निकल सकता। अगर कोई जमाना था, जब मुसलमानों के राजकाल में हिन्दुओं ने स्वाधीनता पाई थी तो कोई ऐसा काल भी था, जब हिन्दुओं के ज़माने में मुसलमानों ने अपना साम्राज्य स्थापित किया था। उन जमानों को भूल जाइये। वह मुबारक दिन होगा, जब हमारी शालाओं से इतिहास उठा दिया जायेगा। यह जमाना साम्प्रदायिक अभ्युदय का नहीं है। यह आर्थिक युग है और आज वही नीति सफल होगी जिससे जनता अपनी आर्थिक समस्याओं को हल कर सके जिससे यह अंधविश्वास, यह धर्म के नाम पर किया गया पाखंड, यह नीति के नाम पर गरीबों को दुहने की कृपा मिटाई जा सके। जनता को आज संस्कृतियों की रक्षा करने का न अवकाश है न ज़रूरत। 'संस्कृति' अमीरों का, पेटभरों का, बेफिक्रों का व्यसन है। दरिद्रों के लिये प्राण-रक्षा ही सबसे बड़ी समस्या है। उस संस्कृति में था ही क्या, जिसकी वे रक्षा करें। जब जनता मूर्च्छित थी, तब उस पर धर्म और संस्कृति का मोह छाया हुआ था। ज्यों-ज्यों उसकी चेतना जागृत होती जाती है, वह देखने लगी है कि यह संस्कृति केवल लुटेरों की संस्कृति थी जो, राजा बनकर, विद्वान बनकर, जगत सेठ बनकर जनता को लूटती थी। उसे आज अपने जीवन की रक्षा की ज्यादा चिन्ता है,जो संस्कृति की रक्षा से कहीं आवश्यक है। उस पुरानी संस्कृति में उसके लिए मोह का कोई कारण नहीं है और साम्प्रदायिकता उसकी आर्थिक समस्याओं की तरफ से आँखें बंद किए हुए ऐसे कार्यक्रम पर चल रही है, जिससे उसकी पराधीनता चिरस्थायी बनी रहेगी।

१५ जनवरी, १९३४

■

स्वास्थ्य और शिक्षा

यों तो हमारा शिक्षा क्रम दोषों से भरा है; लेकिन हमारे विचार में इसमें सबसे बड़ा दोष जो है, वह इसकी स्वास्थ्य की ओर से उदासीनता है। आदमी के लिए दुनिया में ज़िन्दा रहने और काम करने के लिए जियामेट्री और इतिहास और सैकड़ों फालतू विषयों की इतनी ज़रूरत नहीं, जितनी इस बात की कि हम कैसे स्वस्थ रह सकें। नतीजा यह हो रहा है कि हम अपने मस्तिष्क का कोष तो भर लेते हैं; लेकिन स्वास्थ्य की ओर से दीवालिए हो जाते हैं। हमारे अधिकतर शिक्षित लोग चलते-फिरते रोग हैं। किसी को अजीर्ण का रोग है, किसी को धड़कन का। और डाएबिटीज तो इतना व्यापक हो गया है कि कुछ न पूछिए। इसका कारण यही है कि बचपन में हमको स्वास्थ्य का महत्व नहीं समझाया गया और हममें ऐसी आदतें डालने की चेष्टा नहीं की गई कि हम अपनी सेहत की रक्षा कर सकते। और जवान या अधेड़ होने पर जब सेहत और तन्दुरुस्ती का महत्व समझ में आया, तो सूखे धान में पानी डालने से क्या हो सकता है। अब लाख ओकासा खाइए या पीजिए; लाख विटामिनों के पीछे दौड़िए, सेहत हाथ नहीं आती। हमारे बचपन में मिडिल स्कूलों में 'तरीके तन्दुरुस्ती' नाम की एक किताब पढ़ायी जाती थी, जिसमें हवा, पानी, रोशनी आदि पर छोटे-छोटे पाठ दिए गए थे और आज भी हमारी प्राइमरी रीडरों में सेहत सम्बन्धी पाठ दिए जाते हैं, लेकिन बच्चों को वह सबक़ उसी तरह पढ़ाए जाते हैं जैसे व्याकरण या इतिहास। बल्कि व्याकरण और इतिहास पर ज़्यादा जोर दिया जाता है; क्योंकि इन विषयों में फेल हो जाने से लड़के फेल हो जाते हैं। सेहत के पाठ केवल भाषा की दृष्टि से पढ़ाए जाते हैं और उनका जो मुख्य उद्देश्य है उसकी परवाह नहीं की जाती। कुछ तो परीक्षाओं का सिलसिला इतना घातक है कि छात्रों को दम मारने की फ़ुरसत नहीं मिलती और कुछ हमारी उदासीनता है, जिसके कारण जनता में इस आन्दोलन को जोरों से उठाने की सूझती ही नहीं। हमारा लड़का एम०ए० की डिग्री लाए, फिर चाहे वह आँखों की ज्योति क्यों न खो बैठे और मन्दाग्नि का रोग क्यों न पाल ले। यह हमारी मनोवृत्ति है।

यह विचार आम तौर पर फैला हुआ है कि शरीर और सेहत को बलवान बनाने के लिए घी, दूध मक्खन और मेवे का होना लाज़मी है। हमारे कितने ही युवक अपनी आर्थिक कठिनाइयों से इतने निराश और उत्साह हीन हो जाते हैं कि किसी प्रकार के व्यायाम से उन्हें रुचि नहीं रहती। कसरत से क्या फायदा, जब पुष्टिकारक भोजन नहीं मिलता? कसरत तो तब करें, जब प्रातःकाल बादाम का हलुआ और दूध मिले और मेवे मिलें, खाने में घी, मलाई और मांस भरपूर मिले। लेकिन, उन्हें खबर नहीं अब दिन-दिन विज्ञान द्वारा यह साबित होता जा रहा है कि मामूली सादे खाने में और

मामूली साग भाजी में शरीर के पोषण करने की शक्ति किसी तरह भी घी, दूध या मेवों से कम नहीं है। हाँ, अगर हम उनका ठीक तौर से व्यवहार करना जानें। अगर हम अज्ञानवश इन पदार्थों का मुफ़ीद हिस्सा फेंक दें, तो यह हमारा दोष है, उन चीजों का दोष नहीं। खुशी तो यह देखकर होती है कि विज्ञान भी हमें उसी तरफ़ ले जा रहा है, जिधर हम पहले से चल रहे हैं। हमने नई शिक्षा पाकर गोरी जातियों की नक़ल में उन चीजों का व्यवहार करना छोड़ दिया, जो हमारी भोजन सामग्री को पुष्टिकर बनाती थीं और नई-नई सामग्रियों के फेर में पड़ गए थे, जिन्हें योरप के व्यापारी लम्बे-चौड़े विज्ञापन दे-देकर हमारे सामने लाते थे, यह ओवल्टीन है, यह क्वेकर ओट, यह माल्टेड मिल्क है। बस सारी दुनिया की पौष्टिक शक्ति इनमें भरी हुई है। जिस युवक को देखिए इन्हीं इश्तिहारी चीज़ों के फेर में पड़ा हुआ है, लेकिन अब सिद्ध हो रहा है, कि हमारे मूली-गाजर और पालक-बथुए में जो पौष्टिक पदार्थ मौजूद हैं वह इन बहु प्रशंसित सामग्रियों में हो ही नहीं सकते। कुछ अमीरी का अभिमान और अपनी रुचि की नफ़ासत भी हमें पथभ्रष्ट करती है। हम गुड़ नहीं खा सकते, जिसमें पुष्टिकर तत्व भरे पड़े हैं। हमें तो शक्कर चाहिए जितनी साफ हो उतनी ही अच्छी। यह भ्रम फैला दिया गया है कि गुड़ या खाँड़ खाने से फोड़े निकलते हैं। नया चावल भी हम नहीं खाते। हम उसे जितना ही पुराना करके खाएँ, उतना ही हमारी कल्पना प्रसन्न होती है। वह ऐसा बिखरा हुआ होना चाहिए जैसे बेले का फूल। यह हम भूल जाते हैं कि वह जितना ही पुराना होता जाता है और जितना ही उसका पालिश किया जाता है, उतना ही निस्सत्व होता जाता है। गेहूँ के विषय में भी हमें कुछ ऐसे ही भ्रम हैं। हम महीन से महीन मैदा खाना अमीरी की शान समझते हैं, मोटा आटा खाना गँवारूपन है और उसका चोकर तो कोई पचा ही नहीं सकता। भला चोकर भी खाने की चीज है! लेकिन अब विज्ञान से सिद्ध हो रहा है कि गेहूँ का सबसे बहुमूल्य भाग उसका चोकर है, जो हम फेंक देते हैं। दातून की, ब्रश और टूथपेस्ट पर बहुत पहले जीत हो चुकी है; मगर हम अभी तक इस भ्रम में पड़े हुए हैं कि इससे हमारे दाँत मजबूत होते हैं।

मगर सबसे बड़ा अनर्थ तो उस अज्ञान से होता है, जो हमें अपनी इन्द्रियों के स्वाभाविक व्यवहार के विषय में है। किशोरावस्था में जब यौवन का विकास होने लगता है, हमारे कितने ही बालक अज्ञान के कारण अपनी इन्द्रियों का दुरुपयोग करके अपनी सेहत और देह दोनों ही का सर्वनाश कर बैठते हैं। उन्हें बिलकुल ख़बर नहीं होती कि वह दुर्व्यसनों में पड़कर अपने जीवन की किस निर्दयता से जड़ खोद रहे हैं। हमारी सभी कर्मेन्द्रियाँ अपने-अपने विशेष काम के लिए बनी हैं। यदि मुँह का काम हाथ से लिया जाय और हाथ का काम पाँव से, तो जिन्दा रहना कठिन हो जाय। मगर यही अन्धकार है जिस पर प्रकाश डालने का कोई प्रयत्न नहीं किया जाता। अगर हमारे हाई स्कूलों और यूनिवर्सिटियों में योग्य विशेषज्ञों से इस विषय पर भाषण कराए जाएँ, तो निश्चय ही हमारे विद्यालयों में जो गुप्त रूप से दुराचरण होता है वह बहुत कुछ कम हो जाय। ज़रूरत है कि कोई शरीर-शास्त्र का विद्वान इस विषय पर युवकों के लिए

सच्ची शिक्षा से भरी हुई पुस्तक लिखकर शुद्धता का महत्व समझाए। उन्हें बतलाए कि तुम अज्ञान के कारण अपने साथ कितना अत्याचार कर रहे हो। अगर माता-पिता स्वयं अपने बालकों को यह ज्ञान दे सकते तो और भी अच्छा होता, लेकिन समाज जिन रूढ़ियों में बंधा हुआ है उनको तोड़ डालना आसान नहीं है और बहुत से लोग इच्छा होने पर इस झूठे संकोच को नहीं तोड़ सकते। हमारे यहाँ काम-शास्त्र सम्बन्धी जो पुस्तकें प्रकाशित हुई हैं, वह इस दृष्टि से नहीं लिखी गई हैं, उनके प्रकाशकों ने समाज हित के लिए नहीं, धन कमाने के लिए उन्हें प्रकाशित किया है, और ऐसी प्राय: सभी पुस्तकों में सीधी राह दिखाने की उतनी चेष्टा नहीं की गई है, जितनी युवकों की गुप्त भावनाओं में गुद-गुदी पैदा कर देने की। यह काम कवियों और साहित्यिकों का नहीं, डाक्टरों और ब्रह्मचारियों का है। इधर कुछ योरोप के विद्वानों ने इस महान् गम्भीर विषय के साथ खिलवाड़ करना शुरू किया है और तरह-तरह की लचर, भ्रष्ट और गुमराह करने वाली धारणाओं का प्रचार करने लगे हैं। इसलिए और भी ज़रूरत है कि इस विषय पर प्रमाणित पवित्र साहित्य छापा जाय। इसके साथ ही विद्यालयों का भी यह कर्त्तव्य होना चाहिए कि वे अपने बालकों के मस्तिष्क को पाटना ही कर्त्तव्य की इतिश्री न समझें, उनकी आत्मा, उनके स्वास्थ्य और उनके जीवन का कल्याण भी अपना कर्त्तव्य समझें।

मार्च, १९३५

■

साहित्य की प्रगति

साहित्य की सैकड़ों परिभाषाएँ की गयी हैं और उनमें से हम अपना मतलब निकालने के लिए एक ले लेंगे। परिभाषा है तो पंडितों की वस्तु, मगर जब घर बनाना है तो नींव डालनी ही पड़ेगी। हवा में मकान बना सकते तो क्या बात थी, लेकिन अभी विज्ञान वह विद्या नहीं जान पाया है। साहित्य जीवन की आलोचना है, इस उद्देश्य से कि सत्य की खोज की जाय। सत्य क्या है और असत्य क्या है, इसका निर्णय हम आज तक नहीं कर सके। एक के लिए जो सत्य है वह दूसरे के लिए असत्य। एक श्रद्धालु हिन्दू के लिए चौबीसों अवतार महान सत्य है—संसार की कोई भी वस्तु धन, धरती, पुत्र , पत्नी उसकी नजरों में इतनी सत्य नहीं हैं। उस सत्य की रक्षा के लिए वह अपनी ही नहीं, अपने पुत्रों की आहुति भी दे देगा। इसी प्रकार दया एक के लिए सत्य है, पर दूसरा उसे संसार के सब दुःखों का मूल समझता है और इसलिए असत्य कहता है। इसी सत्य और असत्य का संग्राम साहित्य है। दर्शन और विज्ञान का उद्देश्य भी यही है, लेकिन वह बुद्धि के रास्ते से वहाँ पहुँचा चाहता है। बेचारा साहित्य भी वही यात्रा कर रहा है, लेकिन गंभीर विचार से, मौन न रहकर, केवल थकान मिटाने के लिए अपनी खंजरी बजाकर गाता भी जाता है। यह रास्ता तो काटना ही पड़ेगा, तो क्यों न हँस-खेलकर काटो। इसी 'दया' सत्य पर बड़े-बड़े धर्मों की बुनियाद पड़ी यह मानो मानव जाति की ओर से इन्द्र को ललकार थी, उनका सिंहासन छीनने के लिए, लेकिन आज उसका मजाक उड़ाया जा रहा है।

यह सत्य और असत्य की यात्रा उसी वक्त से शुरू हुई जब से मनुष्य में आत्मा का विकास हुआ। इसके पहले तो सारी शक्तियाँ प्रकृति से अपने भोजन के लिए लड़ने में ही खर्च हो जाती थीं। जब यह चिंता लगी हो कि आज बच्चे खायेंगे क्या या आज रात की सर्दी काटने के लिए आग कैसे बने, तो सत्य और असत्य के राग कौन गाता। उस वक्त सबसे बड़ा सत्य वह भूख और ठंड थी। साहित्य और दर्शन सभ्य जीवन के लक्षण हैं, जब हममें इतना सामर्थ्य आ जाय कि पेट के सिवा कुछ और भी सोच सकें। रोटी-दाल से निश्चिन्त होने के बाद ही खीर और पकौड़ी की सूझती है। आदिम मनुष्य में पशु-प्रकृति की ही प्रधानता थी। केवल पशुबल ही सबसे बड़ा अधिकार था। मगर जब मनुष्य आयेदिन के कलह और संघर्ष से तंग आ गया तो तरह-तरह के नियग बने और मतों की सृष्टि हुई। नये-नये सत्यों का आविष्कार हुआ,जो प्रकृत सत्य न थे, वरन् मानव सत्य थे। मनुष्य ने अपने को नीति के बन्धनों से जकड़ना शुरू कर दिया। जातियाँ बनीं, उपजातियाँ बनीं और जायदाद के आधार पर समाज का संगठन हो गया। पहले दस-पाँच भेड़-बकरियाँ और थोड़ा-सा नाज ही सम्पत्ति थी। फिर

स्थावर सम्पत्ति का आविर्भाव हुआ और चूँकि मनुष्य ने इस सम्पत्ति के लिए बड़ी-बड़ी कुर्बानियाँ की थीं, बड़े-बड़े कष्ट उठाये थे, वह उसकी नजरों में सबसे बहुमूल्य वस्तु थी। उसकी रक्षा के लिए वह अपनी और अपने पुत्रों के प्राणों की बाजी लगा सकता था। विवाह प्रथा को ऐसा रूप दिया गया कि सम्पत्ति घर से बाहर न जाने पावे। और उस धुँधले अतीत से आज तक का मानव-इतिहास केवल सम्पत्ति-रक्षा का इतिहास है। तब समाज में दो बड़े-बड़े भेद हो गये। जो संसार के इस संग्राम में परास्त हो गये, उन्होंने ईश्वर-भजन का आश्रय लिया और संसार को माया कहकर उससे विरक्त हो गये और नये-नये बन्धन बनने लगे, यहाँ तक कि हमारा क्षेत्र संकुचित होते-होते रूढ़ियों का एक कारागार-सा बन गया। धर्म के नाम पर हजारों तरह के पाखंड समाज में घुस आये, जिनमें उलझकर मानव-समाज की गति रुक गयी। अति सब चीज की दु:खकर होती है। यह प्रकृति का नियम है। वही संस्थाएँ जिनका निर्माण समाज के कल्याण के निमित्त किया गया था, अन्त में समाज के पाँव की बेड़ियाँ बन गयीं। वही दूध, जो एक मात्रा में अमृत है उस मात्रा से बढ़कर विष हो जाता है। मानव-समाज में शान्ति का स्थापन करने के लिए जो-जो योजनाएँ सोच निकाली गयीं वह सभी कालान्तर में या तो जीर्ण हो जाने के कारण अपना काम न कर सकीं या कठोर हो जाने के कारण कष्ट देने लगीं। जो पहले कुलपति था वह राजा बना। फिर वह इतना शक्तिशाली बन बैठा कि अपने को भगवान का कारकुन समझने लगा, जिससे बाजपुर्स करने का किसी मनुष्य को अधिकर न था। उसकी अधिकार-तृष्णा बढ़ने लगी। उसकी इस तृष्णा पर समाज का रक्त बहने लगा। अन्त में आदम जाति में इन दशाओं के प्रति विद्रोह का भाव उत्पन्न हो गया। मनुष्य की आत्मा इन निरर्थक ही नहीं, घातक बन्धनों को मकड़ी के जाले की भाँति तोड़-फोड़ करके निर्मल, स्वच्छ, मुक्त आकाश और वायु में विचरण करने के लिए आतुर हो उठी। बीच-बीच में कितनी ही बार ऐसे विद्रोह उठे। हमारे जितने मत हैं, वह सब इसी विद्रोह के स्मारक हैं किन्तु उन विद्रोहों में कलह की जो मुख्य वस्तु थी, वह ज्यों की त्यों बनी रही। सम्पत्ति में हाथ लगाने का किसी को या तो साहस ही न हुआ या किसी को सूझी ही नहीं। जो इन सारे दुर्व्यवस्थाओं का मूल था वह इतने सौम्य वेश में धर्म और विद्या और नीति के आवरण में महान बना हुआ बैठा था, कि किसी को उसकी ओर सन्देह करने की भी प्रेरणा न हुई। हालाँकि उसी के इशारे और सहयोग से समाज पर नित नये बन्धन लगाये जा रहे हैं। यह बड़े-बड़े न्यायालय और यह साम्राज्यवाद और ये बड़े-बड़े व्यापार के केन्द्र उसी के रचे हुए खिलौने हैं। ये भिन्न-भिन्न मत उसके खिलौनों के सिवा और क्या हैं। यह जात-पाँत, यह ऊँच-नीच का भेद उसी की छोड़ी हुई फुलझड़ियाँ हैं। यह चकले, जो मानव-समाज के कोढ़ हैं, उसके क्रूर विनोद हैं। ये हमारी असंख्य विधवाएँ, ये हमारे लाखों मजूर जो पशुओं की भाँति जीवन काट रहे हैं, उसी भानमती के छू-मंतर की विभूतियाँ हैं। उसने Puritanism का कुछ ऐसा निषेधात्मक रूप ग्रहण कर लिया है, कि जो उससे अणु मात्र भी विमुख हो जाय,

उसकी खैरियत नहीं। उसका कानून मार्शल-ला से कहीं कठोर, कहीं जान-लेवा है। उसकी अपील के लिए कहीं कोई Tribunal नहीं है। सारांश यह कि उसने जीवन को इतना संकीर्ण, इतना उलझनदार, इतना अन्यायपूर्ण, इतना स्वार्थमय, इतना कृत्रिम बना दिया है कि मानवता उससे भयभीत हो उठी है और उसको उखाड़ फेंकने के लिए, उसके पंजों से निकल जाने के लिए वह अपना पूरा जोर लगा रही है। इन रूढ़ियों ने, इन बंधनों ने, इन असत्य बाधाओं ने ब्रह्माण्ड की व्यापक चेतना में जो दर्बे-से बना दिये हैं जिनमें बन्द होकर वह अपनी स्वच्छन्दता खो बैठे हैं, आज हमारी आत्मा उन दर्बों को तोड़कर उस व्यापक चेतना से सामंजस्य प्राप्त करने के लिए उतारू हो गयी है। संभव है, रस्सी को जोर से खींचकर इसके टूटने के साथ ही वह अपने ही जोर में गिर पड़े। संभव है पिंजरे में बन्द पक्षी की भाँति पिंजरे से निकलकर वह शिकारी चिड़ियों का ग्रास बन जाय, पर उसे गिरना मंजूर है, ग्रास बन जाना मंजूर है, उन दर्बों में रहना मंजूर नहीं। संसार को जी भर कर भोगने की अबाध लालसा जिसे सदियों की Puritanism ने खूँख्वार बना दिया है, सर्व-भक्षी बन जाना चाहती है। निषेधों की उसे बिलकुल परवाह नहीं है। वह पाप को पुण्य, असत्य को सत्य और अपूर्ण को पूर्ण बना देना ठान बैठी है। उसने Puritanism का सदियों तक व्यवहार करके देख लिया है और अब बिना उसे जमीन में दफ़न किये उसे चैन नहीं। झूठ बोलना पाप है! क्यों पाप है? अगर उस झूठ से समाज का अहित होता है तो वह बेशक पाप है। अगर उससे समाज का कल्याण होता है, तो वह पुण्य है। निरपेक्ष सत्य के अस्तित्व को ही वह स्वीकार नहीं करती। चोरी को तुम पाप कहते हो? तुम चाहते हो कि संसार की सारी सम्पत्ति बटोरकर उस पर एकाधिपत्य जमा लो। कोई उसे छुए तो उसके लिए जेल है, फाँसी है। हममें और तुममें इसके सिवा और क्या अंतर है कि तुम सफल चोर हो और हम चोर-कला में तुम्हारी बराबरी नहीं कर सकते। इस Puritanism ने हमारी आत्मा को कितना शुष्क काठ का-सा कठोर बना दिया है कि उसमें रस का लोप हो गया। कविता कितनी ही सुन्दर और भावमयी हो, वह उसका आनन्द नहीं उठा सकती। इससे वासनाओं का उद्दीपन होता है। चित्रकला से तो उसे दुश्मनी है। भला मनुष्य की क्या मजाल है कि वह परमात्मा के काम में दखल दे। सृष्टि परमात्मा का काम है। मनुष्य अगर उसकी नकल करता है, तो उसे सूली पर चढ़ा दो, फाँसी पर लटका दो। इतिहास में ऐसे धर्मात्माओं की कमी नहीं है जिन्होंने पुस्तकालय जला दिये, चित्रालयों को भूमिस्थ कर दिया, संगीत के उपासकों को निर्वासित कर दिया। तीर्थ स्थानों में जो पिशाच-लीलाएँ होती हैं वह इसी Puritanism का प्रसाद है। आज भारत में जो पाँच करोड़ अछूत, नौ करोड़ मुसलमान और शायद एक करोड़ ईसाई हैं और जिस अनैक्य के कारण राष्ट्र के विकास में बाधाएँ खड़ी हो गयी हैं, उसका जिम्मेदार इस Puritanism के सिवा और कौन है? और जगहों में तो प्युरिटेनिज्म से ज्यादा हानि नहीं होती। मत शराब पियो, मत मांस खाओ। इसके बगैर समाज की कोई हानि नहीं। दरिद्र देश में पैसे का दुरुपयोग किसी तरह भी

क्षम्य नहीं। लेकिन इससे पैदा होनेवाली अहम्मन्यता तो और भी जघन्य है। त्याग और संयम स्तुत्य है, उसी हालत में, जब वह अहंकार को न अंकुरित होने दे, लेकिन दुर्भाग्य से इन दोनों में कारण और कार्य का-सा सम्बन्ध पाया जाता है। जो जितना ही नीतिवान है, वह उतना ही अहंकारी भी है। इसलिए समाज आचारवानों को सन्देह की आँखों से देखता है। एक शराबी या ऐयाश आदमी अगर उदार हो, सहानुभूति रखता हो, क्षमाशील हो, सेवा-भाव रखता हो तो समाज के लिए वह एक पक्के आचारवादी किन्तु अनुदार, घंमडी, संकीर्ण-हृदय पुरुष से कहीं ज्यादा उपयोगी है। प्युरिटन मनोवृत्ति जैसे इस ताक में रहती है कि किसका पाँव फिसले और वह तालियाँ बजाये। प्युरिटेनिज्म और अनुदारता दो पर्याय-से हो गये हैं और जहाँ सेक्स का प्रश्न आ जाता है, वहाँ तो वह नंगी तलवार, बारूद का ढेर है। यहाँ वह किसी तरह की नर्मी नहीं कर सकता। उसे अपने नियमों की रक्षा के लिए किसी का जीवन नष्ट कर देने में एक प्रकार का गौरव-युक्त आनन्द प्राप्त होता है। भोग उसकी दृष्टि में सबसे बड़ा पाप है। चोरी करके हम समाज में रह सकते हैं, धोखा देकर, झूठी गवाही देकर, निर्बलों को कुचलकर, मित्रों से विश्वासघात करके, अपनी स्त्री को डंडों से पीटकर हम समाज में रह सकते हैं, उसी शान और अकड़ के साथ, लेकिन भोग अक्षम्य अपराध है। उसके लिए कोई प्रायश्चित नहीं। पुरुषों के लिए तो चाहे किसी तरह क्षमा सुलभ भी हो जाय, किन्तु स्त्रियों के लिए क्षमा के द्वार बन्द हैं और उन पर अलीगढ़वाला बारह लीवर का ताला पड़ा हुआ है। इसी का यह प्रसाद है कि हमारी बहनें और बेटियाँ आये दिन तीर्थ-स्थानों में लाकर छोड़ दी जाती हैं और इस तरह उन्हें कुत्सित जीवन बिताने के लिए मजबूर किया जाता है। हम केवल अपराधी को दंड देकर सन्तुष्ट नहीं होते, उसके कुटुम्ब का, उसकी सन्तान का और सन्तानों की भी सन्तान का बहिष्कार कर देते हैं! हम स्त्री या पुरुष किसी के लिए भी व्यभिचार के समर्थक नहीं, लेकिन यह कहाँ का न्याय है कि जिस अपराध के लिए पुरुष को दंड देने में हम असमर्थ हों, उसी अपराध के लिए कुमारियों या विधवाओं को कलंकित किया जाय? सौभाग्यवतियों को हमने इसलिए छोड़ दिया है कि परिस्थितियाँ उनके अनुकूल हैं और समाज उन्हें दंड देने में असमर्थ है। जो पुरुष स्वयं बड़े धड़ल्ले से व्यभिचार करता है, वह भी अपनी स्त्री को पिंजरे में बन्द रखना चाहता है और यदि वह मानव स्वभाव से प्रेरित होकर पिंजरे से निकलने की इच्छा करे, तो उसकी गरदन पर छुरी फेरने से भी नहीं हिचकता। यह सामाजिक विषमता असह्य हो उठी है और वह बड़ी तेजी से विद्रोह का रूप धारण कर रही है।

इन सामाजिक दशाओं का हमने इसलिए संक्षिप्त वर्णन किया है कि जैसा हमने आरम्भ में कहा है—साहित्य जीवन की आलोचना है, इस उद्देश्य से कि उससे सत्य और सुन्दर की खोज की जाय। वाह्य जगत हमारे मन के अन्दर प्रवेश करके एक दूसरा जगत बन जाता है, जिस पर हमारे सुख-दुख, भय-विस्मय, रुचि या अरुचि का गहरा रंग चढ़ा होता है। एक ही तत्व भिन्न-भिन्न हृदयों में भिन्न भाव उत्पन्न करता है।

एक आदमी अपने लड़के को इसलिए पीट रहा है कि लड़का खेलाड़ी है, मन लगा कर नहीं पढ़ता। इस पर तरह-तरह की आलोचनाएँ होती हैं। बाप का धर्म है कि लड़के को कुराह चलते देखे, तो उसे ताड़ना दे। यह सनातन रीति है। दूसरा कहता है—नहीं, लड़का केवल इसलिए खेलाड़ी हो गया है कि उसे प्रेम से पढ़ाया नहीं जाता। यह बाप का दोष है। तीसरा आदमी एक कदम और आगे जाता है और कहता है—खेलना लड़कों का स्वाभाविक धर्म है, यही उनकी शिक्षा है। बाप को कोई अधिकार नहीं है कि वह लड़के के प्राकृतिक विकास में बाधक हो। एक चौथा आदमी बाप की इस ताड़ना में पुत्र-स्नेह का नहीं—स्वार्थ, लोभ, दम्भ का रंग झलकता हुआ देखता है। वाह्य जगत और मनुष्य जगत में यही अन्तर है। साहित्य की रचना करनेवाले तो वही होते हैं जो जगत-गति से विशेषरूप से प्रभावित होते हैं, जिनके मन में संसार को कुछ अधिक सुन्दर, कुछ अधिक उत्कृष्ट देखने की महत्वाकांक्षा होती है। वे असुन्दर को देखकर जितने दुखी होते हैं, उतना ही सुन्दर को देखकर प्रसन्न होते हैं। और वे अपने हर्ष या शोक को अपने मन में ही रखकर संतुष्ट नहीं होते। वे संसार को भी अपने हर्ष या शोक का एक भाग देना चाहते हैं। भाव को अपना बनाकर सब का बना देना, यही साहित्य है। डॉ० रवीन्द्रनाथ ने अपने 'सौन्दर्य और साहित्य' नामक निबन्ध में लिखा है—

'सौन्दर्य-बोध जितना विकसित होता जाता है, उतना स्वतन्त्रता के स्थान पर सुसंगति, आघात के स्थान पर आकर्षण, आधिपत्य के स्थान पर सामंजस्य हमें आनन्द देता है।'

हम इसमें इतना और मिला देंगे—अनुदारता की जगह उदारता, भेद की जगह मेल, घृण की जगह प्रेम।

नवीन साहित्य की रुचि में बिलकुल यही विकास नजर आ रहा है। वह अब आदर्श चरित्रों की कल्पना नहीं करता। उसके चरित्र अब उस श्रेणी से लिये जाते हैं जिन्हें कोई प्युरिटन छूना भी पसन्द न करेगा। मेक्सिम गोर्की, अनातोल फ्रांस, रोमां रोलां, एच० जी० वेल्स आदि योरोप के, स्वर्गीय रतननाथ सरशार, शरद्चन्द्र आदि भारत के—ये सभी हमारे आनन्द के क्षेत्र को फैला रहे हैं, उसे मानसरोवर और कैलाश की चोटियों से उतारकर हमारे गली-कूचों में खड़ा कर रहे हैं। वह किसी शराबी को, किसी जुआरी को, किसी विषयी को देखकर घृणा से मुँह नहीं फेर लेते। उनकी मानवता पतितों में वह खूबियाँ, उससे कहीं बड़ी मात्रा में देखती हैं, जो धर्म ध्वजाधारियों में और पवित्रता के पुजारियों में नहीं मिलती। बुरे आदमी को भला समझकर, उससे प्रेम और आदर का व्यवहार करके उसको अच्छा बना देने की जितनी सम्भावना है, उतनी उससे घृणा करके, उसका बहिष्कार करके नहीं। मनुष्य में जो कुछ सुन्दर है, विशाल है, आदरणीय है, आनन्दप्रद है, साहित्य उसी की मूर्ति है। उसकी गोद में उन्हें आश्रय मिलना चाहिए, जो निराश्रय हैं, जो पतित हैं, जो अनादृत हैं। माता उस बालक से अधिक से अधिक स्नेह करती है, जो दुर्बल है, बुद्धिहीन है,

सरल है। सपूत बेटे पर वह गर्व करती है। उसका हृदय दुखी होता है, कपूतों ही के लिए। कपूत ही में वह अपने मातृ-वात्सल्य को टिका पाती है। बीस-पच्चीस साल पहले वेश्या साहित्य से बहिष्कृत थी। अगर कभी वह साहित्य में लायी जाती थी, तो केवल अपमानित किये जाने के लिए। रचयिता की प्युरिटन-मनोवृत्ति बिना उसे मनमाना दंड दिये विश्राम न लेती थी। अब वह साहित्य में अपमान की वस्तु नहीं, आदर और प्रेम की वस्तु बन गयी है। गऊ को हत्या के लिए बेचनेवाला अगर दोषी है तो खरीदनेवाला कम दोषी नहीं है। खरीदनेवाले का अगर समाज में आदर है तो बेचनेवाले का क्यों अनादर हो? वेश्या में बेटीपन है, मातापन है, पत्नीपन है। उसमें भी भक्ति और श्रद्धा है, सहृदयता है। उसका तो जीवन ही पर-सुख के लिए अर्पित हो गया है। वह समाज के गद्य की सूक्ति है। उसकी शोभा इसी में है कि वह गद्य में घुल-मिलकर सम्पूर्ण गद्य को सजीव और चकत्कृत कर दें। सूक्तियों को चुनकर अलग कर देने से उनका सूक्तिपन ज्यों का त्यों रहता है, समाज शुष्क हो जाता है। अगर कोई ईश्वर है, तो ये देवदासियाँ हिसाब के दिन उससे पूछेंगी-हमने सदा पर-सुख चेष्टा की, सदैव दूसरों के जख्म पर मरहम रक्खा, जख्मी भी किया, लेकिन प्राण लेने के लिए नहीं बल्कि अपना प्रेम (Inject) करने के लिए। क्या उसका यही पुरस्कार था?—और हमें विश्वास है, ईश्वर उन्हें कोई जवाब न दे सकेगा। प्राचीनकाल की अप्सराएँ तो देवताओं और ऋषि-मुनियों की मंजूरे-नजर थीं। हम उनकी कलजुगी बेटियों का किस मुँह से अनादर कर सकते हैं।

ईश्वर का जिक्र बड़े मौक़े से आ गया। साहित्य की नवीन प्रगति उनसे विमुख हो रही है। ईश्वर के नाम पर उनके उपासकों ने भू-मण्डल पर जो अनर्थ किये हैं, और कर रहे हैं,उनके देखते इस विद्रोह को बहुत पहले उठ खड़ा होना चाहिए था। आदमियों के रहने के लिए शहरों में स्थान नहीं है, मगर ईश्वर और उनके मित्रों और कर्मचारियों के लिए बड़े-बड़े मन्दिर चाहिए। आदमी भूखों मर रहे हैं, मगर ईश्वर अच्छे से अच्छा खायेगा, अच्छे से अच्छा पहनेगा और खूब विहार करेगा। अपनी सृष्टि की खबर लेना उसने छोड़ दिया, तो साहित्य भी, जो ईश्वर के दरबार में प्रजा का वकील है, साफ-साफ कह देगा—आपकी यह स्वार्थपरता आपकी शान के खिलाफ है। लेकिन ईस्वर की लीला कुछ ऐसी विचित्र है कि हम मुँह से जितने ही अनीश्वरवादी बनते हैं, आत्मा से उतने ही ईश्वरवादी बन जाते हैं। अब तक मुँह से ईश्वरवादी थे, आत्मा से पक्के नास्तिक। अब परिस्थिति बदल रही है और सच्चा ईश्वरवाद उषा की लालिमा से उदित हो रहा है। घृणा को ईश्वरवाद से क्या प्रयोजन। जहाँ मेल है, सामंजस्य है, समन्वय है,वहीं ईश्वर है। नकली ईश्वरवाद से आत्मवाद प्रस्फुटित हो रहा है।

लेकिन इसकेसाथ युवकों का भौंरापन और युवतियों का तितलीपन भी नवीन प्रगति का एक लक्षण है, जिसके हम समर्थक नहीं। प्रणय केवल मनोविनोद की वस्तु नहीं। वह इससे कहीं पवित्र और महान है। वह आत्म-समर्पण है, स्त्री के लिए भी

और पुरुष के लिए भी। वर्तमान योरोपीय साहित्य बड़े वेग से अबाध प्रेम की ओर जा रहा है। वैवाहिक मैत्री और वैवाहिक परीक्षा की समस्याएँ साहित्य में हल की जा रही हैं। यह पेट भरों की स्वाद-लिप्सा है। संसार का सारा धन खींचकर वे अब निश्चिन्त हो गये हैं और निश्चिन्त आदमी कामुकता की ओर न जाय, तो क्या करे! बौद्धिक विकास के लिए रसिकता परमावश्यक है। रस की उपेक्षा केवल दुर्बल और रक्तहीन प्राणी ही कर सकता है। जो स्वस्थ है, बलवान है, उसका रसिक होना अनिवार्य है, लेकिन रसिकता और कामुकता में जो अन्तर है, उसे योरोप का साहित्य भूलता जा रहा है। सदियों के बन्धन और निग्रह के बाद अब जो उसे यह वस्तु मिली है तो वह सर्वभक्षी हो जाना चाहता है। इस क्षुधातुरता की दशा में उसे खाद्य और अखाद्य कुछ नहीं सूझता। स्त्री और पुरुष दोनों ही वैवाहिक जीवन की जिम्मेदारियों से भाग रहे हैं। अगर वह प्युरिटनिज्म सीमा का अतिक्रमण कर गया था, तो यह रसिकता भी सीमा के बाहर निकली जा रही है। अब तक पुरुष इस क्षेत्र में विजय-कामना किया करता था। अब स्त्री भी योरोपीय साहित्य में उसी मनोवृत्ति का प्रदर्शन कर रही है। उस शीत-प्रधान देश के लिए सदैव उत्तेजना की ज़रूरत है। वहाँ जमे हुए घी को पिघलाने के लिए थोड़ी-सी गर्मी चाहिए ही। यहाँ तो घी यों ही पिघला रहता है, उसके लिए आँच दिखाने की ज़रूरत नहीं। रसिकता भोजन-रूपी जीवन के लिए चटनी के समान है, जो उसके स्वाद और रुचि को बढ़ा देती है। केवल चटनी खाकर तो कोई जीवित नहीं रह सकता।

विषय बहुत बड़ा है। एक छोटे-से भाषण में उसकी काफी व्याख्या नहीं की जा सकती। समाज का वर्तमान संगठन दूषित है। दुःख, दरिद्रता, अन्याय,ईर्ष्या,द्वेष आदि मनोविकार, जिनके कारण संसार नरक के समान हो रहा है, इनका कारण दूषित समाज-संगठन है। सोशियालोजी के साथ साहित्य भी इसी प्रश्न को हल करने में लगा हुआ है।

मार्च, १९३३

जीवन और साहित्य में घृणा का स्थान

निन्दा, क्रोध और घृणा ये सभी दुर्गुण हैं, लेकिन मानव जीवन में से अगर इन दुर्गुणों को निकाल दीजिए, तो संसार नरक हो जायेगा। यह निन्दा ही का भय है, जो दुराचारियों पर अंकुश का काम करता है, यह क्रोध ही है, जो न्याय और सत्य की रक्षा करता है और यह घृणा ही है जो पाखंड और धूर्तता का दमन करती है। निन्दा का भय न हो, क्रोध का आतंक न हो, घृणा की धाक न हो तो जीवन विशृंखल हो जाय और समाज नष्ट हो जाय। इनका जब हम दुरुपयोग करते हैं, तभी ये दुर्गुण हो जाते हैं, लेकिन दुरुपयोग तो अगर दया, करुणा, प्रशंसा और भक्ति का भी किया जाय, तो वह दुर्गुण हो जायेंगे। अन्धी दया अपने पात्र को पुरुषार्थ हीन बना देती है, अन्धी करुणा कायर, अन्धी प्रशंसा घमंडी और अन्धी भक्ति धूर्त। प्रकृति जो कुछ करती है, जीवन की रक्षा ही के लिए करती है। आत्म-रक्षा प्राणी का सबसे बड़ा धर्म है और हमारी सभी भावनाएँ और मनोवृत्तियाँ इसी उददेश्य की पूर्ति करती हैं। कौन नहीं जानता कि वही विष,जो प्राणों का नाश कर सकता है, प्राणों का संकट भी दूर कर सकता है। अवसर और अवस्था का भेद है। मनुष्य को गन्दगी से, दुर्गन्ध से, जघन्य वस्तुओं से क्यों स्वाभाविक घृणा होती है? केवल इसीलिए कि गन्दगी और दुर्गन्ध से बचे रहना उसकी आत्म-रक्षा के लिए आवश्यक है। जिन प्राणियों में घृणा का भाव विकसित नहीं हुआ, उनकी रक्षा के लिए प्रकृति ने उनमें दबकने, दम साथ लेने या छिप जाने की शक्ति डाल दी है। मनुष्य विकास-क्षेत्र में उन्नति करते-करते इस पद को पहुँच गया है कि उसे हानिकर वस्तुओं से आप ही आप घृणा हो जाती है। घृणा का ही उग्र रूप भय है और परिष्कृत रूप विवेक। ये तीनों एक ही वस्तु के नाम हैं, उनमें केवल मात्रा का अन्तर है।

तो घृणा स्वाभाविक मनोवृत्ति है और प्रकृति द्वारा आत्म-रक्षा के लिए सिरजी गयी है। या यों कहो कि वह आत्म-रक्षा का ही एक रूप है। अगर हम उससे वंचित हो जाएँ, तो हमारा अस्तित्व बहुत दिन न रहे। जिस वस्तु का जीवन में इतना मूल्य है, उसे शिथिल होने देना, अपने पाँव में कुल्हाड़ी मारना है। हममें अगर भय न हो तो साहस का उदय कहाँ से हो। बल्कि जिस तरह घृणा का उग्र रूप भय है, उसी तरह भय का प्रचंड रूप ही साहस है। ज़रूरत केवल इस बात की है कि घृणा का परित्याग करके उसे विवेक बना दें। इसका अर्थ यही है कि हम व्यक्तियों से घृणा न करके उनके बुरे आचरण से घृणा करें। धूर्त से हमें क्यों घृणा होती है? इसलिए कि उसमें धूर्तता है। अगर आज वह धूर्तता का परित्याग कर दे, तो हमारी घृणा भी जाती रहेगी। एक शराबी के मुँह से शराब की दुर्गन्ध आने के कारण हमें उससे घृणा होती है,

लेकिन थोड़ी देर के बाद जब उसका नशा उतर जाता है और उसके मुँह से दुर्गन्ध आना बन्द हो जाती है, तो हमारी घृणा भी ग़ायब हो जाती है। एक पाखंडी पुजारी को सरल ग्रामीणों को ठगते देखकर हमें उससे घृणा होती है, लेकिन कल उसी पुजारी को हम ग्रामीणों की सेवा करते देखें, तो हमें उससे भक्ति होगी। घृणा का उद्देश्य ही यह है कि उससे बुराइयों का परिष्कार हो। पाखंड, धूर्तता, अन्याय, बलात्कार और ऐसी ही अन्य दुष्प्रवृत्तियों के प्रति हमारे अन्दर जितनी ही प्रचंड घृणा हो उतनी ही कल्याणकारी होगी। घृणा के शिथिल होने से ही हम बहुधा स्वयं उन्हीं बुराइयों में पड़ जाते हैं और स्वयं वैसा ही घृणित व्यवहार करने लगते हैं जिसमें प्रचंड घृणा है, वह जान पर खेलकर भी उनसे अपनी रक्षा करेगा और तभी उनकी जड़ खोदकर फेंक देने में वह अपने प्राणों की बाज़ी लगा देगा। महात्मा गाँधी इसीलिए अछूतपन को मिटाने के लिए अपने जीवन का बलिदान कर रहे हैं कि उन्हें अछूतपन से प्रचण्ड घृणा है।

जीवन में जब घृणा का इतना महत्व है,तो साहित्य कैसे उसकी उपेक्षा कर सकता है, जो जीवन का ही प्रतिबिम्ब है। मानव-हृदय आदि से ही सु और कु का रंगस्थल रहा है और साहित्य की सृष्टि ही इसीलिए हुई कि संसार में जो सु या सुन्दर है और इसलिए कल्याणकर है उसके प्रति मनुष्य में प्रेम उत्पन्न हो और कु या असुन्दर और इसलिए असत्य वस्तुओं से घृणा। साहित्य और कला का यही मुख्य उद्देश्य है। कु और सु का संग्राम ही साहित्य का इतिहास है। प्राचीन साहित्य, धर्म और ईश्वर द्रोहियों के प्रति घृणा और उनके अनुयायियों के प्रति श्रद्धा और भक्ति के भावों की सृष्टि करता रहा। नवीन साहित्य समाज का खून चूसनेवालों, रंगे सियारों, हथकण्डेबाजों और जनता के अज्ञान से अपना स्वार्थ सिद्ध करनेवालों के विरुद्ध उतने ही ज़ोर से आवाज़ उठा रहा है और दीनों, दलितों, अन्याय के हाथ सताये हुये के प्रति उतने ही ज़ोर से सहानुभूति उत्पन्न करने का प्रयत्न कर रहा है। संभव है, वह भावुकता की तरंग में और कठोर सत्य की ओर से आँखें बन्द करके संसार में क्रान्ति मजा देने का स्वप्न देख रहा हो; सम्भव है, जिन्हें वह दरिद्रता के कारण सहानुभूति का पात्र समझ रहा है, उनकी सारी बुराइयों को दुरावस्था और दरिद्रता के सिर मढ़ रहा है। वे इतने भोले-भाले प्राणी न हों, पर वह नवयुग का स्वर्ग-स्वप्न देखने में इतना मग्न है कि इस समय उसे किसी बाधा-विघ्न की ओर ध्यान देने का अवकाश नहीं है। लेकिन, उन कलाकारों का उद्देश्य क्या यह था कि वे किसी व्यक्ति या समाज के प्रति घृणा फैलायें? वे व्यक्तियों के शत्रु नहीं हैं, न वे द्वेष या ईर्ष्या के कारण साहित्य की रचना करते हैं। वे उन परिस्थितियों और प्रवृत्तियों के शत्रु हैं, जिनके हाथों ऐसे व्यक्ति उत्पन्न होते हैं। व्यक्तियों से उन्हें उतना ही प्रेम है, जितना अपने किसी भाई से हो सकता है। जिन सूदखोर महाजनों या मज़दूरों के पसीने की कमायी पर मोटे होने वाले मिल-मालिकों के प्रति वह अपनी कृतियों में ज़हर उगलता है, उन्हीं को संकट में देखकर वह उनकी सेवा करना अपना अहोभाग्य समझेगा। वह जानता है कि यह ग़रीब खुद अपनी स्वार्थान्धता के हाथों दुखी हैं और अपनी धनलिप्सा के शिकार होकर गरीबों को

सता रहे हैं। उसे उनसे सहानुभूति होती है, पर उन परिस्थितियों के साथ वे बिलकुल समझौता नहीं कर सकते, हो सकता है, उनमें कुछ ऐसे भी हों, जिन्हें सूदखोरों के हाथों कष्ट उठाने पड़े हों, सम्भव है, उन्हीं के हाथों उनका सर्वनाश हो गया हो, लेकिन अगर वह कलाकार है, तो उसमें इतनी क्षमता अवश्य होगी कि वह व्यक्ति विशेष पर दिल का गुबार निकालने न बैठेगा। हाँ, यह हो सकता है, कि सूदखोरी के प्रति उसकी लेखनी ज्यादा तीव्र और पैनी हो जाय। इन पंक्तियों के लेखक ही के विषय में एक कृपालु आलोचक ने यह आक्षेप किया है कि उसने अपनी रचनाओं में ब्राह्मणों के प्रति घृणा का प्रचार किया है। अव्वल तो उसे किसी ब्राह्मण के हाथों कोई कष्ट नहीं पहुँचा और मान लो किसी ब्राह्मण ने उस पर डिग्री करके उसका घर नीलाम करा लिया हो, या उसे सरे बाजार गाली दे दी हो तो इसलिए वह समस्त ब्राह्मण-समुदाय का दुश्मन क्यों हो जायेगा? जीवन में आदमी को सभी तरह के अनुभव होते हैं। प्रायः सभी समुदायों में उसके मित्र भी हो सकते हैं और शत्रु भी, फिर वह किसी एक समुदाय को क्यों चुनकर उन्हीं के प्रति घृणा फैलायेगा? हाँ, चूँकि धर्म के नाम पर अपना उल्लू सीधा करनेवाले, श्रद्धा की आड़ में श्रद्धालुओं को नोचनेवाले, गया में मुसलमानों और चमारों तक से पिंडदान का संस्कार करानेवाले और नाना प्रकार से धर्म का पाखण्ड रचनेवाले उस समुदाय के लोग हैं, जो दुर्भाग्यवश ब्राह्मण कहे जाते हैं, पर जो ब्राह्मणत्व से उतना ही दूर हैं, जितना नरक से स्वर्ग, इसलिए कोई लेखक, जो समाज में सद्व्यवहार और सद्धर्म और राष्ट्रीय ऐक्य का राज देखना चाहता है, उनकी उपेक्षा नहीं कर सकता। कौन-सा इतना स्वाभिमानी भारतीय है, जो प्रातःकाल एक आदमी को अपने को ब्राह्मण बताकर भीख माँगते देखकर लज्जा से सिर न झुका लेगा। यह उस समुदाय को बदनाम करनेवाले लोग हैं जिन्होंने सच्चे जीवन और सच्चे विचारों की सरिता बहायी थी, जो हिन्दू समाज के पथ-प्रदर्शक थे। उनका यह पतन! लेकिन यह कौन नहीं जानता कि वह ग़रीब ऐसी परिस्थितियों में पला है, जहाँ भिक्षा माँगना लज्जा नहीं। मेरा ख्याल है कि समाज में जितनी अनीति है, उनमें सबसे घृणित धार्मिक पाखंड और धूर्तता है। चोरी, बदमाशी, रिश्वत, दग़ा, झूठ, इन दुर्गुणों का किसी समाज विशेष से संबंध नहीं। एक ज़माना था, जब अधिकतर कायस्थ, पटवारी और कानूनगो होते थे, यह भी बिहार और यू०पी० के पूर्वी भाग में, शायद बुन्देलखंड में भी, लेकिन अब वह बात नहीं रही। इसलिए केवल कानूनगो और पटवारी कह देने से कायस्थ का बोध नहीं होता, न बनिया कह देने से किसी विशेष समुदाय का बोध होता है। अब तो जो दौरी-दुकान करते थे, वह पटवारी हैं, जो पटवारी थे वह दौरी-दुकान करते हैं। केवल पंडित या पुजारी ही ऐसा शब्द है, जिससे दुर्भाग्वश ब्राह्मण का बोध हो जाता है और यह कहना बड़ी दूर की कौड़ी लाना है कि जो इस पांखडाचार के प्रति घृणा फैलाता है, वह ब्राह्मण जाति का द्रोही है। ब्राह्मणत्व की आड़ में यह पाखंडाचार देखकर जितनी ग्लानि इन पंक्तियों के लेखक को हो सकती है, उससे कहीं ज्यादा स्वयं उन्हें होती है, जो वास्तव में ब्राह्मण हैं। लेखक को अपने पचपन साला

जीवन में ऐसा कोई ब्राह्मण नहीं मिला, जिसने इस पाखंडाचरण को घृणा की दृष्टि से न देखा हो। लेखक की दृष्टि में ब्राह्मण कोई समुदाय नहीं, एक महान् पद है, जिस पर आदमी बहुत त्याग, सेवा और सदाचरण से पहुँचता है। हरेक टके-पंथी पुजारी को ब्राह्मण कहकर मैं इस पद का अपमान नहीं कर सकता। इस विकृत धर्मोपजीवी आचरण के हाथों हमारा सामाजिक अहित ही नहीं, कितना राष्ट्रीय अहित हो रहा है, यह वर्णाश्रम स्वराज्य-संघ के हथकंडों से जाहिर है। ऐसी असामाजिक, अराष्ट्रीय, अमानुषीय, भावनाओं के प्रति जितनी ही घृणा फैलायी जाय, वह थोड़ी है, केवल भावनाओं के प्रति, व्यक्ति के प्रति नहीं, क्योंकि वर्णाश्रम धर्म के संचालक हमारे वैसे ही भाई हैं, जैसे आलोचक महोदय के।

बस, इस विषय में कुछ और लिखने की ज़रूरत मैं नहीं समझता। मैंने अपनी पोजीशन बतला दी, अगर इस पर भी कोई सज्जन मुझे ब्राह्मण-द्रोही कहे जाय, तो मुझे परवाह नहीं है, मैं उसे द्वेष और दिल का गुबार समझ लूँगा।

इसी आलोचना में आलोचक महोदय ने दो-एक और मज़ेदार बातें कही हैं, मसलन यह कि मैंने जो कुछ लिखा है, उसमें जो कुछ अच्छा है, वह माल मशरूका है, जो कुछ बुरा है वह मेरा है, या यह कि मैंने दूसरों की खुशामद की है कि वे मुझे उपन्यास-या औपन्यासिक-सम्राट कहें (और संभव है इस तरह की मेरी कोई दरख्वास्त आलोचक महोदय की सेवा में भी पहुँची हो।) या यह कि मैं एक मित्र के आग्रह करने पर भी केवल इसलिए शान्तिनिकेतन नहीं गया कि मुझे स्वयं डॉ० रवीन्द्रनाथ ने नहीं बुलाया था और यह कि मुझे बंगाल का कोई कुत्ता भी नहीं जानता—यह सब बच्चों की-सी बातें हैं जिनका मेरे पास कोई जवाब नहीं है। हाँ, इतना निवेदन कर देना चाहता हूँ कि आलोचक महोदय या उनके कोई अन्य मित्र सम्राटई का मुकुट धारण करना चाहें, तो मैं बड़ी खुशी से उसे उनको भेंट कर दूँगा। उसके लिए उन्हें विशेष आन्दोलन और विद्रोह करने की ज़रूरत नहीं! मैं दिल से तो नहीं चाहता कि अपना बहुमूल्य मुकुट उन्हें या उनके मित्रों को दे दूँ, लेकिन यदि मेरे पास इस तरह का कोई डेपुटेशन आवेगा, तो अनिच्छा से ही सही, पर ज्यादा हिचड़-पिचड़ न करूँगा, क्योंकि मैं समय की रफ्तार पहचानता हूँ और जानता हूँ कि इस डिक्टेटरशिप के ज़माने में मुकुट कोई लुभावनी वस्तु नहीं है।

दिसम्बर, १९३३

■

दुखी जीवन

हिन्दू दर्शन दु:खवाद है, बौद्ध दर्शन दु:खवाद है और ईसाई दर्शन भी दु:खवाद है! मनुष्य सुख की खोज में आदि काल से रहा है और इसी की प्राप्ति उसके जीवन का सदैव मुख्य उद्देश्य रही है। दु:ख से वह इतना घबड़ाता है कि इस जीवन में ही नहीं, आनेवाले जीवन के लिए भी ऐसी व्यवस्था करना चाहता है कि वहाँ भी सुख का उपभोग कर सके। जन्नत और स्वर्ग, मोक्ष और निर्वाण, सब उसकी आकांक्षा की रचनाएँ हैं। सुख की प्राप्ति के लिए ही हमने जीवन को निस्सार और संसार को अनित्य कहकर अपने मन को शान्त करने की चेष्टा की। जब जीवन में कोई सार ही नहीं है और संसार अनित्य ही है, तो फिर क्यों न इससे मुँह मोड़कर बैठें? लेकिन हम क्यों दुखी होते हैं, वह कौन-सी मनोवृत्ति है जो हमें दु:ख की ओर ले जाती है, इस पर हमने विचार नहीं किया। आज हम इसी प्रश्न की मीमांसा करेंगे और देखेंगे कि इस अंधकार में कहीं प्रकाश भी मिल सकता है या नहीं।

दु:ख के दो कारण हैं—एक तो वे रूढ़ियाँ जिनमें हमने अपने को और समाज को जकड़ रखा है और दूसरी वे व्यक्तिगत मनोवृत्तियाँ हैं जो हमारे मन को संकुचित रखती हैं और उसमें बाहर की वायु और प्रकाश नहीं आने देतीं। रूढ़ियों से तो हम इस समय बहस नहीं करना चाहते, क्योंकि उनका सुधार हमारे बस की बात नहीं, वह समष्टि की जागृति पर निर्भर है, लेकिन व्यक्तिगत मनोवृत्तियों का संस्कार हमारे बस की बात है और हम अपना विचार यहीं तक परिमित रक्खेंगे।

अक्सर ऐसे लोग बहुत दुखी देखे जाते हैं जो असमय के कारण अपना स्वास्थ्य खो बैठे हैं, या जिन पर लक्ष्मी की कृपा है। लेकिन वास्तव में सुख के लिए न धन अनिवार्य है न स्वास्थ्य। कितने ही धनी आदमी दुखी हैं, कितने ही रोगी सुखी हैं। सुखी जीवन के लिए मनका स्वस्थ होना अत्यन्त आवश्यक है। लेकिन फिर भी सुखी जीवन के लिए नीरोग शरीर लाज़िमी चीज़ है। सभी तो ऋषि नहीं होते। बलवान् और स्वस्थ मन बलवान और स्वस्थ देह में ही रह सकता है। साधना और तप इस नियम में अपवाद उपस्थित कर सकते हैं,लेकिन साधारणत: स्वस्थ देह और स्वस्थ मन में कारण और कार्य का सम्बन्ध है। यद्यपि वर्तमान रहन-सहन ने इसे दुस्तर बना दिया है, तथापि सामान्य मनुष्य अगर बुद्धि से काम ले और प्राकृतिक जीवन के आदर्श की तरफ से आँख न बन्द कर ले,तो वह अपनी देह को नीरोग रख सकता है। देह तो एक मशीन है। इसे जिस तरह कोयले-पानी की ज़रूरत है उसी तरह इससे काम लेने की ज़रूरत है। अगर हम इस मशीन से काम न लें तो बहुत थोड़े दिनों में इसके पुर्ज़ों में मोर्चा लग जायेगा। मजदूरों के लिए यह प्रश्न ही नहीं उठता। यह प्रश्न तो केवल उन

लोगों के लिए है जो गद्दी पर या कुर्सी पर बैठकर काम करते हैं। उन्हें कोई न कोई कसरत जरूर ही करनी चाहिए। क्रिकेट और टेनिस के लिए हमारे पास साधन नहीं हैं तो क्या हम अपने घर में सौ-पचास डंड-बैठक भी नहीं लगा सकते? अगर हम स्वास्थ्य के लिए एक घंटा भी समय नहीं दे सकते तो इसका स्पष्ट अर्थ यही है कि हम सुख को ठोकरों से मार कर अपने द्वार से भगाते हैं।

भोजन का प्रश्न भी कुछ कम महत्वपूर्ण नहीं है। क्या चीज किस तरह और कितनी खायी जाय, इस विषय में मूर्खों से अधिक शिक्षित लोग गलती करते हैं। अधिकतर तो ऐसे आदमी मिलेंगे जो इस विषय में कुछ जानते ही नहीं। जिन्दगी का सबसे बड़ा काम है भोजन। इसी धुरी पर संसार का सारा चक्र चलता है और इसी के विषय में हम कुछ नहीं जानते। बच्चों में शील और विनय का, तथा बड़ों में संयम का पहला पाठ भोजन से आरम्भ होता है। यह हास्यास्पद-सी बात है पर वास्तव में आत्मोन्नति का पहला मन्त्र भोजन में पथ्यापथ्य का विचार है।

दुःख का एक बड़ा कारण है अपने आप में डूबे रहना, हमेशा अपने ही विषय में सोचते रहना। हम यों करते तो यों होते, वकालत पास करके अपनी मिट्टी ख़राब की, इससे कहीं अच्छा होता कि नौकरी कर ली होती। अगर नौकर हैं तो यह पछतावा है कि वकालत क्यों न कर ली। लड़के नहीं हैं तो यह फिक्र मारे डालती है कि लड़के कब होंगे। लड़के हैं तो रो रहे हैं कि ये क्यों हुए, ये कच्चे-बच्चे न होते तो कितने आराम से जिन्दगी कटती। कितने ही ऐसे हैं जो अपने वैवाहिक जीवन से असंतुष्ट हैं। कोई माँ-बाप को कोसता है जिन्होंने उसके गले में ज़बर्दस्ती जुआ डाल दिया—कोई मामा या फूफा को जिन्होंने विवाह पक्का किया। अब उनकी सूरत भी उसे पसन्द नहीं। बीवी से आये दिन ठनी रहती है—वह सलीक़ा नहीं रखती, मैली है, फूहड़ है, मुर्दा है, या मुहर्रमी है। जब देखो मुँह लटकाये बैठी रहती है। यह नहीं कि पति महोदय दिन भर के बाद घर में आये हैं, तो लपककर उनके गले से लिपट जाय! इस श्रेणी में अधिकतर लेखक समाज और नवशिक्षित युवक हैं। वे दूसरों की बीबियों को देखकर अपनी किस्मत ठोंकते हैं—वह कितनी सुघड़ है, कितनी हँसमुख, कितनी सुरुचि रखनेवाली। दिन-रात बेचारे इसी डाह में जला करते हैं। कुछ ऐसे लोग भी हैं जो चाहते हैं कि सारी दुनिया उनकी प्रशंसा करती रहे। खुद जब मौका पाते हैं, आगनी तारीफ शुरू कर देते हैं। वे खुद किसी के प्रशंसक नहीं बनते, किसी से प्रेम नहीं करते, लेकिन इच्छुक हैं कि दुनिया उनके आगे नतमस्तक खड़ी रहे, उनका गुण-गान करती रहे। दुनिया उनकी कद्र नहीं करती, इस फिक्र में घुले जाते हैं, इससे उनके स्वभाव और व्यवहार में कटुता आ जाती है और ऐसे लोग तो घर-घर मिलेंगे जो निन्यानबे के फेर में पड़कर जीवन को भार बना लेते हैं। संचय, संचय लगातार संचय। इसी में उनके प्राण बसते हैं। ऐसा आदमी केवल उन्हीं से प्रसन्न रहता है, जो संचय में उसके सहायक होते हैं और किसी से सरोकार नहीं। बीवी से हँसने-बोलने का उसके पास समय नहीं, लड़कों को प्यार करने और दुलराने का उसे बिलकुल अवकाश नहीं।

घर में किसी से धेली का नुकसान भी हो गया तो उसके सिर हो जाता है। बीवी ने अगर एक आने की जगह पाँच पैसे की तरकारी मँगवा ली तो पति को रात-भर झींकने का मसाला मिल गया—तुम घर लुटा दोगी, तुम्हें क्या खबर पैसे कैसे आते हैं, आज मर जाऊँ तो भीख माँगती फिरो। ऐसी दिल जलाने वाली बातें करके आप रोता है और दूसरों को रुलाता है। लड़के से कोई चिमनी टूट गयी, तो कुछ न पूछो, बेचारे निरपराध बालक की शामत आ गयी। मारते-मारते उसकी खाल उधेड़ डाली। माना लड़के से नुकसान हुआ, तुम गरीब हो और तुम्हारे लिए दो-चार आने का नुकसान भी कठिन है। लेकिन लड़के को पीटकर तुमने क्या पाया? चिमनी तो जुड़ नहीं गयी। हाँ! स्नेह का बन्धन जरूर टूटने-टूटने हो गया। यह सब अपने आप में डूबे रहने वालों का हाल है। उनके लिए केवल यही औषध है कि अपने विषय में इतनी चिन्ता न करें, दूसरों में भी दिलचस्पी लेना सीखें—चिड़िया पालना, फूल-पौधे लगाना, गाना-बजाना, गपशप करना, किसी आन्दोलन में भाग लेना। ग़रज मन को अपनी ओर से हटाकर बाहर की ओर ले जाना ही ऐसे चिन्ताशील प्रकृति वालों के लिए दुःख निवारक हो सकता है।

उदासीन प्रकृति वाले भी अक्सर दुखी रहते हैं। संसार में उनके लिए कोई सार-वस्तु नहीं। यह मरज़ अधिकतर उच्चकोटि के विद्वानों को होता है। उन्होंने संसार के तत्व को पहचान लिया है और जीवन में अब ऐसी कोई वस्तु नहीं मिलती जिसके लिए वे जियें। संसार रसातल की ओर जा रहा है, लोगों से प्रेम उठ गया, सहानुभूति का कहीं नाम नहीं, साहित्य का डोंगा डूब गया,जिससे प्रेम करो वही बेवफाई करता है, संसार में विश्वास किस पर किया जाय? यह चीज तो उठ गयी! अब लखन से भाई और हनुमान-से सेवा कहाँ? यह उदासीनता अधिकतर उन्हीं लोगों में होती है जो सम्पन्न हैं,जिन्हें जीविका के लिए कोई काम नहीं करना पड़ता। मजे से खाते हैं और सोते हैं। क्रियाशीलता का उनमें अभाव होता है। वे दुनिया में केवल रोने के लिए आये हैं किसी का उनकी ज़ात से उपकार नहीं होता। हर एक चीज़ में ऐब निकालना, हर चीज से असन्तुष्ट रहना, यही उनका उद्यम है। ऐसे लोगों का इलाज यही है कि तुरन्त किसी काम में लग जाएँ। और कुछ न हो सके तो ताश खेलना ही शुरू कर दें। कोई भी व्यसन उनके रोने से अच्छा है। संसार कब रसातल की ओर नहीं जा रहा था? जब कौरवों ने द्रौपदी को भरी सभा में नंगी करना चाहा और पाण्डव बैठे हुए टुकर-टुकर देखते रहे, क्या तब संसार रसातल को नहीं जा रहा था? किस युग में भाई ने भाई का गला नहीं काटा, मित्रों ने विश्वासघात नहीं किया,व्यभिचार नहीं हुआ, शराब के दौर नहीं चले, लड़ाइयाँ नहीं हुईं, अधर्म नहीं हुआ? मगर पृथ्वी आज भी वहीं है जहाँ दस हज़ार बरस पहले थी। न रसातल गयी न पाताल। और इसी तरह अनन्त काल तक रहेगी। सन्देह जीवन का तत्व है। स्वस्थ मन में सदैव सन्देह उठते हैं और संसार में जो कुछ उन्नति है उसमें सन्देह का बहुत हाथ है। लेकिन सन्देह क्रियाशील होना चाहिए, जो नित्य नये आविष्कार करता है,जो साहित्य और दर्शन की सृष्टि करता है। संसार अनित्य है तो आपको इसकी क्या चिन्ता है? विश्वास मानिए,आपके जीवन में

प्रलय न होगा। और अगर प्रलय भी हो जाय तो आपके चिन्ता करने की वजह? जो सबकी गति होगी, वही आपकी भी होगी। घर से बाहर निकलकर देखिए—मैदान में कितनी मनोहर हरियाली है, वृक्षों पर पक्षियों का कितना मीठा गाना हो रहा है, नदी में चाँद कैसा थिरक रहा है। क्या इन दृश्यों से आपको ज़रा भी आनन्द नहीं आता? किसी झोपड़ी में जाकर देखिए। माता फ़ाके कर रही है,पर कितने प्रेम से बालक को अपने सूखे स्तन से चिमटाये हुए है। पत्नी अपने बीमार पति के सिरहाने बैठी मोती बरसा रही है और ईश्वर से मनाती है कि पति की जगह वह खुद बीमार हो जाय। विश्वास कीजिए आप सेवा और त्याग तथा विश्वास के ऐसे-ऐसे कृत्य देखेंगे की आपकी आँखें खुल जायेंगी। हो सके तो उनकी कुछ मदद कीजिए, प्रेम करना सीखिए। उस उदासीनता की, उस मानसिक व्यभिचार की, यही दवा है।

आजकल दुख की एक नयी टकसाल खुल गयी है और वह है—जीवन-संग्राम। जीवन-संग्राम। जिधर देखिए, यही आवाज सुनायी देती है। इस संग्राम में आप किसी की सहानुभूति की, क्षमा की, प्रोत्साहन की आशा नहीं कर सकते। सभी अपने-अपने नख और दंत निकाले शिकार की ताक में बैठे हैं। उनकी क्षुधा प्रशान्त महासागर से भी गहरी है,किसी तरह शान्त नहीं होती। काश, यह दिन चौबीस घंटों की जगह अड़तालीस घंटों का होता! इधर सूर्य निकला और उधर मशीन चली। फिर वह दो बजे रात से पहले नहीं बन्द हो सकती—एक मिनट के लिए भी नहीं। नाश्ता खड़े-खड़े कीजिए, खाना दौड़ते-दौड़ते खाइए, मित्रों से मिलने का समय नहीं, फालतू बातें सुनने की फुरसत नहीं। मतलब की बात कहिए साहब, चटपट। समय का एक-एक मिनट अशर्फी है, मोती है, उसे व्यर्थ नहीं खो सकते। यह संग्राम की मनोवृत्ति पश्चिम से आयी है और बड़े वेग से भारत में फैल रही है। बड़े-बड़े शहरों पर तो उसका अधिकार हो चुका है। अब छोटे-छोटे शहरों और कस्बों में भी उसकी अमलदारी होती जाती है। मंदी, तेजी, बाजार के उतार-चढ़ाव, हिस्सों का घटना-बढ़ना यही जीवन है। नींद में भी यही मन्दी-तेजी का स्वप्न देखते हैं। पुस्तकें पढ़ने की किसे फुरसत, सिनेमा देख लेंगे। उपन्यास कौन पढ़े, छोटी कहानियों से मनोरंजन कर लेते हैं। लेकिन यह ख़ब्त भी है कि हम किसी क्षेत्र में किसी से पीछे न रहें। साहित्य और दर्शन और राजनीति, हर विषय में नयी से नयी बातें भी हमसे बचने न पायें। सुरुचि और सर्वज्ञता के प्रदर्शन के लिए नयी से नयी पुस्तकें तो मेज पर होनी ही चाहिए। किसी तरह उनका खुलासा मिल जाय तो क्या कहना, दस मिनट में कितना का लुब्बे-लुबाब मालूम हो जाय। आलोचना पढ़कर भी तो काम चल सकता है। इसलिए लोग आलोचनाएँ बड़े शौक से पढ़ते हैं। अब हम उन ग्रन्थों पर अपनी राय देने के अधिकारी हैं। सभ्य समाज में कोई हमें मूर्ख नहीं कह सकता। इस भाग-दौड़ के जीवन में आनन्द के लिए कहाँ स्थान हो सकता है? जीवन में सफलता अवश्य आनन्द का एक अंग है। और बहुत ही महत्वपूर्ण अंग, लेकिन हमें उस तेज घोड़े को अपनी रानों के नीचे रखना चाहिए। यह नहीं कि वह हमें जिधर चाहे, लिये दौड़ता फिरे। जीवन को

संग्राम समझना—यह समझना कि यह केवल पहलवानों का अखाड़ा है और हम केवल अपने प्रतिद्वंद्वियों को पछाड़ने के लिए ही संसार में आये हैं, उन्माद है। इसका परिणाम यह होता है कि हमारी इच्छा तो बलवान हो जाती है, लेकिन विचार और विवेक का सर्वनाश हो जाता है। इसका इलाज यह है कि हम संतोष और शांति का मूल्य समझें। जीवन का आनन्द खोकर जो सफलता मिले वह वैसी ही है जैसे अपनी आँखों के सामने कोई तमाशा। सफलता का उद्देश्य है आनन्द। अगर सफलता से दुख बढ़े, अशान्ति बढ़े, तो वह वास्तविक सफलता नहीं।

भविष्य की चिन्ता दुख का कारण ही नहीं, प्रधान कारण है। कल कहीं चल बसे तो क्या होगा? घर का कुछ भी इन्तजाम न कर सके। मकान न बनवा सके। पोते का विवाह भी न देखा। इधर हमने आँखें बन्द कीं और उधर सारी गृहस्थी तीन-तेरह हुई। लड़का उड़ाऊ है, पैसे की कद्र नहीं करता, न ज़माने का रुख देखता है। इस चिन्ता में अक्सर रात को नींद नहीं आती, जिसका स्वास्थ्य पर बुरा असर पड़ता है। ऐसी मनोवृत्ति नयी-नयी शंकाओं की सृष्टि करने में निपुण होती है। दो-चार दिन खाँसी आयी तो तुरन्त तपेदिक की शंका होने लगी। दो-चार दिन का हलका ज्वर आ गया तो शंका हुई, जीर्ण-ज्वर है। अगर जवानी में आँखें बहक गयी हैं तो अब पाप की भावना हृदय को दबाये हुए है। यही शंका लगी हुई है कि उस अपराध के दंडस्वरूप न जाने क्या-क्या आफत आनेवाली है। लड़का बीमार हुआ और मान-मनौती होने लगी। बस वही दंड है। किसी बड़े मुकदमें में हारे और वही शंका सिर पर सवार हुई। बस यह सब उसी का फल है। इतना बोझ लेकर वैतरणी कैसे पार होगी। नरक की भीषण कल्पना खाना-पीना-हराम किये देती है। इसका इलाज यही है कि आदमी हर विषय पर ठंडे मन से विचार करे, यहाँ तक कि उस पर उसके सारे पहलू रोशन हो जाएँ। तुम क्यों समझते हो कि तुम्हारे लड़के तुमसे ज्यादा नालायक होंगे? इसी तरह तुम्हारे बाप ने भी तो तुम्हें नालायक समझा था। पर तुम तो लायक हो गये और आज गृहस्थी की देखभाल मजे से कर रहे हो। तुम्हारे बाद इसी तरह तुम्हारा लड़का भी घर-बार संभाल लेगा। मुमकिन है, वह तुमसे ज्यादा चतुर निकले। और पाप तो केवल पंथों का ढकोसला है। हमारे समुदाय में कोई शराबी नहीं, हमने पी ली तो पाप किया। क्यों पाप किया? करोड़ों आदमी रोज पीते हैं, खुले ख़जाने पीते हैं। वे इसे पाप नहीं समझते, बल्कि उनकी निगाह में जो शराब न पीये वही पापी है। हमारे कुल में मांस खाना वर्जित है, हमने खा लिया तो कोई पाप नहीं किया? पाप वही है जिससे अपना और दूसरों का अहित होता है। अगर शराब पीने से तुम्हारे सिर में दर्द होने लगता है या तुम बहककर गालियाँ बकने लगते हो, ते बेशक शराब पीना तुम्हारे लिए पाप है। अगर तुम शराब के पीछे बाल-बच्चों को खाने-पीने का कष्ट देते हो, बेशक शराब पीना तुम्हारे लिए पाप है। उसे तुरन्त छोड़ दो। इसी तरह मांस खाने से अगर तुम्हारे पेट में दर्द होने लगे तो वह तुम्हारे लिए वर्जित है। मांस ही क्यों दूध पीने से तुम्हारी पाचन-क्रिया बिगड़ जाय तो दूध भी तुम्हारे लिए वर्जित है। धर्म-अधर्म के

मिथ्या विचारों में पड़कर दैवी-दंड की कल्पनाएँ करके, क्यों अपने को दुखी करते हो? बाबा वाक्य को गुलामी—केवल इसलिए कि बाबा वाक्य है—चाहे कट्टर-पंथियों में तुम्हारा सम्मान बढ़ा दे, पर है मूर्खता। स्वयं विचार करो कि वास्तव में दुष्कर्म क्या है? अपने कारोबार में काइयाँपन, नौकरों से कटु व्यवहार, बाल-बच्चों पर अत्याचार, अपने सहवर्गियों से ईर्ष्या और द्वेष, प्रतिद्वन्द्वियों पर मिथ्या आरोप, बुरी नीयत, दग़ा-फ़रेब, ये सब वास्तव में दुष्कर्म हैं। जिनकी कानून में भी सजा नहीं, लेकिन जिनसे मानव-समाज का सर्वनाश हो रहा है। मन में पाप की कल्पना का बैठ जाना हमारे आत्म-सम्मान को मिटा देता है और जब्र आत्म-सम्मान चला गया तो समझ लो कि बहुत कुछ चला गया। पापाक्रान्त मन सदैव ईर्ष्या से जला करता है, सदैव दूसरों के ऐब देखता रहता है, सदैव धर्म का ढोंग रचा करता है। जब तक वह दूसरों के पाप का पर्दा न खोल दे और अपनी धर्म-परायणता प्रमाणित न कर दे, उसको शान्ति नहीं।

हमारे दो-एक मित्र ऐसे हैं जिन्हें हमेशा यह फिक्र सताया करती है कि लोग उनसे जलते हैं, उनके लेखों की कोई प्रशंसा नहीं करता, उनकी पुस्तकों की बुरी आलोचनाएँ होती हैं। अवश्य ही कुछ लोगों ने एक गुट बनाकर उनका अनादर करना ही अपना ध्येय बना लिया है। ऐसे आदमी सदैव दूसरों से ऐसे सशंक रहते हैं मानों वे खुफिया पुलिस हों। बस, जिसने उनकी प्रशंसा न की उसे अपना दुश्मन समझ लिया। इसका कारण इसके सिवा और क्या है कि वे अपने को उससे कहीं बड़ा आदमी समझते हैं जितने वे हैं। संसार को क्या ग़रज पड़ी है कि उनके पीछे हाथ धोकर पड़ जाय। हम अपनी रचना को अमूल्य समझें, इसका हमें अधिकर है, लेकिन दूसरे तो उसे तभी अमूल्य समझेंगे जब वह अमूल्य होगी। यह मनोवृत्ति जब बहुत बढ़ जाती है तब आदमी अपने लड़कों को ही अपना बैरी समझने लगता है। वह कदाचित् आशा करता है कि उसके लड़के अपने लड़कों से ज्यादा उसका ख्याल रखें। यह अस्वाभाविक है। किसी को यह अधिकार नहीं कि वह किसी दूसरे को, चाहे वह उसका लड़का ही क्यों न हो, उसे स्वाभाविक मार्ग से हटाकर अपनी राह पर लगाये।

१९३३ ई०

■

हिन्दू समाज के वीभत्स दृश्य—१

लाश की दुर्गति

समाज में कुछ बुराइयाँ ऐसी हैं जिनके सुधार के लिए शास्त्रों के प्रमाण खोजने पड़ते हैं, कुछ ऐसी जिनके लिए कानून में संशोधन कराने की ज़रूरत है। यह दोनों ही बातें कष्ट साध्य हैं, लेकिन कुछ ऐसी बुराइयाँ भी हैं, जिनके सुधार के लिए न शास्त्रीय प्रमाणों की ज़रूरत है, न कानून की, केवल जनता में एक प्रकार के सद्भाव और सुरुचि की और हिन्दू लाशों की दुर्गति उन्हीं में एक है। ऐसा जान पड़ता है कि क़िसी हिन्दू के मरते ही उसके सगे-सम्बन्धियों को उससे लेश-मात्र भी ममता नहीं रह जाती, चटपट बाँस का ठाठ बना, शव को रस्सी से कसकर बाँध, लोग किसी नदी या मरघट की ओर भाग चलते हैं। अगर किसी अमीर की लाश है, तो उस पर रेशमी या शाल का कफन है, गरीब की है, तो मामूली नैनसुख का और अनाथ है, तो चिथड़े ही उसके कफन के लिए काफ़ी हैं, मगर बाँस का ठाठ और रस्सियों का बन्धन अवश्य रहना चाहिए और लाश को लेकर लोग कितनी तेज़कदमी दिखाते हैं कि उसके झोंके में लाश गरदन हिलाती हाथ मटकाती और पाँव उछालती चलती है, अगर इतनी मज़बूती से न बँधी हो तो अवश्य ही नीचे गिर पड़े। लाश को बेशक घर में देर तक न रहना चाहिए, लेकिन यह क्या कि जिसको जीते इतना प्यार करते थे, मरने के बाद उसके साथ ज़रा भी मुरौवत, ज़रा भी सौजन्य नहीं दिखा सकते। क्या वह स्वार्थ का ही सम्बन्ध था? और अब उस सम्बन्ध को निभाने की कोई ज़रूरत नहीं रही? कहा तो जाता है कि मरने पर भी आत्मा देह के पास मँडराती रहती है, लेकिन स्वार्थी हिन्दू समाज इसकी बिलकुल परवाह नहीं करता।

और रास्ते में 'राम नाम सत्य है' का वह शोर मचता है कि कुछ न पूछिये। अगर रात का समय हुआ तो सारे मुहल्ले की नींद खुल जाती है। क्या शोर इसलिए मचाया जाता है कि जनता को जीवन की क्षणभंगुरता की याद दिला दी जाय—यह आदमी मर गया, इसी तरह एक दिन तुम भी और तुम्हारे अपने भी राम नाम सत्य हो जायेंगे। मृत्यु एक ऐसा कठोर सत्य है, जिसको बार-बार याद दिलाने की ज़रूरत नहीं। सब जानते हैं हम एक दिन मरेंगे । हिन्दू-समाज में मौत का भय और भी अधिक है। अगर कोई मौत को भूल गया है तो वह बड़ा भाग्यवान है। क्यों शोर मचा कर उसको मौत की याद दिला रहे हो। इस शोरगुल से हमारी धार्मिकता का नहीं, हमारी हृदय-शून्यता का बोध होता है। यह समय इतना गंभीर और यह लीला इतनी मर्मस्पर्शी होती है कि चित्त को कम से कम कुछ देर के लिए अन्तर्मुखी हो जाना चाहिए। जिस समय मूक

वेदना और गहरे आत्म चिन्तन और मृतात्मक के प्रति सच्ची शुभ कामना और मृत्यु के रोब और आतंक तथा अनन्त की कल्पना से हमारे मन को द्रवीभूत हो जाना चाहिए हम इस तरह भागते और चिल्लाते हैं, मानों हमें शोक कम औंर स्वार्थमय भय अधिक है। ईसाइयों और मुसलमानों को देखिए। उनकी अन्त्येष्टि-क्रिया कितनी शान्त, गम्भीर, कोमल और सौजन्य पूर्ण होती है। बाँस की टिकठी की जगह या तो लकड़ी का ताबूत होता है या पलँग। शव उस पर बहुत धीरे से लिटा दिया जाता है और ताबूत ले जाने वाले सिर झुकाये, बहुत ही आहिस्ता-आहिस्ता कब्रिस्तान की तरफ जाते हैं। मातम करने वाले भी उसी शान्ति से जनाज़े के पीछे चलते हैं। इस दृश्य को देखनेवालों पर इतना असर होता है कि राह चलते लोग जरा ठिठक जाते हैं। मृत प्राणी के प्रति इन लोगों का यह सम्मान और स्नेह देखकर चित्त प्रसन्न होता है। उसके विपरीत हिन्दू शव की कितनी छीछालेदार होती है कि उसे वीभत्स कह सकते हैं।

यह तो हुई रास्ते की बात। श्मशान का दृश्य तो और भी घृणोत्पादक होता है। वह लकड़ी की चिता, शव का उस पर लिटाया जाना, वह आग का लगना, वह चिरान्ध , वह नंग-धड़ंग लोगों का डंडे लिये चिता की लकड़ियों का उकसाना और शव को उलटना-पलटना, वह कपाल क्रिया, वह आँतों का फूटकर बाहर निकलना—इतना रोमांचकारी दृश्य है कि जो उसके अभ्यस्त नहीं हैं, उन्हें कई दिन तक ग्लानि होती रहती है। इससे बढ़कर शव की क्या दुर्दशा हो सकती है? यह साँसत देखकर साधारण आदमी मृत्यु से भयभीत हो उठे तो क्या आश्चर्य है, अगर मृत्यु नये जन्म का द्वार है, तो इतना असुन्दर, इतना अमानुषीय क्यों? मृत्यु को इतने नग्न, इतने वीभत्स रूप में दिखाकर हम अपनी आत्मा को दुर्बल करते हैं। क्यों शव दाह का कोई ऐसा विधान नहीं सोचा जाता, जिससे मृत्यु हमारे सामने इतने अमंगल रूप में न आवे, हम उसका पैशाचिक तांडव न देखकर उसका शान्त वैभव देख सकें। अपने ही प्यारों को आँखों के सामने इस दशा में देखकर चित्त में विराग और जीवन से उदासीनता उत्पन्न होना स्वाभाविक है।

जिस माता के स्तन से हम पले, जिन अंगों के स्पर्श में हमने अपार सुख का अनुभव किया, जिस बालक को हमने गोद में खिलाया और जिन मित्रों के गले लिपट कर हमने सुख के दिन काटे, उन्हीं को यों जलते, चिटकते, फटते देखना, हृदय को कोमल भावनाओं से शून्य कर देता है और शायद यही कारण है कि जीवन में हमारी चाहे जितनी दुर्दशा हो, कितना ही अपमान सहना पड़े, हम सब कुछ 'शीर मादर' की तरह पी जाते हैं। क्या अपने प्रियजनों की दुर्दशा करना भी शास्त्रों में लिखा हुआ है? क्यों ऐसी वीभत्स लीला देखकर भी हममें उसके प्रति घृणा नहीं उत्पन्न होती? रिवाज शास्त्रों से भी ज्यादा दीर्घायु होते हैं यह सत्य है, लेकिन यह भी सत्य है कि समय के प्रवाह के सामने रिवाजों को हमेशा परास्त होना पड़ा है और कोई वजह नहीं है कि इस विषय में भी सुधार किया जाय। योरोप में भी कभी-कभी शव दाह की क्रिया होती है, लेकिन यन्त्रों की मदद से यह लीला इतनी जल्द और इतने परिष्कृत

रूप से समाप्त हो जाती है कि आत्मा की तरह देह भी क्षण-मात्र में अदृश्य हो जाती है।

इस दुर्दशा के बाद तब आत्मा की शान्ति का खटराग शुरू होता है और तेरहवें दिन ब्रह्म भोजन से उसकी समाप्ति होती है। धर्म के नाम पर कैसे-कैसे पाखण्ड किये जाते हैं, वह पिंडदान और वह महापात्रों के नख़रे और वह बिरादरीवालों का मूछों पर ताव देकर दावतें उड़ाना—सारी लीला हिन्दू संस्कृति को हास्यास्पद बना देती है। जीवन-मरण, रहन-सहन, रस्म-रिवाज से ही हमारी संस्कृति का बोध होता है। अन्य धर्म या जातिवाले हमारे दर्शन ग्रन्थों को और उपनिषदों को पढ़ने नहीं आते। वे तो हमारे रहन-सहन को ही देखकर हमारे विषय में धारणा बना लेते हैं। शायद शव-दाह की दुर्गति देखकर ही छतरियों और समाधियों का रिवाज पड़ा होगा। इस समय जो प्रथा प्रचलित है, उसमें सुधार और सुरुचि की बड़ी आवश्यकता है।

मार्च, १९३४

■

हिन्दू समाज के वीभत्स दृश्य—२

अंधविश्वास

हिन्दू समाज में पूजने के लिए केवल एक लंगोटी बाँध लेने और देह में राख मल लेने की ज़रूरत है; अगर गांजा और चरस उड़ाने का अभ्यास भी हो जाय, तो और भी उत्तम। यह स्वाँग भर लेने के बाद फिर बाबाजी देवता बन जाते हैं। मूर्ख हैं, धूर्त हैं, नीच हैं पर इससे कोई प्रयोजन नहीं। वह बाबा हैं। बाबा ने संसार को त्याग दिया, माया पर लात मार दी और क्या चाहिए। अब वह ज्ञान के भंडार हैं, पहुँचे हुए फकीर, हम उनके पागलपन की बातों में मनमानी बारीकियाँ ढूँढ़ते हैं, उनको सिद्धियों का आगार समझते हैं। फिर क्या है, बाबाजी के पास मुराद माँगनेवालों की भीड़ जमा होने लगती है। सेठ साहूकार, अमले फैले, बड़े-बड़े घरों की देवियाँ उनके दर्शनों को आने लगती हैं। कोई यह नहीं सोचता कि एक मूर्ख, दुराचारी, लम्पट आदमी क्यों कर लंगोटी लगाने से सिद्ध हो सकता है। सिद्धि क्या इतनी आसान चीज है। हममें मस्तिष्क से काम लेने की मानों शक्ति ही नहीं रही। दिमाग को तकलीफ नहीं देना चाहते। भेंड़ों की तरह एक दूसरे के पीछे दौड़े चले जाते हैं, कुएँ में गिरें या खन्दक में, इसका गम नहीं। जिस समाज में विचार मंदता का ऐसा प्रकोप हो, उसको सँभलते बहुत दिन लगेंगे।

हमारे इस अंधविश्वास से अपना मतलब निकालनेवालों के बड़े-बड़े जत्थे बन गये हैं, ऐसी कई जातियाँ पैदा हो गयी हैं, जिनका पेशा ही है, इस तरह स्वार्थ से भोले-भाले भक्तों को ठगना। ये लोग रूप भरना खूब जानते हैं, बाबाओं की पेटेंट शैली में बातचीत करने का और नये-नये हथकंडे खेलने का इन्हें खूब अभ्यास होता है। एक सिद्ध बन जाता है, कई उराके चेले बन जाते हैं और किसी उजाड़ स्थान पर डेरा डाल देते हैं, मानों आदमियों के साथ से भी भागना चाहते हैं, भोग विलास में लिप्त मनुष्यों से किसी तरह का संसर्ग नहीं रखना चाहते। किसी तरह यह अफ़वाह उड़ा दी जाती है कि बाबाजी फौहारी हैं, केवल एक बार तोला भर दूध पी लेते हैं। एक दिन, दो दिन, यह मंडली,निष्काम भाव से ऊजड़ में घात लगाये पड़ी रहती है। बस, भक्तों का आना शुरू हो जाता है। बाबाजी संसार मिथ्या है का उपदेश देने लगते हैं, उधर घी, शक्कर और आटे की झड़ी लग जाती है, लकड़ियों के कुंदे गिरने लगते हैं, कुछ भक्त लोग इन त्यागियों के लिए कुटी बनाना शुरू कर देते हैं और मर्द भक्तों से कहीं अधिक संख्या स्त्री भक्तों की होती है। कोई लड़के की मुराद लेकर आती है, कोई अपने पति को किसी सौतिन के रूप फाँस में से छुड़ाने के लिए। जिन लफंगों को दो आने रोज़ की

मजूरी भी न लगती, वे ही हिन्दुओं के इस अंधविश्वास के कारण खूब तर माल उड़ाते हैं, खूब नशा पीते हैं और खूब मौज करते हैं और चलते वक्त सौ-पचास रुपये कोई ब्रह्मभोज कराने या भंडारा चलाने के लिए वसूल कर लेते हैं। समाज सेवा का कोई न कोई आधार यह लोग जरूर खड़ा कर लेते हैं। कोई-कोई मंदिर बनवाने का व्रत ठाने बैठा है, कोई तालाब खुदवाने का, कोई पाठशाला खोलने का और कुछ न हुआ तो तीर्थयात्रा तो है ही। इतनी मूर्तियाँ रामेश्वरम् की यात्रा करने जा रही हैं। हिन्दू-मात्र का कर्तव्य है कि उन्हें रामेश्वरम् पहुँचाये। बिना हर्रा-फिटकरी के माल चोखा करने का यह व्यवसाय इतना आम हो गया है कि आज हर पचीस आदमियों में एक साधू है और ऐसे भिक्षुकों की तो गिनती ही नहीं, जो ख़ैरात पर ज़िन्दगी बसर करते हैं। ज्यादा नहीं तो पचीस करोड़ में पाँच करोड़ तो ऐसे लोग होंगे ही। जिस समाज पर इतने मुफ्तखोरों का भार लदा हुआ है, वह कैसे पनप सकता है, कैसे जाग सकता है। ये लोग बार-बार यही प्रयत्न करते रहते हैं कि समाज अंधविश्वास के गर्त में मूर्च्छित पड़ा रहे, चेतने न पावे। हमें खूब चकाचक माल खिलाओ, स्वर्ग में तुम्हें इससे भी बढ़िया माल मिलेगा, इस हाथ दो, उस हाथ लो। स्वर्ग का रूप भी कितना मोहक खींच रखा है कि इन लोगों की कल्पना शक्ति के कुरबान जाइये। मर्त्यलोक में जो कुछ दुर्लभ है, वह सब यहाँ गली-गली मारा-मारा फिरता है। ऐसे सुख के लिए किसी भिक्षुक को थोड़ा-सा भोजन करा देना या किसी देवता को जल चढ़ा देना या किसी नदी में एक डुबकी लगा देना कौन खुशी से स्वीकार न करेगा। जब इतनी आसानी से मोक्ष मिल सकता है, तो किसी साधना की, ज्ञान की, सद्व्यवहार की क्या जरूरत?

और आज बड़ी-बड़ी ज़मींदारियों के मालिक कितने ही महन्त हैं। उनकी लेन-देन की कोठियाँ चलती हैं, तरह-तरह के व्यवसाय होते हैं और बहुधा उन्हीं दानियों की संतानें, जिन्होंने जायदाद महन्तों को दान दी थी, आज इन्हीं महन्तों से कर्ज़ लेती हैं। इनका भोग विलास और ऐश्वर्य हमारे राजाओं को भी लज्जित कर सकता है। उस जायदाद का उपभोग अब इसके सिवा कुछ नहीं है कि मुस्टंडे खाँय, डंड पेलें और व्यभिचार करें। राष्ट्र के उत्थान या जाग्रति में वे भी एक बहुत बड़ी बाधा हैं। अन्धविश्वासी जनता अब भी उन पर श्रद्धा रखती है। वे उसे एक चुटकी राख से स्वर्ग में दाखिल कर सकते हैं। ऐसी विभूति और किसके पास है? इन महन्तों के दुराचार, ऐयाशी और पैशाचिकताओं की खबरें कभी-कभी प्रकाश में आ जाती हैं तो मालूम होता है कि इनका कितना पतन हो गया है, लेकिन मुरादियों को उन पर वही श्रद्धा है। हम इतने अकर्मण्य हो गये हैं, इतने पुरुषार्थहीन कि हमें अपने पुरुषार्थ से ज्यादा भरोसा आशीर्वाद पर है, एक प्रकार से हमारी विचार-शक्ति लुप्त हो गयी है। हमारे तीर्थस्थान क्या हैं? ठगों के अड्डे और पाखंडियों के अखाड़े। जिधर देखिए धर्म के ढोंग का बाज़ार गर्म है। गली-गली मन्दिर, गली-गली पुजारी और भिक्षुक, पूरे नगर के नगर इन्हीं जीवों से आबाद हैं, जिनका इसके सिवा कोई उद्यम नहीं कि धर्म का ढोंग रचकर बेवकूफ़ भक्तों को ठगें? जब जनता खुद ठगी जाना चाहती है, तो ठगनेवाले

भी ज़रूर पैदा होंगे। ज़रूरत ही तो आविष्कार की माँ है।

क्यों न देश कंगाल हो। जिस समाज पर एक करोड़ कोतल मूसल चन्दों के भरण-पोषण का भार हो, वह न कंगाल रहे तो दूसरा कौन रहे! गरीबों पर भी धर्म का जितना बड़ा टैक्स है, उतना शायद सरकार का भी न हो। कोई ग्रहण लगा और जनता तीर्थ स्थानों की ओर दौड़ी। जो कुछ तन-पेट काटकर बचाया था, वह सब अन्ध-विश्वास की भेंट चढ़ गया। और आज स्वराज भी मिल जाय, और यह भी मान लें कि उस वक्त किसानों से लगान कम लिया जायेगा और टैक्सों का भार कम हो जायेगा, फिर भी अन्धविश्वास के सम्मोहन में अचेत जनता इससे ज्यादा सुखी न होगी। तब उसका परलोक प्रेम और भी बढ़ेगा और वह और भी आसानी से पाखंडियों का शिकार हो जायेगी और इस आर्थिक दरिद्रता से बढ़कर इस अन्धविश्वास का फल जनता की बौद्धिक दुर्बलता है, जो उसकी सामाजिक उपयोगिता में बाधक होती है। उसे नदी में गोता मार लेना या शिवलिंग पर जल चढ़ा देना, किसी भाई से सहानुभूति रखने या अपने व्यवहारों में सच्चाई का पालन करने की अपेक्षा ज्यादा फलदायक मालूम होता। उसने असली धर्म को छोड़ कर, जिसका मूल तत्व है समाज की उपयोगिता, धर्म के ढोंग को धर्म मान लिया है। जब तक वह धर्म का यह असली रूप न ग्रहण करेगा, उसके उद्धार की आशा नहीं। शिक्षित समाज के सामने जितनी समस्याएँ हैं, उनमें शायद सबसे कठिन यही समस्या है। यहाँ उसे अन्धविश्वास की पोषक प्रबल शक्तियों का सामना करना पड़ेगा, जो अनन्तकाल से जनता की विचार शक्ति पर कब्ज़ा जमाये हुए है। कितना वीभत्स है वह दृश्य कि एक मोटा-सा जटाधारी जीव धूनी जलाये बैठा हुआ है और एक दर्जन मनुष्य उसके पास बैठे चरस के दम लगाकर अपने जीवन को सफल कर रहे हैं। जनता की मनोवृत्ति जब तक ऐसी है, केवल राजनैतिक अधिकारों से उसका कल्याण नहीं हो सकता।

सौभाग्य से अब देश में ऐसे सच्चे संन्यासियों का एक दल निकल आया है, जो समाज-सेवा को और राष्ट्रीय जाग्रति को अपने जीवन का ध्येय बनाये हुए हैं, लेकिन अभी तक उसने निकम्मे साधुओं में जाग्रति उत्पन्न करने के जितने प्रयत्न किये हैं, वे सफल नहीं हुए। न जाने कब वह शुभ अवसर आयेगा कि हमारा साधु-समाज अपने कर्तव्य को समझ जायेगा और यह समझ जायेगा कि उसके हाथों में देश को जगाने की कितनी बड़ी शक्ति है।

२६ मार्च, १९३४

हिन्दू समाज के वीभत्स दृश्य—३

मंदिरों पर एक दृष्टि

हिन्दू समाज के परम पवित्र तथा माननीय मन्दिरों की ओर दृष्टिपात करने से हृदय काँप उठता है। वहाँ की दशा दयनीय ही नहीं, चिन्ताजनक भी है। जहाँ भक्ति की, ज्ञान की, आत्म-साधन की तथा तपस्या की निर्मल धारा बहाकर लोगों के जीवन को सुन्दर और सुखकर बनाना चाहिए, वहाँ आज दुराचार, पापाचार, भ्रष्टता तथा दुष्कृत्यों का केन्द्र देखकर आत्मा रो उठती है। उन्हें देखकर एक ज़ोरदार प्रश्न उठता है, कि क्या यही मन्दिर हैं? क्या यही भगवान् का निवास है?

यह बात अब तक किसी से छिपी नहीं है कि इन मन्दिरों की आड़ में आज बड़े-बड़े लज्जा-जनक कृत्य हो रहे हैं। पुजारियों का, महन्तों का और धर्म गुरुओं का जीवन भयानक विलासिता से भरा हुआ है। वे मन्दिरों की आड़ में जघन्य से जघन्य कर्म करते नहीं शर्माते। ईश्वर को गाना सुनाकर खुश रखने के लिए उन्हें वेश्याएँ चाहिए। इस बहाने वे अपनी राक्षसी कामना को पूर्ण करते और अपने जीवन को विलास-वासना और पतन के गहरे गढ़े में डाल देते हैं। तिस पर भी, हिन्दू-समाज के लिए वे पूज्य हैं, माननीय हैं और देवता-तुल्य हैं, क्योंकि वे पुजारी हैं, महन्त हैं और धर्मगुरु हैं। प्रतिदिन अनेक भोली-भाली तथा धर्मभीरु युवतियाँ पुण्य कमाने के लिए मन्दिरों में पहुँचती हैं और वे उन ईश्वर के प्रतिनिधियों के द्वारा या उनके संकेत-मात्र से गायब कर दी जाती हैं और उनकी काम-वासना की शिकार बन जाती हैं। हिन्दू समाज को यह सब कुछ मालूम है। प्रतिदिन उसकी आँखों के सामने ऐसे दृश्य आते रहते हैं, लेकिन वह आँखों पर पट्टी बाँध कर, ज़बान पर ताला लगाकर चुप है, क्योंकि आखिर वे लोग धर्म के ठेकेदार हैं।

जहाँ इन पुजारियों तथा धर्मगुरुओं का जीवन सीधा-सादा, पवित्र और त्याग तपस्या से पूर्ण रहना चाहिए, वहाँ आज वे इन सब बातों के विपरीत 'सद्‌गुणों के भण्डार बने हुए हैं। उनके विषय में क्या कहा जाय। दिखलाने के लिए तो वे बड़े संयमी हैं, त्यागी हैं और तप तथा भक्ति के साक्षात् अवतार हैं, लेकिन अच्छी तरह देखने पर ही उनका असली रूप प्रकट होता है। उनमें ढोंग, छल और कपट कूट-कूट कर भरा हुआ है। यों कहना चाहिए कि उनका चरित्र अद्‌भुत है। मांस, मछली, शराब, गांजा, भंग, अफीम आदि चीजों के बिना उनका काम नहीं चल सकता।

अब देश के प्रति उनके व्यवहार पर भी दृष्टिपात कीजिए। वे खद्दर के कपड़ों को स्वप्न में भी देखना पाप समझते हैं। देशी मिलों का बढ़िया कपड़ा उनके कोमल शरीर को चुभता है, गड़ता है और उससे उनका शरीर छिल जाता है। उनके लिए तो

खास मैंचेस्टर का बना हुआ, महीन से महीन मलमल चाहिए। देशी और विदेशी का प्रश्न उनके लिए एक बेवकूफी का प्रश्न है। उनको देशी से क्या मतलब, उन्हें देश से क्या सरोकार? वे तो देश के धर्मगुरु हैं महन्त हैं, पुजारी हैं! इसलिए वे जन-समाज के लिए पूज्य हैं। उनकी बातों में, उनके कार्यों में किसी को हस्तक्षेप करने का क्या अधिकार। उनके आनन्द में किसी को विघ्न डालने का, बाधा डालने का क्या हक्?

और जब देश में कोई अच्छी बात होती है, कुप्रथाओं के विरुद्ध आवाज उठायी जाती है, प्रचार किया जाता है, पुरानी और लज्जाजनक रूढ़ियों को मिटा डालने का प्रयत्न किया जाता है या कोई देश-हितकारी नियम या बिल पास होता है, तो ये धर्म के ठेकेदार, समय को न देखते हुए, अपने नीच स्वार्थ-साधन के लिए ऐसे कार्य के विरुद्ध अपनी पूरी ताकत लगा देते हैं। जनता-द्वारा दिये हुए रुपयों को जनता के ही विरोधी कार्यों में व्यय करते हैं। रुपयों को पानी की तरह बहाकर वे ऐसे कार्यों के विरुद्ध आवाज उठाते हैं और देश-हित विरोधी प्रचार करने का प्रयत्न करते हैं। जनता का रुपया जनता के ही विरोध में खर्च करते उन्हें ज़रा भी संकोच नहीं होता। संसार के लिए उनका यह कार्य अनोखा है और कृतघ्नता का एक ज्वलन्त उदाहरण है, पर वे अपनी पूरी शक्ति लगाकर भी देश को सत्पथ पर जाने से नहीं रोक सकते, क्योंकि उनमें कोई बल नहीं है। शारीरिक, मानसिक, आत्मिक तथा नैतिक बल के भीषण अभाव ही ने उन्हें पतन के गहरे गर्त में गिरा दिया है। उनकी बुद्धि को अज्ञान के काले बादलों ने घेर रखा है, इसी कारण वे अपने अहित की बात हित की और हित की बात अहित की समझ रहे हैं। भला, गिरा हुआ नि:शक्त मनुष्य समय की शक्तिशाली लहर को कैसे रोक सकता है?

मन्दिरों के यह विधातागण नये युग की आवाज़ को नहीं सुन सकते। नये जमाने की जोरदार लहर के विरुद्ध खड़े होने में उन्हें सुख मिलता है, पर यह निश्चित है कि यदि उन्होंने यही क्रम रखा, यदि उनका यही हाल रहा तो वह दिन भी दूर नहीं है, जब कि नवीन युग की प्रचण्ड शक्ति उनके अस्तित्व को ही मिटा देगी। यदि उन्हें इस बात पर जरा भी सन्देह हो, तो वे अन्य देशों की ओर दृष्टिपात करें। वे यह ध्यान से देखें कि नये जमाने की लहर से दूर रहकर रूस के पुजारियों, महन्तों और धर्मगुरुओं ने क्या फल पाया। यह बात पुरानी नहीं है, कल की है। यह बात उन्हें एक भावी संकट की सूचना दे रही है और उन्हें सावधान कर रही है। तिस पर भी यदि वे नहीं चेते, तो जो उनके भाग्य में लिखा है,सो तो होगा ही, किन्तु फिर उनके लिए कोई अवसर न रहेगा। सबसे अच्छा तो यह हो, कि वे अपने को सुधारें, नवीन युग के अनुकूल बनायें। इसी में उनका हित है, कल्याण है। समय की लहर बहुत बलवान होती है। बड़ी से बड़ी शक्ति द्वारा भी नहीं रोकी जा सकती। देश की दशा को भली-भाँति देखते हुए, धर्म के आडम्बरों, उसकी रूढ़ियों और राक्षसी नियमों से मुक्त करके ही वे अपना, अपने धर्म का, अपने समाज तथा अपने देश का सबसे बड़ा हित कर सकेंगे और जनता के हृदयों में ऊँचा स्थान प्राप्त कर सकेंगे।

अप्रैल, १९३४

■

उपन्यास—रचना

भारत-निवासियों ने यूरोपियन साहित्य के किसी अंग को इतना ग्रहण नहीं किया जितना उपन्यास को। यहाँ तक कि उपन्यास अब हमारे साहित्य का एक अविच्छेद्य अंग हो गया है। उपन्यास का जन्म चौदहवीं-पन्द्रहवीं शताब्दी के लगभग हुआ। शेक्सपियर ने अपने कई नाटकों की रचना इटालियन उपन्यासों के ही आधार पर की है। यह शैली इतनी प्रिय हुई कि आज समस्त संसार में साहित्य पर उपन्यास ही का आधिपत्य है। गत पचास वर्षों में भारत की साहित्यिक शक्ति का जितना उपयोग उपन्यास-रचना में हुआ उतना शायद साहित्य के और किसी भाग में नहीं हुआ। बँगला ने बंकिम पैदा किया, गुजराती ने गोविन्ददास, मराठी ने आपटे, उर्दू ने रतननाथ और शरर, जो संसार के किसी उपन्यासकार से घटकर नहीं हैं। हिन्दी ने पहले अद्भुत रस के उपन्यासकार पैदा किये पर अब धीरे-धीरे उसमें चरित्र-चित्रण, मनोभाव और जासूसी के उपन्यास भी प्रकाशित होने लगे हैं और आशा है कि वह थोड़े ही दिनों में इस विषय में किसी प्रान्तिक भाषा से दबकर नहीं रहेगी। वास्तव में उपन्यास-रचना को सरल साहित्य (Light literature) कहा जाता है, इसलिए कि इससे पाठकों का मनोरंजन होता है। पर उपन्यासकार को उपन्यास लिखने में उतना ही दिमाग लगाना पड़ता है, जितना किसी दार्शनिक को दर्शन-शास्त्र के ग्रन्थ लिखने में। उसे सबसे पहले उपन्यास का विषय खोजना पड़ता है। क्या लिखे? भौतिक वैभव की असारता दिखाव या मनोभावों का पारस्परिक संग्राम? कोई गुप्त रहस्य चुने या किसी ऐतिहासिक घटना का चित्रण करे? लेखक अपनी रुचि और प्रकृति के अनुकूल ही इनमें से कोई विषय पसन्द कर लेता है। विषय निर्धारित हो जाने के पश्चात् उसे प्लाट की चिन्ता होती है। वह सोता हो या जागता, चलता या बैठा, इसी चिन्ता में डूबा रहता है। कभी-कभी उसे सोच-विचार में महीनों, बरसों लग जाते हैं। इस चिन्ता में लेखक जितना ही व्यस्त होगा उतनी ही उत्तम उसकी रचना होगी—

उपन्यास की बुनियाद पड़ गयी। अब हमें अपना भवन खड़ा करने के लिए मसाले की आवश्यकता होती है। उसके मुख्य साधन ये हैं:

१. अवलोकन २. अनुभव ३. स्वाध्याय ४. अंतर्दृष्टि ५. जिज्ञासा ६. विचार-आकलन।

कहते हैं, अमरीका के सुविख्यात साहित्यकार मार्क ट्वेन ने इस बात का अनुभव प्राप्त करने के लिए कि बिना टिकट रेल-ट्राम में सफर करनेवालों के चित्त की क्या दशा होती है, कई बार बिना टिकट सफ़र किया। ऐसे ही एक और सज्जन ने पेरिस के चकलों की तस्वीर खींचने के लिए महीनों शोहदों और गुण्डों की संगति की। एक

तीसरे महाशय ने चोर के हृदय के भावों को जानने के लिए स्वयं सेंध तक मारी। इसका कारण यह जान पड़ता है कि पाश्चात्य देश के लेखक कल्पना-शून्य होते हैं। उपन्यासकार को ऐसी दशाओं और मनोभावों के वर्णन करने में अपनी कल्पना-शक्ति ही सबसे बड़ी मददगार है। ऐसा बिरला ही कोई प्राणी होगा जिसने बचपन में पैसे या मिठाई न चुरायी हो, या चोरी से मेला या दंगल देखने न गया हो, अथवा पाठशाला में अध्यापक से बहाने न किये हों। यदि कल्पना-शक्ति तीव्र हो तो इतने अनुभव को चोरों और डकैतों के मनोभाव चित्रित करने में कृतकार्य कर सकती है। यह कहने की आवश्यकता नहीं कि कृत्रिम अवस्थाओं में जो अनुभव प्राप्त होते हैं वे स्वाभाविक नहीं हो सकते। फिर भी उपन्यास की सफलता के लिए अनुभव सर्वप्रधान मन्त्र है। उपन्यास-लेखक को यथासाध्य नये-नये दृश्यों को देखने और नये-नये अनुभवों को प्राप्त करने का कोई अवसर हाथ से न जाने देना चाहिए।

प्राणियों के मनोभावों को व्यक्त करने के लिए दूसरा साधन अपने भावों को टटोलना है। सर फ़िलिप सिडनी का कहना था कि "अपनी निगाह अपने हृदय में डालो और जो कुछ देखो, लिखो।' लेखक अपने को कल्पना के द्वारा जितनी ही भिन्न-भिन्न परिस्थितियों में रख सकता है, उतना ही सफल-मनोरथ होता है। तुलसीदास ने पुत्र-शोक कितनी सफलता से दिखाया है। विदित ही है कि उन्हें इस शोक का प्रत्यक्ष अनुभव न था। अपने को शोकातुर, वियोगी पिता के स्थान में रखकर ही उन्होंने उन भावों का अनुभव किया होगा ।

स्वाध्याय से भी उपन्यासकार को बड़ी मदद मिलती है। एक ऋषि का कथन है कि स्वाध्याय मनुष्य को सम्पूर्ण बना देता है। कुछ लोगों का कहना है कि उपन्यास लेखक को पढ़ना न चाहिए, इससे उसकी मौलिकता मारी जाती है। पर स्वर्गीय डी० एल० राय ने कहा है—जिस लेखक की मौलिकता पुस्तकावलोकन से मारी जाती है, उसमें मौलिकता है ही नहीं। स्वाध्याय का उद्‌देश्य यह न होना चाहिए कि किसी कुशल लेखक के भाव और विचार उड़ाये जाएँ, बल्कि अपने भावों और विचारों की अन्य लेखकों से तुलना की जाय और उससे अच्छी रचना करने के लिए अपने को प्रोत्साहित किया जाय। अगर हमें किसी लेखक की रचना में ऐसा कोई स्थान दिखायी दे जहाँ उसकी कल्पना शिथिल पड़ गयी है तो हम प्रयत्न करें कि उसी के अनुरूप स्थान पर उससे अच्छा लिख सकें। लेखक को—और विशेष कर उपन्यास-लेखक को—विविध साहित्य का भलीभाँति अध्ययन किये बिना कलम न उठाना चाहिए। यह बात नहीं है कि बिना बहुत पढ़े कोई अच्छा उपन्यास नहीं लिख सकता। जिन्हें ईश्वर ने प्रतिभा दी है, उनके लिए बहुत पढ़ना अनिवार्य नहीं है। लेकिन जिस प्रकार बिना व्याकरण पढ़े हुए चाहे हम शुद्ध लिखें, पर अशुद्धियों से बचने के लिए हमारे पास कोई साधन नहीं रहता, उसी प्रकार तुलना और स्वाध्याय से हमें अपनी त्रुटियों का बोध होता है, हमारी बुद्धि विकसित होती है और उन साधनों की झलक मिल जाती है जिनके द्वारा किसी बड़े लेखक ने सफलता प्राप्त की।

कुछ लोगों को भ्रम है कि अपनी रचनाओं के विषय में किसी से कुछ पूछने या राय लेने से उनका अपमान होता है। पर वास्तव में लेखक को जिज्ञासा की उतनी ही जरूरत है, जितनी कि किसी विद्यार्थी को। फ्रान्सिस बेकन के विषय में कहा जाता है कि वह सदैव ऐसे पुरुषों से जिज्ञासा करता रहता था, जो किसी विषय में उससे अधिक ज्ञान रखते थे। कोई आदमी चाहे वह कितना ही प्रतिभाशाली क्यों न हो, सब विद्याओं का ज्ञाता नहीं हो सकता। उसे अगर किसी से कुछ पूछना पड़े तो संकोच क्यों करे? डी० एल० राय महोदय जब कोई ड्रामा लिखते थे, तो उसे अपने रसिक मित्रों को सुनाते थे, उनकी आलोचना का उत्तर देते थे और जहाँ कहीं कायल हो जाते थे, अपनी रचना में काट-छाँट कर देते थे। कभी उन्हें अध्याय के अध्याय और सीन के सीन बदलने पड़ जाते थे। लेखक को सदैव अपना आदर्श ऊँचा रखना चाहिए। उसके मन में यह धारणा होनी चाहिए कि या तो कुछ लिखूँगा ही नहीं, या लिखूँगा तो कोई अच्छी चीज, जिससे बढ़कर उसी विषय पर फिर जल्द कोई न लिख सके।

कभी-कभी ऐसा होता है कि रास्ता चलते-चलते कोई नयी बात सूझ जाती है, अथवा कोई नया दृश्य आँखों के सामने से गुजर जाता है। लेखक में ऐसा गुण होना चाहिए कि वह ऐसे भावों और दृश्यों को स्मृति-पट पर अंकित कर ले और आवश्यकता पड़ने पर उनका व्यवहार करे। कुछ लेखकों की आदत होती है कि वे अपने साथ नोट-बुक रखते हैं और ऐसी बातें उसमें तुरन्त टाँक लेते हैं। जिस लेखक को अपनी स्मरण-शक्ति पर विश्वास न हो उसे अपने साथ नोटबुक अवश्य रखनी चाहिए। डायरी लिखना भी अपने विचारों को लेख-बद्ध करने की आदत डालता है।

प्लाट उन घटनाओं को कहते हैं जो उपन्यास के चरित्रों पर घटित हों। लेकिन केवल घटनाओं का वर्णन करने ही से कहानी में मनोरंजकता का गुण नहीं पैदा हो सकता। उन घटनाओं को कल्पना द्वारा ऐसा सजीव बनाना चाहिए कि उनमें वास्तविकता झलकने लगे। एक उपन्यासकार ने लिखा है कि उक़लेदिस की भाँति हम लोगों को अपनी कथा सामने रख देनी चाहिए और तब उसके हल करने में प्रस्तुत हो जाना चाहिए। उक़लेदिस की विचार शृंखला में कोई ऐसी युक्ति प्रविष्ट नहीं हो सकती, जिसके लिए वहाँ अनिवार्य रूप से स्थान न हो। हम भी उसी का अनुसरण करके उच्चकोटि के उपन्यासों की रचना कर सकते हैं। साधारणतः प्लाट वह कथा है, जो उपन्यास पढ़ने के बाद साधारण पाठक के हृदय-पट पर अंकित हो जाती है। पुराने ढंग की कथाओं में बस प्लाट ही प्लाट होता था। उसमें रंग और रोगन की मात्रा न रहती थी, इसलिए वह चित्र इतना भड़कीला न होता था। आजकल पाँच सौ पृष्ठों के उपन्यास की कथा दस-पाँच पंक्तियों में ही समाप्त हो जाती है। लेकिन इन्हीं दस-पाँच पंक्तियों के सोचने में उपन्यासकार को जितना मनन और चिंतन करना पड़ता है, उतना सारा उपन्यास लिखने में भी नहीं करना पड़ता। वास्तव में प्लाट सोच लेने के बाद फिर लिखना बहुत आसान हो जाता है। लेकिन प्लाट सोचने के साथ ही चरित्रों की कल्पना भी करनी पड़ती है, जिनके द्वारा यह प्लाट प्रदर्शित किया जाय। चार्ल्स

डिकेन्स के विषय में लिखा है कि जब वह किसी नये उपन्यास की कल्पना करते थे, तो महीनों तक अपने कमरे को बन्द कर विचार-मग्न पड़े रहते थे, न किसी से मिलते थे, न कहीं सैर करने ही जाते थे। जब दो-तीन महीने के बाद उनके किवाड़ खुलते थे, तो उनकी दशा किसी रोगी से अच्छी न होती थी, मुख पीला, आँखें भीतर को धँसी हुई, शरीर दुर्बल। थैकरे के विषय में लिखा हुआ है कि वह सन्ध्या समय किसी नदी के तट पर बैठकर अपने प्लाट सोचा करता था। पर प्लाट को जन्द या देर में कल्पित कर लेना लेखक की बुद्धि-सामर्थ्य पर निर्भर है। जार्ज सैन्ड फ्रान्स की सुविख्यात लेखिका है। उसने सौ से कम उपन्यास नहीं लिखे। पर उसे प्लाट सोचने में बुद्धि नहीं लड़ानी पड़ती थी। वह कलम हाथ में लेकर बैठ जाती थी और लिखने के साथ ही प्लाट भी बनता चला जाता था। सर वाल्टर स्काट के बारे में यही मशहूर है कि वह प्लाट सोचने में मस्तिष्क नहीं लड़ाते थे। कुछ कहानियाँ ऐसी भी होती हैं जिनमें कोई प्लाट ही नहीं होता। मार्क ट्वेन का Innocents Abroad इसी ढंग का उपन्यास है।

प्लाटों की कल्पना भिन्न-भिन्न प्रकार की होती है। साधारणतः उसके छः भेद माने गये हैं—

१. कोई अद्भुत घटना ।

२. कोई गुप्त रहस्य।

३. मनोभाव-चित्रण।

४. चरित्रों का विश्लेषण और तुलना ।

५. जीवन के अनुभवों को प्रकट करना।

६. कोई समाजिक या राजनीतिक सुधार।

(१) कोई अद्भुत घटना—कहानी वही अद्भुत होती है जो प्रकृति के नियमों के विरुद्ध हो। प्राचीन कथाएँ बहुधा इसी किस्म की होती थीं। ऐसी कहानी का उद्देश्य केवल पाठकों का मनोरंजन है। पढ़ने से कल्पना की वृद्धि होने के कारण बहुधा बालकोपयोगी कहानियों में यह प्रणाली उपयुक्त समझी जाती है। प्रौढ़ावस्था में ऐसी कहानियों में जी नहीं लगता। बहुधा नैतिक और आचरण-सम्बन्धी उपदेश भी ऐसी कहानियों द्वारा दिये जाते हैं। इंग्लैंड के विख्यात लेखक स्विफ्ट ने 'गुलीवर की यात्रा' नाम की प्रसिद्ध पुस्तक में समाज पर व्यंग्य किया है। वह भी अद्भुत घटनाओं का ही सहारा लेता है। बहुधा दृष्टान्तों या 'ऐलीगरी' में अद्भुत घटनाओं द्वारा जीवन के गूढ़ तत्व हल किये जाते हैं। इंग्लैंड में जान बनियन का 'पिलग्रिम्स प्रोग्रेस' अद्वितीय ऐलीगरी है। हमारे यहाँ प्राचीन ऋषियों ने बहुधा दृष्टान्तों द्वारा ही जन-साधारण को उपदेश दिये हैं। महाभारत, पुराण, उपनिषद् आदि में ऐसे दृष्टान्त भरे पड़े हैं। वर्तमान समय में टाल्सटाय और हॉथर्न ने बहुत ही शिक्षाप्रद और अनूठे दृष्टान्त रचे

हैं। अतएव अप्राकृतिक घटना-प्रधान उपन्यासों की रचना यदि बहुत सरल है तो उसके साथ ही अत्यन्त कठिन भी है।

(२) कोई गुप्त रहस्य— जासूसी के उपन्यास सब इसी श्रेणी में आते हैं। इस प्रकार के उपन्यास लिखने में लेखक को दो बड़ी शंकाओं का सामना करना पड़ता है। सम्भव है रहस्य आरम्भ से ही खुल जाय अथवा लेखक की रहस्योद्घाटना पाठक को संतोषप्रद न हो। भारतवर्ष में पहले ऐसी कहानियों की प्रथा न थी। योरोप में ऐसी कहानियों को लोग बड़े शौक से पढ़ते हैं। इधर कुछ दिनों से पैशाचिक घटनाएँ भी रहस्यों द्वारा प्रकट की जाने लगी हैं। इंग्लैंड में कॉनन डायल इस श्रेणी के उपन्यासकारों में बहुत सिद्धहस्त हैं, फ्रांस में मार्स लेब्लांक और अमरीका में पो। कॉनन डायल अभी जीवित हैं और अब आपराधिक विषयों की ओर उनकी अधिक प्रवृत्ति है। जासूसी उपन्यासों में लेखक कोई घटना सोचकर एक कल्पित जासूस को उसके सुलझाने में लगा देता है। ऐसी घटनाओं में सर्वश्रेष्ठ गुण यह है कि उस घटना या रहस्य का खोलना जाहिरा असम्भव प्रतीत हो, पर लेखक जब उसे खोल दे तो पाठक को आश्चर्य हो कि मुझे यह बात क्यों न सूझी, यह तो बिलकुल साधारण बात थी। इसके साथ, पाठक उस रहस्य को किसी दूसरी रीति से खोलने में असमर्थ हो। लेखन का कौशल इस बात में है कि जिस चरित्र को पाठक और लेखक स्वयं दोषी समझते हों वह अंत में निरपराध सिद्ध हो जाये। ऐसे उपन्यास बहुत ही रोचक होते हैं और उनके पढ़ने से बुद्धि तीव्र होती है, कठिन समस्याओं में दिमाग लड़ाने की शक्ति पैदा होती है। मगर उनका लिखना इतना कठिन है कि अब तक हिन्दी में सिवा कॉनन डायल या अन्य लेखकों की कहानियों के अनुवाद के सिवा किसी ने स्वतंत्र कल्पना नहीं की।

(३) मनोभाव का चित्रण— ऐसे उपन्यासों में लेखकों का ध्यान घटना-वैचित्र्य की ओर बहुत कम रहता है। वह ऐसी ही घटनाओं की आयोजना करता है जिनमें उसके चरित्रों को अपने मनोभावों के प्रकट करने का अवसर मिले। घटनाएँ कम होती हैं, पात्रों के विचार अधिक। टाल्सटाय के उपन्यासों में यही गुण प्रधान है। ऐसे उपन्यासों को रचने के लिए आवश्यक है कि लेखक अपने को विभिन्न अवस्थाओं में रख सके। इस प्रकार की कहानियों में लेखक को पाठकों के सामने अनिवार्य रूप से अधिकतर अपना ही हृदय खोलकर रखना पड़ता है। दूसरों के मनोगत भावों को जानने का उसके पास और क्या साधन हो सकता है? कोई अपने मन का भाव किसी से नहीं कहता, बल्कि और छिपाता है। अगर किसी को किसी मित्र के मनोभावों का ज्ञान हो भी सकता है, तो बहुत कम। इसलिए ऐसे उपन्यास लिखना लोहे के चने चबाना है। उपन्यासकार को नित्य अपने अंतर की ओर ध्यान रखना पड़ता है। जार्ज इलियट के उपन्यास अधिकतर इसी श्रेणी के हैं।

(४) चरित्रों का विश्लेषण और (५) जीवन के अनुभवों को प्रकट करना— इन दोनों प्रकारों के उपन्यास लिखने के लिए जरूरी है कि लेखक में दिव्य

कल्पना-शक्ति के साथ अवलोकन और निरीक्षण की भी प्रचुर मात्रा हो। इसीलिए कहा गया है कि उपन्यासकार को सभी श्रेणी के मनुष्यों से मिलना-जुलना आवश्यक है। उसे अपनी आँखें और कान सदैव खुले रखने चाहिए। एक ही परिस्थिति में दो भिन्न-भिन्न विचारों के व्यक्ति क्या करते हैं, एक ही घटना दोनों को किस प्रकार प्रभावित करती है, इसका निरूपण सहज नहीं है। अनुभव बाह्य जगत्-सम्बन्धी भी होते हैं और अंतर-जगत-सम्बन्धी भी। लेखक को प्राकृतिक दृश्यों का, विचित्र घटनाओं का बड़े ध्यान से अवलोकन करना चाहिए। प्रातःकाल समीर के झोंकों में नदी की तरंगों की कैसी छटा होती है, आकाश कौन-कौन से रूप धारण करता है, ऐसे अगणित दृश्य सफलता के साथ वही लिख सकता है ज़िसने स्वयं उनको गौर से देखा हो। केवल कल्पना यहाँ काम नहीं दे सकती। लाज़िम है कि लेखक वही दृश्य दिखावे, उन्हीं चरित्रों की तुलना करे, जिनका उसने स्वयं अनुभव किया हो। जिसने समुद्र नहीं देखा, वह किसी बंदर का दृश्य क्योंकर लिखेगा? जिसने ग्रामीणों की संगति नहीं की, वह ग्रामीण जीवन का चित्र क्योंकर खींच सकता है? यही सफलता प्राप्त करने के लिए योरोप के कई विख्यात उपन्यासकारों ने वेश बदलकर उन स्थितियों का अध्ययन किया है जिनके आधार पर वे अपना उपन्यास लिखना चाहते थे।

(६) कोई सामाजिक या राजनैतिक सुधार— किसी उद्देश्य विशेष से लिखे गये उपन्यासों की संख्या आजकल सभी भाषाओं में बहुत अधिक है। उर्दू में भी ऐसे कितने ही उपन्यास हैं, मुख्य भाषाओं का तो कहना ही क्या? आजकल 'सुधार-सुधार' के घोर नाद से सारा वायुमंडल निनादित हो रहा है। कहीं पुलिस के सुधार की चर्चा है, कहीं कारागारों की, कहीं न्यायालयों की, कहीं सामाजिक प्रथाओं की, कहीं शिक्षा-पद्धति की। यह विवादास्पद विषय है कि उपन्यास किसी उद्देश्य से लिखना चाहिए या नहीं। प्रवीण समालोचकगण की राय में साहित्य का उद्देश्य केवल भाव-चित्रण ही होना चाहिए। उद्देश्य से लिखी हुई कहानियों में बहुधा लेखक को विवश होकर असंगत बातें कहलानी पड़ती हैं, अनावश्यक घटनाओं की आयोजना करनी पड़ती है, और सबसे बड़ी कठिनाई यह है कि उसे उपदेशक का स्थान ग्रहण करना पड़ता है। मगर रसिक समाज किसी से उपदेश लेना नहीं चाहता, उसे उपदेशों से अरुचि है और उपदेशकों से घृणा। वह केवल मनोरंजन और मनोदर्शन चाहता है। पर इसके साथ ही यह भी मानना पड़ेगा कि गत शताब्दी में पाश्चात्य देशों में जितने सुधार हुए हैं, उनमें अधिंकाश का बीजारोपण उपन्यासों के ही द्वारा किया गया था। डिकेंस के प्रायः सभी उपन्यास, टाल्सटाय के कई उत्तम उपन्यास, मैक्सिम गोर्की, तुर्गनेव, बालजक, ह्यूगो, मेरी करेली, जोला आदि प्रधान उपन्यासकारों ने सुधारों ही के उद्देश्य से अपने ग्रन्थ रचे हैं। हाँ कुशल लेखक का यह कर्तव्य होना चाहिए कि वह सुधार के जोश में कथा की रोचकता को कम न होने दे। वह उपन्यास और अपने चरित्रों को उन्हीं परिस्थितियों में रखे जिनको वह सुधारना चाहता है। यह भी परमावश्यक है कि वह सुधार के विषय को खूब सोच ले, और अत्युक्ति से काम न ले, नहीं तो उसका प्रयास

कभी सफल न हो सकेगा। लेखक बृन्द प्राय: अपने काल के विधाता होते हैं। उनमें अपने देश को, अपने समाज को दुख, अन्याय तथा मिथ्यावाद से मुक्त करने की प्रबल आकांक्षा होती है। ऐसी दशा में असम्भव है कि वह समाज को अपने मनमाने मार्ग पर चलने दे और स्वयं खड़ा हाथ पर हाथ रखे देखता रहे। वह अगर और कुछ नहीं कर सकता, तो कलम तो चला ही सकता है। शेक्सपियर और कालिदास के समय में सुधार की आवश्यकता आज से कम न थी, लेकिन उस समय राजनीतिक ज्ञान का इतना प्रसार न था। रईस लोग भोग-विलास करते थे, कवि और लेखक उनकी विलास-वृत्तियों को और उत्तेजित करते थे। प्रजा पर क्या गुजरती है,इधर किसी का ध्यान न था। यह समय जीवन-संग्राम का है। आज हम जो शिक्षित कहलाते हैं, तटस्थ होकर अन्याय होते नहीं देख सकते।

प्लाट का महत्व जानने के बाद अब हम यह जानना चाहेंगे कि अच्छे प्लाट में कौन-कौन सी बातें होनी चाहिए। समालोचकों के मतानुसार वे ये हैं—सरलता, मौलिकता, रोचकता।

प्लाट सरल होना चाहए। बहुत उलझा हुआ, पेचीदा, शैतान की आँत, पढ़ते-पढ़ते जी उकता जाय, ऐसे उपन्यास को पाठक ऊबकर छोड़ देता है। एक प्रसंग अभी पूरा नहीं होने पाया कि दूसरा आ गया, वह अभी अधूरा ही था कि तीसरा प्रसंग आ गया, इससे पाठक का चित्त चकरा जाता है। पेचीदा प्लाट की कल्पना इतनी मुश्किल नहीं है, जितनी किसी सरल प्लाट की। सरल प्लाट में बहुत-से चरित्रों की कल्पना नहीं करनी पड़ती, इसीलिए लेखक को अल्पसंख्यक चरित्रों के भाव-विचार, गुण-दोष, आचार-व्यवहार को सूक्ष्म रूप से दिखाने का अवसर मिल जाता है, इससे उसके चरित्रों में सजीवता आ जाती है और वह पाठक के हृदय पर अपना अच्छा या बुरा असर छोड़ जाते हैं। यह बात बहुसंख्यक चरित्रों के साथ नहीं प्राप्त हो सकती। प्लाट में मौलिकता का होना भी जरूरी है। जिस बात या विषय को अन्य लेखकों ने लिख डाला हो, उसे कुछ हेर-फेर करके अपना प्लाट बनाने की चेष्टा करना अनुपयुक्त है। प्रेम, वियोग आदि विषय इतनी बार लिखे जा चुके हैं कि उनमें कोई नवीनता नहीं बाकी रही। अब तो पाठक कहानियों में नये भावों का, नये विचारों का, नये चरित्रों का दिग्दर्शन चाहते हैं। अत: 'शुकबहत्तरी' से पाठकों को तस्कीन नहीं होती। प्लाट में कुछ न कुछ ताजगी, कुछ न कुछ अनोखापन अवश्य होना चाहिए। रही रोचकता, वह मौलिकता की सहगामिनी है। मौलिक प्लाट है तो वह रोचक भी जरूर ही होगा। लेकिन कहानी की रोचकता किसी एक बात पर निर्भर नहीं है। प्लाट की सुन्दरता, चरित्रों का चित्रण, घटना का वैचित्र्य, सभी सम्मिश्रित हो जाते हैं तो रोचकता आप ही आप आ जाती है। हाँ, उपन्यासकार यह कभी नहीं भूल सकता कि उसका प्रधान कर्त्तव्य पाठकों का गम ग़लत करना, उनका मनोरंजन करना है। और सभी बातें इसके अधीन हैं। जब पाठक का जी ही कहानी में न लगा तो वह क्या लेखक के भावों को समझेगा? क्या उसके अनुभवों से लाभ उठायेगा? वह घृणा के साथ किताब को पटक

देगा और सदा के लिए उपन्यासों का निंदक हो जायेगा। आज भी कितने ही ऐसे व्यक्ति मिलते हैं जिन्हें उपन्यासों से चिढ़ है। उन्होंने व्रत कर लिया है कि उपन्यास कदापि न पढ़ेंगे। कारण यही है कि हिन्दी के वर्तमान उपन्यासों ने उन्हें निराश कर दिया है। नये उपन्यास-लेखकों का कर्तव्य है कि वे उपन्यास-साहित्य के मुख को उज्ज्वल करें, इस बदनामी के दाग को मिटा दें।

माधुरी : २३ अक्टूबर, १९२२

■

उपन्यास

उपन्यास की परिभाषा विद्वानों ने कई प्रकार से की है, लेकिन यह क़ायदा है कि जो चीज जितनी ही सरल होती है उसकी परिभाषा उतनी ही मुश्किल होती है। कविता की परिभाषा आज तक नहीं हो सकी। जितने विद्वान हैं उतनी ही परिभाषाएँ हैं। किन्ही दो विद्वानों की परिभाषाएँ नहीं मिलतीं। उपन्यास के विषय में भी यही बात कही जा सकती है। इसकी कोई ऐसी परिभाषा नहीं है जिस पर सभी लोग सहमत हों। मैं उपन्यास को मानव चरित्र का चित्र मात्र समझता हूँ। मानव चरित्र पर प्रकाश डालना और उसके रहस्यों को खोलना ही उपन्यास का मूल तत्व है। किन्हीं भी दो आदमियों की सूरतें नहीं मिलतीं, उसी भाँति आदमियों के चरित्र भी नहीं मिलते। जैसे सब आदमियों के हाथ, पाँव, आँखें, कान, नाक, मुँह होते हैं पर इतनी समानता पर भी उनमें विभिन्नता मौजूद रहती है उसी भाँति सब आदमियों क चरित्रों में बहुत कुछ समानता होते हुए भी कुछ विभिन्नताएँ होती हैं। इसी चरित्र-समानता और विभिन्नता, अभिन्नता और भिन्नत्व और भिन्नत्व में अभिन्नत्व दिखाना उपन्यास का मुख्य कर्त्तव्य है। सन्तान-प्रेम मानव चरित्र का एक व्यापक गुण है। ऐसा कौन प्राणी होगा जिसे अपनी सन्तान प्यारी न हो। लेकिन इस सन्तान-प्रेम की मात्राएँ है, उसके भेद हैं। कोई तो सन्तान पर मर मिटता है, उनके लिए कुछ छोड़ जाने के लिए आप नाना प्रकार के कष्ट झेलता है, लेकिन धर्मभीरुता से, अनुचित रूप से धन संग्रह नहीं करता। उसे शंका होती है कि कहीं इसका परिणाम हमारी संतान के लिए बुरा हो। कोई औचित्य का लेशमात्र भी विचार नहीं करता, जिस तरह भी हो कुछ धन संचय करना अपना ध्येय समझता है, चाहे इसके लिए उसे दूसरों का गला ही क्यों न काटना पड़े। वह संतान-प्रेम पर अपनी आत्मा को भी बलिदान कर देता है। एक तीसरा सन्तान-प्रेम वह है जहाँ सन्तान की सच्चरित्रता प्रधान कारण होती है, जब कि पिता सन्तान का कुचरित्र देखकर उससे उदासीन हो जाता है, उसके लिए कुछ छोड़ जाना या कर जाना व्यर्थ समझता है। अगर आप विचार करेंगे तो इसी सन्तान-प्रेम के अगणित भेद आपको मिलेंगे। इसी भाँति अन्य मानवीय गुणों की भी मात्राएँ और भेद हैं। हमारा चरित्राध्ययन जितना ही सूक्ष्म, जितना ही विस्तृत होगा, उतनी ही सफलता से हम चरित्रों का चित्रण कर सकेंगे। संतान-प्रेम की एक दशा यह भी है कि जब पुत्र को कुमार्ग पर चलते देखकर पिता उसका घातक शत्रु हो जाता है; वह भी संतान प्रेम ही है जब पिता के लिए पुत्र घी का लड्डू होता है, जिसका टेढ़ापन उसके स्वाद में बाधक नहीं होता। वह संतान-प्रेम भी देखने में आता है जहाँ शराबी, जुआरी पिता पुत्र-प्रेम के वशीभूत होकर यह सारी बुरी आदतें छोड़ देता है। अब यहाँ प्रश्न होता है कि

उपन्यासकार को इन चरित्रों का अध्ययन करके उनको पाठक के सामने रख देना चाहिए, उसमें अपनी तरफ से काट-छाँट, कमी-बेशी कुछ न करनी चाहिए या किसी उद्देश्य की पूर्ति के लिए चरित्रों में कुछ परिवर्तन भी कर देना चाहिए; यहीं से उपन्यासकारों के दो गिरोह हो गये हैं एक Idealist या आदर्शवादी दूसरा Realist या यथार्थवादी। Realist चरित्रों को पाठक के सामने उनके यथार्थ, नग्न रूप में रख देता है, उसे इससे कुछ मतलब नहीं कि सच्चरित्रता का परिणाम बुरा होता है, या कुचरित्रता का परिणाम अच्छा; उसके चरित्र अपनी कमजोरियाँ या खूबियाँ दिखाते हुए अपनी जीवन-लीला समाप्त करते हैं, और चूँकि संसार में सदैव नेकी का फल नेक और बदी का फल बद नहीं होता, बल्कि इसके विपरीत हुआ करता है, नेक आदमी धक्के खाते हैं, यातानाएँ सहते हैं, मुसीबतें झेलते हैं, अपमानित होते हैं, उनकी नेकी का फल उलटा है; बुरे आदमी चैन करते हैं, नामवर होते हैं, यशस्वी बनते हैं, उनकी बदी का फल उलटा मिलता है। प्रकृति का नियम विचित्र है। Realist अनुभव की बेड़ियों में जकड़ा होता है और चूँकि संसार में बुरे चरित्रों की प्रधानता है, यहाँ तक कि उज्ज्वल से उज्ज्वल चरित्रों में भी कुछ न कुछ दाग-धब्बे रहते हैं, इसलिए Realism हमारी दुर्बलताओं, हमारी विषमताओं और हमारी क्रूरताओं का नग्न चित्र होता है। वास्तव में Realism हमको Pessimist बना देता है, मानव चरित्रों पर से हमारा विश्वास उठ जाता है, हमको अपने चारों तरफ बुराई ही बुराई नज़र आने लगती है। इसमें सन्देह नहीं कि समाज की कुप्रथा की ओर ध्यान दिलाने के लिए Realism अत्यन्त उपयुक्त है, क्योंकि इसके बिना बहुत संभव है कि हम उस बुराई को दिखाने में अत्युक्ति से काम लें और चित्र को उससे कहीं काला दिखायें जितना वह वास्तव में है। लेकिन जब Realism दुर्बलताओं का चित्रण करने में शिष्टता की सीमाओं से आगे बढ़ जाता है, तो वह आपत्तिजनक हो जाता है। फिर, मानव स्वभाव की एक विशेषता यह भी है कि वह जिस छल और क्षुद्रता और कपट से घिरा हुआ है, उसकी पुनरावृत्ति उसके चित्त को प्रसन्न नहीं कर सकती। वह थोड़ी देर के लिए ऐसे संसार में उड़कर पहुँच जाना चाहता है, जहाँ उसके चित्त को ऐसे कुत्सित भावों से निजात मिले, वह भूल जाय कि चिन्ताओं के बन्धन में पड़ा हुआ है; जहाँ उसे सजीव, सहृदय उदार प्राणियों के दर्शन हों, जहाँ छल और कपट, विरोध और वैमनस्य का ऐसा प्राधान्य न हो। उसके दिल में ख़याल होता है कि जब हमें किस्से-कहानियों में भी उन्हीं लोगों से साबक़ा है जिनके साथ आठों पहर व्यवहार करना पड़ता है तो फिर ऐसी पुस्तकें पढ़ें ही क्यों। अंधेरी कोठरी में काम करते-करते जब हम थक जाते हैं तो इच्छा होती है कि किसी बाग़ में निकलकर निर्मल स्वच्छ वायु का आनन्द उठायें। इस कमी को Idealist पूरा करता है। Idealism हमें ऐसे चरित्रों से परिचित कराता है, जिनके हृदय पवित्र होते हैं, जो स्वार्थ और वासना से रहित होते हैं, जो साधु-प्रकृति होते हैं। यद्यपि ऐसे चरित्र व्यवहार-कुशल नहीं होते, उनकी सरलता उन्हें व्यावहारिक विषयों में धोखा देती है, लेकिन काँइयेंपन से ऊबे हुए प्राणियों को ऐसे सरल, ऐसे व्यावहारिक

ज्ञानविहीन चरित्रों के दर्शन से एक विशेष आनन्द होता है। Realism यदि हमारी आँखें खोल देता है, तो Idealism हमें उठाकर किसी मनोरम स्थान में पहुँचा देता है। लेकिन जहाँ Idealism में यह गुण है, वहाँ इस बात की भी शंका है कि हम ऐसे चरित्रों को न चित्रित कर बैठें जो सिद्धान्तों की मूर्ति मात्र हों। किसी देवता की कामना करना मुश्किल नहीं, लेकिन उस देवता में प्राण-प्रतिष्ठा करना मुश्किल है।

इसलिए हम वही उपन्यास उच्च कोटि के समझते हैं जहाँ Realism और Idealism का समन्वय हो गया है। उसे आप Idelistic Realism कह सकते हैं। Idea को संजीव बनाने के लिए Realism का उपयोग होना चाहिए और अच्छे उपन्यास की यही विशेषता है। उपन्यासकार की सबसे बड़ी विभूति ऐसे चरित्रों की सृष्टि करना है जो अपने सद्व्यवहार और सद्विचार से पाठक को मोहित कर लें। जिस उपन्यास के चरित्रों में यह गुण नहीं है वह दो कौड़ी के हैं। चरित्रों को उत्कृष्ट और आदर्श बनाने के लिए यह जरूरी नहीं कि वह निर्दोष हों। महान से महान पुरुषों में भी कुछ न कुछ कमजोरियाँ होती हैं। चरित्र को सजीव बनाने के लिए उसकी कमजोरियों का दिग्दर्शन कराने से कोई हानि नहीं होती। यही कमजोरियाँ उस चरित्र को मनुष्य बना देती हैं। निर्दोष चरित्र तो देवता हो जायेगा और हम उसे समझ ही न सकेंगे। ऐसे चरित्र का हमारे ऊपर कोई प्रभाव नहीं पड़ सकता। हम Idealist हैं। हमारे प्राचीन साहित्य पर Idealism की छाप लगी हुई है। हमारा प्राचीन साहित्य केवल मनोरंजन के लिए न था। उसका मुख्य उद्देश्य मनोरंजन के साथ आत्म-परिष्कार भी था। साहित्यकार का काम केवल पाठकों का मन बहलाना नहीं है। यह तो भाटों और मदारियों, विदूषकों और मसखरों का काम है। साहित्यकार का पद इससे कहीं ऊँचा है। वह हमारा पथ-प्रदर्शक होता है, वह हमारे मनुष्यत्व को जगाता है, हममें सद्भावों का संचार करता है, हमारी दृष्टि को फैलाता है। कम से कम उसका यही उद्देश्य होना चाहिए। इस मनोरथ को सिद्ध करने के लिए जरूरत है कि उसके चरित्र Positive हों, जो प्रलोभनों के आगे सिर न झुकायें बल्कि उनको परास्त करें, जो वासनाओं के पंजे में न फँसें बल्कि उनका दमन करें, जो किसी विजयी सेनापति की भाँति शत्रुओं का संहार करके विजय-नाद करते हुए निकलें। ऐसे ही चरित्रों का हमारे ऊपर सबसे अधिक प्रभाव पड़ता है।

उपन्यास-साहित्य पर थोड़ी-सी विवेचना करने के बाद अब हम अपने हिन्दी उपन्यासों पर दृष्टिपात करना चाहते हैं। पाठक गण यह तो जानते ही हैं कि उपन्यास एक पश्चिमी पौधा है जो भारतवर्ष में लगाया गया है। हमारे यहाँ उपन्यास-काल से पहले ऐसे किस्से-कहानियों का बहुत प्रचार था जिनमें प्रेम और विरह के वर्णन ही प्रधान होते थे। प्रेमी एक निगाहे माशूका का 'कुश्तए नाज़' हो जाता था। माशूका अपनी सहेलियों से अपनी विपत्ति कहानी सुनाती थी, आशिक़ साहब आहें भरते थे, सिर धुनते थे, घर पर खबर होती थी, यार समझाने के लिए जमा हो जाते थे, हक़ीम दवा करने जाते थे, पर इश्क के बीमार पर किसी दवा या समझाने-बुझाने का असर न होता

था। दोनों महीनों, बरसों जुदाई की तकलीफें झेलने के बाद किसी हिकमत से मिल जाते थे। अक्सर किस्सों में तिलिस्म और ऐयारी के विचित्र दृश्य होते थे जिससे कुतूहल बढ़ता था। उर्दू में 'तिलिस्म होशरुबा' बड़े-बड़े पृष्ठों के सत्ताईस जिल्दों में खत्म होता था और 'बोस्ताने खयाल' सात जिल्दों में। उस वक्त तक हिन्दी में उपन्यास का मैदान प्राय: खाली था। दो एक अनुवाद अवश्य निकल गये थे पर कोई उपन्यास-लेखक न पैदा हुआ था। उर्दू में तो उसके पहले 'फ़साना आज़ाद' के रचयिता पंडित रतननाथ दर 'सरशार', मौलवी अब्दुल हलीम शरर, मौलाना मुहम्मद अली आदि कई अच्छे उन्यासकार हो गये थे। बँगला में भी बंकिम बाबू के उपन्यास निकल चुके थे, लेकिन हिन्दी में मैदान खाली था। उस समय स्वर्गीय बाबू देवकीनन्दन खत्री के 'चन्द्रकान्ता और चन्द्रकान्ता संतति' की रचना हुई और वह हिन्दी में अनोखी, एकदम नयी चीज़ थी। हिन्दी पाठक टूट पड़े और 'चन्द्रकान्ता' की खूब धूम हो गयी। यद्यपि 'चन्द्रकान्ता संतति', 'तिलिस्म होशरुबा' का अनुक़रण मात्र है, लेकिन हिन्दी में आशिक़-माशूक़ की जो कथाएँ छपती थीं, जिनमें न कोई भाव होता था न कोई प्रभाव, उन पाठकों के लिए चन्द्रकान्ता ही गनीमत थी। समझ में नहीं आता कि जब अन्य भाषाओं में ऐसे-ऐसे उपन्यासकार पैदा हुए जिनका जोड़ अब तक पैदा नहीं हुआ तो हिन्दी में क्यों यह मैदान खाली रहा।

'चन्द्रकान्ता' के बाद देवकीनन्दन ने कई सामाजिक उपन्यास लिखे जिनमें उपन्यास के अंकुर मौजूद थे। ऐयारी की ऐसी हवा बँधी कि उनके बाद भी बहुत दिनों तक ऐयारी के क़िस्से निकलते रहे। उसके बाद जासूसी उपन्यास निकलने शुरू हुए जो अधिकांश European detective stories के अनुवाद होते थे। कुछ दिनों तक जासूसी उपन्यासों की खूब धूम रही और बहुत संभव था कि उसके बाद मौलिक उपन्यासों की बारी आती, लेकिन इसी बीच में बँगला उपन्यासों का रेला शुरू हुआ और वह अभी तक जारी है। बँगला में अच्छे-बुरे जितने उपन्यास मिल सकते हैं उनका बिना कुछ सोचे-समझे अनुवाद कर लिया जाता है। किसी अन्य भाषा के रत्नों से अपना भंडार भरना आपत्ति की बात नहीं। सम्पन्नतम भाषाओं में अन्य भाषाओं के अनुवाद होते रहते हैं, लेकिन वह भाषा ही क्या जहाँ सब कुछ अनुवाद ही हो और अपना कुछ न हो। इस पहलू से देखिए तो 'चन्द्रकान्ता संतति' का महत्व बहुत कुछ बढ़ जाता है। कम से कम अपनी वस्तु तो है। हमारा ध्येय है कि हिन्दी भाषा को राष्ट्रभाषा बनायें। क्या अनुवादों से राष्ट्रभाषा का पद प्राप्त किया जा सकता है? एक मित्र से इस विषय पर वार्तालाप होने लगी तो उन्होंने कहा, 'हम यह मानते हैं कि अनुवाद से भाषा का महत्व नहीं बढ़ता, लेकिन जिन लोगों के लिए अनुवाद जीविका का प्रश्न है उन्हें आप क्या कह सकते हैं।' इसका आशय यह हुआ कि जो लोग और किसी उपाय से जीविका का अर्जन नहीं कर सकते वे ही अनुवाद किया करते हैं। मगर इसी तरकीब से तो किसी त्याज्य विषय की रक्षा की जा सकती है। चोर के लिए चोरी भी तो जीविका ही का प्रश्न है फिर चोर को सजा क्यों दी जाती है? फिर, जब हम देखते

हैं कि हिन्दी जाननेवाला आदमी एक महीने में बंगला का इतना ज्ञान प्राप्त कर सकता है कि बंगला की साधारण पुस्तकें समझने लगे, तो बंगला से अनुवाद करने के लिए और भी कोई उज्र नहीं रह जाता । अगर अनुवाद ही करना है तो उन भाषाओं से किया जाये जो बंगला से कहीं सम्पन्न हैं। हमने अभी तक जिन गिने-गिनाये French या Russian पुस्तकों का हिन्दी में अनुवाद किया है, अंग्रेज़ी अनुवादों से किया है। हमारे युवकों को, जिनका विचार साहित्य-सेवा करने का हो, उनको उचित है कि वे योरोपियन भाषाएँ सीखें और उनके रत्नों से हिन्दी का भंडार भरें। वह हमें कोई ऐसी चीज दे सकेंगे जिन्हें प्राप्त करने के हमारे यहाँ बहुत कम साधन हैं।

साहित्य का सबसे ऊँचा आदर्श वह है जबकि उसकी रचना केवल कला की पूर्ति के लिए की जाये। Art for Art's Sake के सिद्धान्त पर किसी को आपत्ति नहीं हो सकती। वह साहित्य चिरायु हो सकता है जो मनुष्य की मौलिक प्रवृत्तियों पर अवलम्बित हो। ईर्ष्या और प्रेम, क्रोध और लोभ, अनुराग और विराग, दु:ख और लज्जा—यह सभी हमारी मौलिक प्रवृत्तियाँ हैं। इन्हीं की छटा दिखाना साहित्य का परम उद्देश्य है। बिना उद्देश्य के तो कोई रचना हो ही नहीं सकती। जब साहित्य की रचना किसी सामाजिक, राजनैतिक और धार्मिक मत के प्रचार के लिए की जाती है, तो वह अपने ऊँचे पद से गिर जाती है, इसमें कोई सन्देह नहीं। लेकिन आजकल परिस्थितियाँ इतनी तीव्रगति से बदल रही हैं, इतने नये-नये विचार पैदा हो रहे हैं कि शायद अब कोई लेखक साहित्य के आदर्श को ध्यान में रख ही नहीं सकता। यह बहुत मुश्किल है कि Author पर इन परिस्थितियों का असर न पड़े, वह उनसे आन्दोलित न हो। यही कारण है कि आजकल भारत ही में नहीं, योरोप के बहुत बड़े विद्वान भी अपनी रचनाओं द्वारा किसी न किसी वाद का प्रचार कर रहे हैं। वे इसकी परवाह नहीं करते कि इससे हमारी रचना जीवित रहेगी या नहीं। अपने मत की पुष्टि करना ही उनका ध्येय है, इसके सिवाय उन्हें कोई इच्छा नहीं। मगर यह क्योंकर मान लिया जाय कि जो उपन्यास किसी विचार के प्रचार के लिए लिखा जाता है उसका Interest क्षणिक होता है। ह्यूगो का ला मिज़रेबुल, टाल्सटाय के अनेक ग्रन्थ, डिकेन्स की कितनी ही रचनाएँ विचार-प्रधान होते हुए साहित्य की उच्च कोटि की हैं और अब तक उनका Interest कम नहीं हुआ। आज भी शॉ, वेल्स आदि बड़े-बड़े लेखकों के ग्रन्थ प्रचार ही के उद्देश्य से लिखे जा रहे हैं। हमारा ख्याल है कि कुशल कलाकार कोई विचार-प्रधान रचना भी इतनी सुन्दरता से करता है कि उनसे मनुष्य की मौलिक प्रवृत्तियों का संघर्ष निभता रहे। Art for Art's Sake का समय वह होता है जब देश सम्पन्न और सुखी हो। जब हम देखते हैं कि हम भाँति-भाँति के राजनैतिक और सामाजिक बन्धनों में जकड़े हुए हैं, जिधर निगाह उठती है, दु:ख और दरिद्रता के भीषण दृश्य दिखायी देते हैं, विपत्ति का करुण-क्रन्दन सुनायी देता है तो कैसे सम्भव है कि किसी विचारशील प्राणी का दिल न दहल उठे। हाँ, उपन्यासकार को इसका प्रयत्न अवश्य करना चाहिए कि उसके विचार परोक्ष रूप से व्यक्त हों, उपन्यास की

स्वाभाविकता में उस विचार के समावेश से कोई विघ्न न पड़ने पावे, वरना उपन्यास नीरस हो जायेगा।

अन्त में हम अपने सहृदय नवीन लेखकों से अनुरोध करते हैं कि यदि आप उपन्यास लिखना चाहते हैं तो पहले तैयारी कीजिए। बिना मानव-शास्त्र का उचित ज्ञान प्राप्त किये, कभी न कलम उठाइये। यों तो जिन्हें रचना की ईश्वरदत्त शक्ति प्राप्त है, वह आप ही लिख लेंगे, लेकिन मन में वीरभाव होने पर भी तो शास्त्रों का कुछ ज्ञान होना परमावश्यक है। सबसे प्रधान मनोवृत्ति है। एक बार किसी प्रसिद्ध चित्रकार से एक शरीफ़ ने पूछा कि 'ऐसे सुन्दर रंग आप कहाँ से लाते हैं?' चित्रकार ने मुस्कराकर उत्तर दिया, 'जनाब, अपने दिमाग से।'

समालोचक : जनवरी, १९२५

■

साहित्य का उद्देश्य

यह सम्मेलन हमारे साहित्य के इतिहास में स्मरणीय घटना है। हमारे सम्मेलनों और अंजुमनों में अब तक आम तौर पर भाषा और उसके प्रचार पर ही बहस की जाती रही है। यहाँ तक कि उर्दू और हिन्दी का जो आरम्भिक साहित्य मौजूद है, उसका उद्देश्य, विचारों और भावों पर असर डालना नहीं, किन्तु केवल भाषा का निर्माण करना था। वह भी एक बड़े महत्व का कार्य था। जब तक भाषा एक स्थायी रूप न प्राप्त कर ले, उसमें विचारों और भावों को व्यक्त करने की शक्ति ही कहाँ से आएगी? हमारी भाषा के 'पायनियरों' ने—रास्ता साफ़ करनेवालों ने—हिन्दुस्तानी भाषा का निर्माण करके जाति पर जो एहसान किया है, उसके लिए हम उनके कृतज्ञ न हों तो यह हमारी कृतघ्नता होगी।

भाषा साधन है, साध्य नहीं। अब हमारी भाषा ने वह रूप प्राप्त कर लिया है कि हम भाषा से आगे बढ़कर भाव की ओर ध्यान दें और इस पर विचार करें कि जिस उद्देश्य से यह निर्माण कार्य आरम्भ किया गया था, वह क्योंकर पूरा हो। वही भाषा जिसमें आरम्भ में 'बागो-बहार' और 'बैताल-पचीसी' की रचना ही सबसे बड़ी साहित्य-सेवा थी, अब इस योग्य हो गई है कि उसमें शास्त्र और विज्ञान के प्रश्नों की भी विवेचना की जा सके और यह सम्मेलन इस सचाई की स्पष्ट स्वीकृति है।

भाषा बोलचाल की भी होती है और लिखने की भी। बोल-चाल की भाषा तो मीर अम्मन और लल्लूलाल के ज़माने में भी मौजूद थी; पर उन्होंने जिस भाषा की दाग बेल डाली, वह लिखने की भाषा थी और वही साहित्य है। बोलचाल से हम अपने क़रीब के लोगों पर अपने विचार प्रकट करते हैं—अपने हर्ष-शोक के भावों का चित्र खींचते हैं। साहित्यकार वही काम लेखनी द्वारा करता है। हाँ,उसके श्रोताओं की परिधि बहुत विस्तृत होती है, और अगर उसके बयान में सचाई है तो शताब्दियों और युगों तक उसकी रचनाएँ हृदयों को प्रभावित करती रहती हैं।

परन्तु मेरा अभिप्राय यह नहीं है कि जो कुछ लिख दिया जाए, वह सबका सब साहित्य है। साहित्य उसी रचना को कहेंगे, जिसमें कोई सचाई प्रकट की गई हो, जिसकी भाषा प्रौढ़, परिमार्जित और सुन्दर हो, और जिसमें दिल और दिमाग़ पर असर डालने का गुण हो और साहित्य में यह गुण पूर्ण रूप में उसी अवस्था में उत्पन्न होता है, जब उसमें जीवन की सचाइयाँ और अनुभूतियाँ व्यक्त की गई हों। तिलिस्मात, कहानियों, भूत-प्रेत की कथाओं और प्रेम-वियोग के आख्यानों से किसी ज़माने में हम भले ही प्रभावित हुए हों, पर अब उनमें हमारे लिए बहुत कम दिलचस्पी है। इसमें

सन्देह नहीं कि मानव-प्रकृति का मर्मज्ञ साहित्यकार राजकुमारों की प्रेम-गाथाओं और तिलिस्माती कहानियों में भी जीवन की सचाइयाँ वर्णन कर सकता है, और सौंदर्य की सृष्टि कर सकता है; परन्तु इससे भी इस सत्य की पुष्टि ही होती है कि साहित्य में प्रभाव उत्पन्न करने के लिए यह आवश्यक है कि वह जीवन की सचाइयों का दर्पण हो। फिर आप उसे जिस चौखटे में चाहें, लगा सकते हैं—चिड़े की कहानी और गुलो-बुलबुल की दास्तान भी उसके लिए उपयुक्त हो सकती है।

साहित्य की बहुत-सी परिभाषाएँ की गई हैं, पर मेरे विचार से उसकी सर्वोत्तम परिभाषा 'जीवन की आलोचना' है। चाहे वह निबंध के रूप में हो, चाहे कहानियों के या काव्य के, उसे हमारे जीवन की आलोचना और व्याख्या करनी चाहिए।

हमने जिस युग को अभी पार किया है,उसे जीवन से कोई मतलब न था। हमारे साहित्यकार कल्पना की सृष्टि खड़ी कर उसमें मनमाने तिलिस्म बाँधा करते थे। कहीं फ़िसानये अजायब की दास्तान थी, कहीं बोस्ताने ख़याल की और कहीं चंद्रकांता संतति की। इन आख्यानों का उद्‌देश्य केवल मनोरंजन था और हमारे अद्‌भुत रस-प्रेम की तृप्ति। साहित्य का जीवन से कोई लगाव है, यह कल्पनातीत था। कहानी, कहानी है, जीवन जीवन; दोनों परस्पर विरोधी वस्तुएँ समझी जाती थीं। कवियों पर भी व्यक्तिवाद का रंग चढ़ा हुआ था। प्रेम का आदर्श वासनाओं को तृप्त करना था और सौंदर्य का आँखों को। इन्हीं श्रृंगारिक भावों को प्रकट करने में कवि-मंडली अपनी प्रतिभा और कल्पना के चमत्कार दिखाया करती थी। पद्य में कोई नई शब्द-योजना, नई कल्पना का होना दाद पाने के लिए काफ़ी था—चाहे वह वस्तु-स्थिति से कितनी ही दूर क्यों न हो। आशियाना (=घोंसला) और क़फ़स (=पींजरा), बर्क़ (=बिजली) और ख़िरमन की कल्पनाएँ विरह दशा के वर्णन में निराशा और वेदना की विविध अवस्थाएँ, इस खूबी से दिखाई जाती थीं कि सुननेवाले दिल थाम लेते थे और आज भी इस ढंग की कविता कितनी लोकप्रिय है, इसे हम और आप खूब जानते हैं।

निस्संदेह, काव्य और साहित्य का उद्‌देश्य हमारी अनुभूतियों की तीव्रता को बढ़ाना है; पर मनुष्य का जीवन केवल स्त्री-पुरुष-प्रेम का जीवन नहीं है। क्या वह साहित्य, जिसका विषय श्रृंगारिक मनोभावों और उनसे उत्पन्न होनेवाली विरह-व्यथा, निराशा आदि तक ही सीमित हो—जिसमें दुनिया की कठिनाइयों से दूर भागना ही जीवन की सार्थकता समझी गई हो, हमारी विचार और भाव सम्बन्धी आवश्यकताओं को पूरा कर सकता है? श्रृंगारिक मनोभाव मानव-जीवन का एक अंग मात्र है और जिस साहित्य का अधिकांश इसी से सम्बन्ध रखता हो, वह उस जाति और उस युग के लिए गर्व करने की वस्तु नहीं हो सकता और न उसकी सुरुचि का ही प्रमाण हो सकता है।

क्या हिंदी और क्या उर्दू—कविता में दोनों की एक ही हालत थी। उस समय साहित्य और काव्य के विषय में जो लोक-रुचि थी, उसके प्रभाव से अलिप्त रहना सहज न था। सराहना और क़द्रदानी की हवस तो हर एक को होती है। कवियों के लिए उनकी रचना ही जीविका का साधन थी और कविता की क़द्रदानी रईसों अमीरों

के सिवा और कौन कर सकता है? हमारे कवियों को साधारण जीवन का सामना करने और उसकी सचाइयों से प्रभावित होने के या तो अवसर ही न थे, या हर छोटे-बड़े पर कुछ ऐसी मानसिक गिरावट छायी हुई थी कि मानसिक और बौद्धिक जीवन रह ही न गया था।

हम इसका दोष उस समय के साहित्यकारों पर ही नहीं रख सकते। साहित्य अपने काल का प्रतिबिम्ब होता है। जो भाव और विचार लोगों के हृदयों को स्पंदित करते हैं, वही साहित्य पर भी अपनी छाया डालते हैं। ऐसे पतन के काल में लोग या तो आशिकी करते हैं या अध्यात्म और वैराग्य में मन रमाते हैं। जब साहित्य पर संसार की नश्वरता का रंग चढ़ा हों और उसका एक-एक शब्द नैराश्य में डूबा, समय की प्रतिकूलता के रोने से भरा और शृंगारिक भावों का प्रतिबिम्ब बना हो तो समझ लीजिए कि जाति जड़ता और ह्रास के पंजे में फँस चुकी है और उसमें उद्योग तथा संघर्ष का बल बाक़ी नहीं रहा। उसने ऊँचे लक्ष्यों की ओर से आँखें बन्द कर ली हैं और उसमें से दुनिया को देखने-समझने की शक्ति लुप्त हो गई है।

परंतु हमारी साहित्यिक रुचि बड़ी तेजी से बदल रही है। अब साहित्य केवल मन-बहलाव की चीज नहीं है, मनोरंजन के सिवा उसका और भी कुछ उद्देश्य है। अब वह केवल नायक-नायिका के संयोग-वियोग की कहानी नहीं सुनाता, किन्तु जीवन की समस्याओं पर भी विचार करता है और उन्हें हल करता है। अब वह स्फूर्ति या प्रेरणा के लिए अद्भुत आश्चर्यजनक घटनाएँ नहीं ढूँढ़ता और न अनुप्रास का अन्वेषण करता है, किन्तु उसे उन प्रश्नों से दिलचस्पी है जिनसे समाज या व्यक्ति प्रभावित होते हैं। उसकी उत्कृष्टता की वर्तमान कसौटी अनुभूति की वह तीव्रता है,जिससे वह हमारे भावों और विचारों में गति पैदा करता है।

नीति-शास्त्र और साहित्य-शास्त्र का लक्ष्य एक ही है—केवल उपदेश की विधि में अंतर है। नीति-शास्त्र तर्कों और उपदेशों के द्वारा बुद्धि और मन पर प्रभाव डालने का यत्न करता है, साहित्य ने अपने लिए मानसिक अवस्थाओं और भावों का क्षेत्र चुन लिया है। हम जीवन में जो कुछ देखते हैं या जो कुछ हम पर गुज़रती है, वही अनुभव और चोटें कल्पना में पहुँचकर साहित्य-सृजन की प्रेरणा करती हैं। कवि या साहित्यकार में अनुभूति की जितनी तीव्रता होती है, उसकी रचना उतनी ही आकर्षक और ऊँचे दरजे की होती है। जिस साहित्य से हमारी सुरुचि न जागे, आध्यात्मिक और मानसिक तृप्ति न मिले, हममें शक्ति और गति न पैदा हो, हमारा सौंदर्य-प्रेम न जागृत् हो,—जो हममें सच्चा संकल्प और कठिनाइयों पर विजय पाने की सच्ची दृढ़ता न उत्पन्न करे, वह आज हमारे लिए बेकार है, वह साहित्य कहलाने का अधिकारी नहीं।

पुराने ज़माने में समाज की लगाम मज़हब के हाथ में थी। मनुष्य की आध्यात्मिक और नैतिक सभ्यता का आधार धार्मिक आदेश था और वह भय या प्रलोभन से काम लेता था,—पुण्य-पाप के मसले उसके साधन थे।

अब, साहित्य ने यह काम अपने जिम्मे ले लिया है और उसका साधन सौंदर्य-प्रेम है। वह मनुष्य में इसी सौंदर्य-प्रेम को जगाने का यत्न करता है। ऐसा कोई मनुष्य नहीं, जिसमें सौंदर्य की अनुभूति न हो। साहित्यकार में यह वृत्ति जितनी ही जागृत और सक्रिय होती है, उसकी रचना उतनी ही प्रभावमयी होती है। प्रकृति-निरीक्षण और अपनी अनुभूति की तीक्ष्णता की बदौलत उसके सौंदर्य-बोध में इतनी तीव्रता आ जाती है कि जो कुछ असुन्दर है, अभद्र है, मनुष्यता से रहित है, वह उसके लिए असह्य हो जाता है। उस पर वह शब्दों और भावों की सारी शक्ति से वार करता है। यों कहिए कि वह मानवता, दिव्यता और भद्रता का बाना बाँधे होता है। जो दलित है, पीड़ित है, वंचित है—चाहे वह व्यक्ति हो या समूह,—उसकी हिमायत और वकालत करना उसका फर्ज़ है। उसकी अदालत के सामने वह अपना इस्तग़ासा पेश करता है और उसकी न्याय-वृत्ति तथा सौंदर्य-वृत्ति को जागृत् करके अपना यत्न सफल समझता है।

पर साधारण वकीलों की तरह साहित्यकार अपने मुवक्किल की ओर से उचित-अनुचित सब तरह के दावे नहीं पेश करता, अतिरंजना से काम नहीं लेता, अपनी ओर से बातें गढ़ता नहीं। वह जानता है कि इन युक्तियों से वह समाज की अदालत पर असर नहीं डाल सकता। उस अदालत का हृदय-परिवर्तन तभी सम्भव है जब आप सत्य से तनिक भी विमुख न हों, नहीं तो अदालत की धारणा आपकी ओर से खराब हो जायेगी और वह आपके खिलाफ़ फैसला सुना देगी। वह कहानी लिखता है, पर वास्तविकता का ध्यान रखते हुए; मूर्ति बनाता है, पर ऐसी कि उसमें सजीवता हो और भावव्यंजकता भी—वह मानव-प्रकृति का सूक्ष्म दृष्टि से अवलोकन करता है, मनोविज्ञान का अध्ययन करता है और इसका यत्न करता है कि उसके पात्र हर हालत में और हर मौके पर, इस तरह आचरण करें, जैसे रक्त-मांस का बना मनुष्य करता है; अपनी सहज सहानुभूति और सौंदर्य-प्रेम के कारण वह जीवन के उन सूक्ष्म स्थानों तक जा पहुँचता है, जहाँ मनुष्य अपनी मनुष्यता के कारण पहुँचने में असमर्थ होता है।

आधुनिक साहित्य में वस्तु-स्थिति-चित्रण की प्रवृत्ति इतनी बढ़ रही है कि आज की कहानी यथासम्भव प्रत्यक्ष अनुभवों की सीमा के बाहर नहीं जाती। हमें केवल इतना सोचने से ही संतोष नहीं होता कि मनोविज्ञान की दृष्टि से ये सभी पात्र मनुष्यों से मिलते-जुलते हैं; बल्कि हम यह इत्मीनान चाहते हैं कि वे सचमुच मनुष्य हैं और लेखक ने यथासम्भव उनका जीवन-चरित्र ही लिखा है; क्योंकि कल्पना के गढ़े हुए आदमियों में हमारा विश्वास नहीं है, उनके कार्यों और विचारों से हम प्रभावित नहीं होते। हमें इसका निश्चय हो जाना चाहिए कि लेखक ने जो सृष्टि की है, वह प्रत्यक्ष अनुभवों के आधार पर की गई है और अपने पात्रों की ज़बान से वह खुद बोल रहा है।

इसीलिए साहित्य को कुछ समालोचकों ने लेखक का मनोवैज्ञानिक जीवन-चरित्र कहा है।

एक ही घटना या स्थिति से सभी मनुष्य समान रूप में प्रभावित नहीं होते। हर आदमी की मनोवृत्ति और दृष्टिकोण अलग है। रचना-कौशल इसी में है कि लेखक

जिस मनोवृत्ति या दृष्टिकोण से किसी बात को देखे, पाठक भी उसमें उससे सहमत हो जाय। यही उसकी सफलता है। इसके साथ ही हम साहित्यकार से यह भी आशा रखते हैं कि वह अपनी बहुज्ञता और अपने विचारों की विस्तृति से हमें जागृत् करे, हमारी दृष्टि तथा मानसिक परिधि को विस्तृत करे—उसकी दृष्टि इतनी सूक्ष्म, इतनी गहरी और इतनी विस्तृत हो कि उसकी रचना से हमें आध्यात्मिक आनंद और बल मिले।

सुधार की जिस अवस्था में वह हो, उससे अच्छी अवस्था आने की प्रेरणा हर आदमी में मौजूद रहती है। हममें जो कमजोरियाँ हैं, वह मर्ज़ की तरह हमसे चिपटी हुई हैं। जैसे शारीरिक स्वास्थ्य एक प्राकृतिक बात है और रोग उसका उलटा, उसी तरह नैतिक और मानसिक स्वास्थ्य भी प्राकृतिक बात है और हम मानसिक तथा नैतिक गिरावट से उसी तरह संतुष्ट नहीं रहते, जैसे कोई रोगी अपने रोग से संतुष्ट नहीं रहता। जैसे वह सदा किसी चिकित्सक की तलाश में रहता है, उसी तरह हम भी इस फिक्र में रहते हैं कि किसी तरह अपनी कमज़ोरियों को परे फेंककर अधिक अच्छे मनुष्य बनें। इसीलिए हम साधु-फ़कीरों की खोज में रहते हैं, पूजा-पाठ करते हैं, बड़े-बूढ़ों के पास बैठते हैं, विद्वानों के व्याख्यान सुनते हैं और साहित्य का अध्ययन करते हैं।

और हमारी सारी कमज़ोरियों की जिम्मेदारी हमारी कुरुचि और प्रेम-भाव से वंचित होने पर है। जहाँ सच्चा सौंदर्य-प्रेम है, जहाँ प्रेम की विस्तृति है, वहाँ कमज़ोरियाँ कहाँ रह सकती हैं? प्रेम ही तो आध्यात्मिक भोजन है और सारी कमज़ोरियाँ इसी भोजन के न मिलने अथवा दूषित भोजन के मिलने से पैदा होती हैं। कलाकार हममें सौंदर्य की अनुभूति उत्पन्न करता है और प्रेम की उष्णता। उसका एक वाक्य, एक शब्द, एक संकेत, इस तरह हमारे अन्दर जा बैठता है कि हमारा अन्तः-करण प्रकाशित हो जाता है। पर जब तक कलाकार खुद सौंदर्य-प्रेम से छककर मस्त न हो और उसकी आत्मा स्वयं इस ज्योति से प्रकाशित न हो, वह हमें यह प्रकाश क्योंकर दे सकता है?

प्रश्न यह कि सौंदर्य है क्या वस्तु? प्रकटतः यह प्रश्न निरर्थक-सा मालूम होता है, क्योंकि सौंदर्य के विषय में हमारे मन में कोई शंका-संदेह नहीं। हमने सूरज का उगना और डूबना देखा है, उषा और संध्या की लालिमा देखी है, सुंदर सुगंध भरे फूल देखे हैं, मीठी बोलियाँ बोलनेवाली चिड़ियाँ देखी हैं, कल-कल-निनादिनी नदियाँ देखी हैं, नाचते हुए झरने देखे हैं,—यही सौंदर्य है।

इन दृश्यों को देखकर हमारा अन्तः करण क्यों खिल उठता है? इसलिए कि इनमें रंग या ध्वनि का सामंजस्य है। बाजों का स्वरसाम्य अथवा मेल ही संगीत की मोहकता का करण है। हमारी रचना ही तत्त्वों के समानुपात में संयोग से हुई है, इसलिए हमारी आत्मा सदा उसी साम्य की, सामंजस्य की खोज में रहती है। साहित्य कलाकार के आध्यात्मिक सामंजस्य का व्यक्त रूप है और सामंजस्य सौंदर्य की सृष्टि करता है, नाश

नहीं। वह हममें वफ़ादारी, सचाई, सहानुभूति, न्याय प्रियता और समता के भावों की पुष्टि करता है। जहाँ ये भाव हैं, वहीं दृढ़ता है और जीवन है; जहाँ इनका अभाव है, वहीं फूट, विरोध, स्वार्थपरता है—द्वेष, शत्रुता और मृत्यु है। यह बिलगाव और विरोध प्रकृति-विरुद्ध जीवन के लक्षण हैं, जैसे रोग प्रकृति-विरुद्ध आहार-विहार का चिह्न है। जहाँ प्रकृति से अनुकूलता और साम्य है, वहाँ संकीर्णता और स्वार्थ का अस्तित्व कैसे संभव होगा? जब हमारी आत्मा प्रकृति के मुक्त वायु मंडल में पालित-पोषित होती है, तो नीचता-दुष्टता के कीड़े अपने आप हवा और रोशनी से मर जाते हैं। प्रकृति से अलग होकर अपने को सीमित कर लेने से ही यह सारी मानसिक और भावगत बीमारियाँ पैदा होती हैं। साहित्य हमारे जीवन को स्वाभाविक और स्वाधीन बनाता है; दूसरे शब्दों में उसी की बदौलत मन का संस्कार होता है। यही उसका मुख्य उद्देश्य है।

'प्रगतिशील लेखक संघ,' यह नाम ही मेरे विचार से ग़लत है। साहित्यकार या कलाकार स्वभावतः प्रगतिशील होता है। अगर यह उसका स्वभाव न होता, तो शायद वह साहित्यकार ही न होता। उसे अपने अन्दर भी एक कमी महसूस होती है और बाहर भी। इसी कमी को पूरा करने के लिए उसकी आत्मा बेचैन रहती है। अपनी कल्पना में वह व्यक्ति और समाज को सुख और स्वच्छंदता की जिस अवस्था में देखना चाहता है, वह उसे दिखाई नहीं देती। इसलिए, वर्तमान मानसिक और सामाजिक अवस्थाओं से उसका दिल कुढ़ता रहता है। वह इन अप्रिय अवस्थाओं का अन्त कर देना चाहता है, जिससे दुनिया जीने और मरने के लिए इससे अधिक अच्छा स्थान हो जाये। यही वेदना और यही भाव उसके हृदय और मस्तिष्क को सक्रिय बनाए रखता है। उसका दर्द से भरा हृदय इसे सहन नहीं कर सकता कि एक समुदाय क्यों सामाजिक नियमों और रूढ़ियों के बन्धन में पड़कर कष्ट भोगता रहे। क्यों न ऐसे सामान इकट्ठा किए जाएँ कि वह गुलामी और ग़रीबी से छुटकारा पा जाये? वह इस वेदना को जितनी बेचैनी के साथ अनुभव करता है, उतना ही उसकी रचना में ज़ोर और सचाई पैदा होती है। अपनी अनुभूतियों को वह जिस क्रमानुपात में व्यक्त करता है, वही उसकी कला-कुशलता का रहस्य है। पर शायद विशेषता पर ज़ोर देने की ज़रूरत इसलिए पड़ी कि प्रगति या उन्नति से प्रत्येक लेखक या ग्रंथकार एक ही अर्थ नहीं ग्रहण करता। जिन अवस्थाओं को एक समुदाय उन्नति समझ सकता है, दूसरा समुदाय असंदिग्ध अवनति मान सकता है, इसलिए साहित्यकार अपनी कला को किसी उद्देश्य के अधीन नहीं करना चाहता। उसके विचारों में कला मनोभावों के व्यक्तीकरण का नाम है, चाहे उन भावों से व्यक्ति या समाज पर कैसा ही असर क्यों न पड़े।

उन्नति से हमारा तात्पर्य उस स्थिति से है, जिससे हममें दृढ़ता और कर्म-शक्ति उत्पन्न हो, जिससे हमें अपनी दुःखावस्था की अनुभूति हो, हम देखें कि किन अंतर्बाह्य कारणों से हम इस निर्जीवता और ह्रास की अवस्था को पहुँच गए, और उन्हें दूर करने की कोशिश करें।

हमारे लिए कविता के वे भाव निरर्थक हैं, जिनसे संसार की नश्वरता का आधिपत्य हमारे हृदय पर और दृढ़ हो जाय, जिनसे हमारे मासिक पत्रों के पृष्ठ भरे रहते हैं, हमारे लिए अर्थहीन हैं अगर वे हममें हरकत और गरमी नहीं पैदा करतीं। अगर हमने दो नव-युवकों की प्रेम-कहानी कह डाली, पर उससे हमारे सौंदर्य-प्रेम पर कोई असर न पड़ा और पड़ा भी तो केवल इतना कि हम उनकी विरह-व्यथा पर रोए, तो इससे हममें कौन-सी मानसिक या रुचि-सम्बन्धी गति पैदा हुई? इन बातों से किसी ज़माने में हमें भावावेश हो जाता रहा हो; पर आज के लिए वे बेकार हैं। इस भावोत्तेजक कला का अब ज़माना नहीं रहा। अब तो हमें उस कला की आवश्यकता है, जिसमें कर्म का संदेश हो। अब तो हज़रते इक़बाल के साथ हम भी कहते हैं—

रम्ज़े हयात जोई जुज़दर तपिश नयाबी
रदकुलजुम आरमीदन नंगस्त आबे जूरा।
ब आशियाँ न नशीनम ज़े लज़्ज़ते परवाज,
गहे बशाख़े गुलाम गहे बरलबे जूयम।

(अर्थात्, अगर तुझे जीवन के रहस्य की खोज है तो वह तुझे संघर्ष के सिवा और कहीं नहीं मिलने का—सागर में जाकर विश्राम करना नदी के लिए लज्जा की बात है। आनन्द पाने के लिए मैं घोंसले में कभी बैठता नहीं—कभी फूलों की टहनियों पर, तो कभी नदी-तट पर होता हूँ।)

अत: हमारे पंथ में अहंवाद अथवा अपने व्यक्तिगत दृष्टिकोण को प्रधानता देना वह वस्तु है,जो हमें जड़ता, पतन और लापरवाही की ओर ले जाती है और ऐसी कला हमारे लिए न व्यक्ति रूप में उपयोगी है और न समुदाय-रूप में।

मुझे यह कहने में हिचक नहीं कि मैं चीज़ों की तरह कला को भी उपयोगिता की तुला पर तौलता हूँ। निस्संदेह कला का उद्देश्य सौंदर्यवृत्ति की पुष्टि करना है और वह हमारे आध्यात्मिक आनंद की कुंजी है; पर ऐसा कोई रुचिगत मानसिक तथा आध्यात्मिक आनंद नहीं, जो अपनी उपयोगिता का पहलू न रखता हो। आनंद स्वत: एक उपयोगिता-युक्त वस्तु है और उपयोगिता की दृष्टि से एक वस्तु से हमें सुख भी होता है और दु:ख भी।

आसमान पर छायी लालिमा निस्संदेह बड़ा सुंदर दृश्य है; परंतु आषाढ़ में अगर आकाश पर वैसी लालिमा छा जाए, तो वह हमें प्रसन्नता देनेवाली नहीं हो सकती। उस समय तो हम आसमान पर काली-काली घटाएँ देखकर ही आनंदित होते हैं। फूलों को देखकर हमें इसलिए आनंद होता है कि उनसे फलों की आशा होती है; प्रकृति से अपने जीवन का सुर मिलाकर रहने में हमें इसीलिए आध्यात्मिक सुख मिलता है कि उससे हमारा जीवन विकसित और पुष्ट होता है। प्रकृति का विधान वृद्धि और विकास है और जिन भावों, अनुभूतियों और विचारों से हमें आनंद मिलता है, वे इसी वृद्धि और विकास के सहायक हैं। कलाकार अपनी कला से सौंदर्य की सृष्टि करके परिस्थिति को विकास के लिए उपयोगी बनाता है।

परन्तु सौंदर्य भी और पदार्थों की तरह स्वरूपस्थ और निरपेक्ष नहीं, उसकी स्थिति भी सापेक्ष है। एक रईस के लिए जो वस्तु सुख का साधन है, वही दूसरे के लिए दुख का कारण हो सकती है। एक रईस अपने सुरभित सुरम्य उद्यान में बैठकर जब चिड़ियों का क़लगान सुनता है, तो उसे स्वर्गीय सुख की प्राप्ति होती है; परन्तु एक दूसरा सज्ञान मनुष्य वैभव की इस सामग्री को घृणित वस्तु समझता है।

बंधुत्व और समता, सभ्यता तथा प्रेम सामाजिक जीवन के आरम्भ से ही, आदर्शवादियों का सुनहला स्वप्न रहे हैं। धर्म-प्रवर्त्तकों ने धार्मिक, नैतिक और आध्यात्मिक बंधनों से इस स्वप्न को सचाई बनाने का सतत, किंतु निष्फल यत्न किया है। महात्मा बुद्ध, हज़रत ईसा, हज़रत मुहम्मद आदि सभी पैग़म्बरों और धर्म-प्रवर्त्तकों ने नीति की नींव पर इस समता की इमारत खड़ी करनी चाही, पर किसी को सफलता न मिली और छोटे-बड़े का भेद जिस निष्ठुर रूप में प्रकट हो रहा है, शायद कभी न हुआ था।

'आजमाये को आजमाना मूर्खता है', इस कहावत के अनुसार यदि हम अब भी धर्म और नीति का दामन पकड़कर समानता के ऊँचे लक्ष्य पर पहुँचना चाहें, तो विफलता ही मिलेगी। क्या हम इस सपने को उत्तेजित मस्तिष्क की सृष्टि समझकर भूल जाएँ? तब तो मनुष्य की उन्नति और पूर्णता के लिए आदर्श ही बाक़ी न रह जायेगा। इससे कहीं अच्छा है कि मनुष्य का अस्तित्व ही मिट जाय। जिस आदर्श को हमने सभ्यता के आरम्भ से पाला है, जिसके लिए मनुष्य ने, ईश्वर जाने कितनी कुरबानियाँ की हैं, जिसकी परिणति के लिए धर्मों का आविर्भाव हुआ, मानव-समाज का इतिहास, जिस आदर्श की प्राप्ति का इतिहास है, उसे सर्वमान्य समझकर, एक अमिट सचाई समझकर, हमें उन्नति के मैदान में कदम रखना है। हमें एक ऐसे नए संगठन को सर्वाङ्गपूर्ण बनाना है, जहाँ समानता केवल नैतिक बंधनों पर आश्रित न रहकर अधिक ठोस रूप प्राप्त कर ले, हमारे साहित्य को उसी आदर्श को अपने सामने रखना है।

हमें सुंदरता की कसौटी बदलनी होगी। अभी तक यह कसौटी अमीरी और विलासिता के ढंग की थी। हमारा कलाकार अमीरों का पल्ला पकड़े रहना चाहता था, उन्हीं की कद्रदानी पर उसका अस्तित्व अवलंबित था और उन्हीं के सुख-दुख, आशा-निराशा, प्रतियोगिता और प्रतिद्वन्द्विता की व्याख्या कला का उद्देश्य था। उसकी निगाह अंतःपुर और बँगलों की ओर उठती थी। झोंपड़े और खँडहर उसके ध्यान के अधिकारी न थे। उन्हें वह मनुष्यता की परिधि के बाहर समझता था। कभी इनकी चर्चा करता भी था तो इनका मजाक उड़ाने के लिए। ग्रामवासी की देहाती वेश-भूषा और तौर-तरीके पर हँसने के लिए, उसका शीन-क़ाफ़ दुरुस्त न होना या मुहाविरों का ग़लत उपयोग उसके व्यंग्यविद्रूप की स्थायी सामग्री थी। वह भी मनुष्य है, उसके भी हृदय है और उसमें भी आकांक्षाएँ हैं,—यह कला की कल्पना के बाहर की बात थी।

कला नाम था और अब भी है संकुचित रूप-पूजा का, शब्दयोजना का, भाव-निबंधन का। उसके लिए कोई आदर्श नहीं है, जीवन का कोई ऊँचा उद्देश्य नहीं

है,—भक्ति, वैराग्य, अध्यात्म और दुनिया से किनाराकशी उसकी सबसे ऊँची कल्पनाएँ हैं। हमारे उस कलाकार के विचार से जीवन का चरम लक्ष्य यही है। उसकी दृष्टि अभी इतनी व्यापक नहीं कि जीवन-संग्राम में सौंदर्य का परमोत्कर्ष देखे। उपवास और नग्नता में भी सौंदर्य का अस्तित्व संभव है, इसे कदाचित् वह स्वीकार नहीं करता। उसके लिए सौंदर्य सुंदर स्त्री में है,—उस बच्चोंवाली गरीब रूप-रहित स्त्री में नहीं, जो बच्चे को खेत की मेंड़ पर सुलाए पसीना बहा रही है! उसने निश्चय कर लिया है कि रंगे होंठों, कपोलों और भौंहों में निस्संदेह सुदरता का वास है,—उसके उलझे हुए बालों, पपड़ियाँ पड़े हुए होंठों और कुम्हलाए हुए गालों में सौंदर्य का प्रवेश कहाँ?

पर यह संकीर्ण दृष्टि का दोष है। अगर उसकी सौंदर्य देखने वाली दृष्टि में विस्तृति आ जाय तो वह देखेगा कि रंगे होंठों और कपोलों की आड़ में अगर रूप-गर्व और निष्ठुरता छिपी है, तो इन मुरझाए हुए होंठों और कुम्हालाए गालों के आँसुओं में त्याग, श्रद्धा और कष्ट-सहिष्णुता है। हाँ, उसमें नफ़ासत नहीं, दिखावा नहीं, सुकुमारता नहीं।

हमारी कला यौवन के प्रेम में पागल है और यह नहीं जानती कि जवानी छाती पर हाथ रखकर कविता पढ़ने , नायिका की निष्ठुरता का रोना रोने या उनके रूप-गर्व और चोंचलों पर सिर धुनने में नहीं है। जवानी नाम है आदर्शवाद का, हिम्मत का, कठिनाई से मिलने की इच्छा का, आत्मत्याग का। उसे तो इक़बाल के साथ कहना होगा—

आज दस्ते जुनूने मन जिब्रील ज़बूं सैदे,
यजदाँ बकमंद आवर ऐ हिम्मते मरदाना।

(अर्थात् मेरे उन्मत्त हाथों के जिब्रील एक घटिया शिकार है! ऐ हिम्मते मरदाना, क्यों न अपनी कमंद में तू खुदा को ही फाँस लाए?)

अथवा

चूं मौज साज़ बजूदम ज़े सैल बेपरवास्त,
गुमाँ मबर कि दरीं बहर साहिले जोयम।

(अर्थात् तरंग की भाँति मेरे जीवन की तरी भी प्रवाह की ओर से बेपरवाह है, यह न सोचो कि इस समुद्र में मैं किनारा ढूँढ़ रहा हूँ।)

और यह अवस्था उस समय पैदा होगी, जब हमारा सौंदर्य व्यापक हो जायेगा, जब सारी सृष्टि उसकी परिधि में आ जायेगी। वह किसी विशेष श्रेणी तक ही सीमित न होगा, उसकी उड़ान के लिए केवल बाग की चहारदीवारी न होगी; किंतु वह वायुमंडल होगा, जो सारे भूमंडल को घेरे हुए है। तब कुरुचि हमारे लिये सह्य न होगी, तब हम उसकी जड़ खोदने के लिए कमर कसकर तैयार हो जाएँगे। हम जब ऐसी व्यवस्था को सहन न कर सकेंगे कि हजारों आदमी कुछ अत्याचारियों की गुलामी करें,

तभी हम केवल कागज के पृष्ठों पर सृष्टि करके ही संतुष्ट न हो जाएँगे; किंतु उस विधान की सृष्टि करेंगे, जो सौंदर्य, सुरुचि,आत्मसम्मान और मनुष्यता का विरोधी न हो।

साहित्यकार का लक्ष्य केवल महफिल सजाना और मनोरंजन का सामान जुटाना नहीं है,—उसका दरजा इतना न गिराइए। वह देश-भक्ति और राजनीति के पीछे चलनेवाली सचाई भी नहीं, बल्कि उनके आगे मशाल दिखाती हुई चलनेवाली सचाई है।

हमें अक्सर यह शिकायत होती है कि साहित्यकारों के लिए समाज में कोई स्थान नहीं,—अर्थात् भारत के साहित्यकारों के लिए। सभ्य देशों में तो साहित्यकार समाज का सम्मानित सदस्य है और बड़े-बड़े अमीर और मंत्रि-मंडल के सदस्य उससे मिलने में अपना गौरव समझते हैं। परन्तु हिन्दुस्तान तो अभी मध्य-युग की अवस्था में पड़ा हुआ है। यदि साहित्यकार ने अमीरों के याचक बनने को जीवन का सहारा बना लिया हो, और उन आन्दोलनों, हलचलों और क्रांतियों से बेखबर हो, जो समाज में हो रही हैं, अपनी ही दुनिया बनाकर उसमें रोता और हँसता हो, तो इस दुनिया में उसके लिए जगह न होने में कोई अन्याय नहीं है। जब साहित्यकार बनने के लिए अनुकूल रुचि के सिवा और कोई क़ैद नहीं रही,—जैसे महात्मा बनने के लिए किसी प्रकार की शिक्षा की आवश्यकता नहीं, आध्यात्मिक उच्चता ही काफी है,—तो जैसे महात्मा लोग दर-दर फिरने लगे, उसी तरह साहित्यकार भी लाखों निकल आए।

इसमें शक नहीं है कि साहित्यकार पैदा होता है, बनाया नहीं जाता; पर यदि हम शिक्षा और जिज्ञासा से प्रकृति की इस देन को बढ़ा सकें तो निश्चय ही हम साहित्य की अधिक सेवा कर सकेंगे। अरस्तू ने और दूसरे विद्वानों ने भी साहित्यकार बननेवालों के लिए कड़ी शर्तें लगायी हैं; और उनकी मानसिक; नैतिक, आध्यात्मिक और भावगत सभ्यता तथा शिक्षा के लिए सिद्धान्त और विधियाँ निश्चित कर दी गई हैं। मगर आज तो हिंदी में साहित्यकार के लिए प्रवृत्ति मात्र अलम् समझी जाती है और किसी प्रकार की तैयारी की उसके लिए आवश्यकता नहीं। वह राजनीति, समाज-शास्त्र या मनोविज्ञान से सर्वथा अपरिचित हो, फिर भी वह साहित्यकार है।

साहित्यकार के सामने आजकल जो आदर्श रखा गया है, उसके अनुसार ये सभी विद्याएँ उसके विशेष अंग बन गई हैं और साहित्य की प्रवृत्ति अहंवाद या व्यक्तिवाद तक परिमित नहीं रही, बल्कि वह मनोवैज्ञानिक और सामाजिक होती जाती है। अब वह व्यक्ति को समाज से अलग नहीं देखता, किंतु उसे समाज के एक अंग-रूप में देखता है! इसलिए नहीं कि वह समाज पर हुकूमत करे, उसे अपनी स्वार्थ-साधना का औजार बनाए—मानो उसमें और समाज में सनातन शत्रुता है—बल्कि इसलिए कि समाज के अस्तित्व के साथ उसका अस्तित्व क़ायम है और समाज से अलग होकर उसका मूल्य शून्य के बराबर हो जाता है।

हममें से जिन्हें सर्वोत्तम शिक्षा और सर्वोत्तम मानसिक शक्तियाँ मिली हैं, उन पर समाज के प्रति उतनी ही जिम्मेदारी भी है। हम उस मानसिक पूँजीपति को पूजा के योग्य न समझेंगे, जो समाज के पैसे से ऊँची शिक्षा प्राप्त कर उसे शुद्ध स्वार्थ-साधन में लगाता है। समाज से निजी लाभ उठाना ऐसा काम है, जिसे कोई साहित्यकार कभी पसंद न करेगा। उस मानसिक पूँजीपति का कर्तव्य है कि वह समाज के लाभ को अपने निज के लाभ से अधिक ध्यान देने योग्य समझे—अपनी विद्या और योग्यता से समाज को अधिक लाभ पहुँचाने की कोशिश करे। वह साहित्य के किसी भी विभाग में प्रवेश क्यों न करे—उसे उस विभाग से विशेषत: और सब विभागों से सामान्यत: परिचय हो।

अगर हम अंतर्राष्ट्रीय साहित्यकार-सम्मेलनों की रिपोर्ट पढ़ें तो हम देखेंगे कि ऐसा कोई शास्त्रीय, सामाजिक, ऐतिहासिक और मनोवैज्ञानिक प्रश्न नहीं है, जिस पर उनमें विचार-विनिमय न होता हो। इसके विरुद्ध, अपनी ज्ञान-सीमा को देखते हैं, तो अपने अज्ञान पर लज्जा आती है। हमने समझ रखा है कि साहित्य-रचना के लिए आशुबुद्धि और तेज कलम काफी है। पर यही विचार हमारी साहित्यिक अवनति का कारण है। हमें अपने साहित्य का मान-दंड ऊँचा करना होगा, जिसमें वह समाज की अधिक मूल्यवान् सेवा कर सके; जिसमें समाज में उसे वह पद मिले, जिसका वह अधिकारी है; जिसमें वह जीवन के प्रत्येक विभाग की आलोचना-विवेचना कर सके, और हम दूसरी भाषाओं तथा साहित्यों का जूठा खाकर ही संतोष न करें, किन्तु खुद भी उस पूँजी को बढ़ाएँ।

हमें अपनी रुचि और प्रवृत्ति के अनुकूल विषय चुन लेने चाहिए और विषय पर पूर्ण अधिकार प्राप्त करना चाहिए। हम जिस आर्थिक अवस्था में जिन्दगी बिता रहे हैं, उसमें यह काम कठिन अवश्य है; पर हमारा आदर्श ऊँचा रहना चाहिए। हम पहाड़ की चोटी तक न पहुँच सकेंगे, तो कमर तक तो पहुँच ही जाएँगे, जो जमीन पर पड़े रहने से कहीं अच्छा है। अगर हमारा अंतर प्रेम की ज्योति से प्रकाशित हो और सेवा का आदर्श हमारे सामने हो, तो ऐसी कोई कठिनाई नहीं, जिस पर हम विजय न प्राप्त कर सकें।

जिन्हें धन-वैभव प्यारा है, साहित्य-मंदिर में उनके लिए स्थान नहीं है। यहाँ तो उन उपासकों की आवश्यकता है, जिन्होंने सेवा को ही अपने जीवन की सार्थकता मान लिया हो, जिनके दिल में दर्द की तड़प हो और मुहब्बत का जोश हो। अपनी इज्जत तो अपने हाथ है। अगर हम सच्चे दिल से समाज की सेवा करेंगे तो मान, प्रतिष्ठा और प्रसिद्धि सभी हमारे पाँव चूमेगी। फिर मान प्रतिष्ठा की चिंता हमें क्यों सताए? और उसके न मिलने से हम निराश क्यों हों? सेवा में जो आध्यात्मिक आनंद है, वही हमारा पुरस्कार है—हमें समाज पर अपना बड़प्पन जताने, उस पर रोब जमाने की हवस क्यों हो? दूसरों से ज्यादा आराम के साथ रहने की इच्छा भी हमें क्यों सताए? हम अमीरों की श्रेणी में अपनी गिनती क्यों कराएँ? हम तो समाज के झंडा लेकर चलनेवाले सिपाही हैं और सादी जिन्दगी के साथ ऊँची निगाह हमारे जीवन का लक्ष्य

है। जो आदमी सच्चा कलाकार है, वह स्वार्थमय जीवन का प्रेमी नहीं हो सकता। उसे अपनी मनःतुष्टि के लिए दिखावे की आवश्यकता नहीं—उससे तो उसे घृणा होती है। वह तो इक़बाल के साथ कहता है—

मर्दुम आज़ादम आगूना रायूरम कि मरा,
मीतवाँ कुश्तव येक जामे ज़ुलाले दीगराँ।

(अर्थात् मैं आजाद हूँ और इतना हयादार हूँ कि मुझे दूसरों के निथरे हुए पानी के एक प्याले से मारा जा सकता है।)

हमारी परिषद् ने कुछ इसी प्रकार के सिद्धांतों के साथ कर्मक्षेत्र में प्रवेश किया है। साहित्य का शराब-कबाब और राग-रंग का मुखापेक्षी बना रहना उसे पंसद नहीं। वह उसे उद्योग और कर्म का संदेश-वाहक बनाने का दावेदार है। उसे भाषा से बहस नहीं। आदर्श व्यापक होने से भाषा अपने आप सरल हो जाती है। भाव-सौंदर्य बनाव-सिंगार से बेपरवाही दिखा सकता है। जो साहित्यकार अमीरों का मुँह जोहनेवाला है, वह रईसी रचना-शैली स्वीकार करता है; जो जन-साधारण का है, वह जन-साधारण की भाषा में लिखता है। हमारा उद्देश्य देश में ऐसा वायुमंडल उत्पन्न कर देना है, जिसमें अभीष्ट प्रकार का साहित्य उत्पन्न हो सके और पनप सके। हम चाहते हैं कि साहित्य-केन्द्रों में हमारी परिषदें स्थापित हों और वहाँ साहित्य की रचनात्मक प्रवृत्तियों पर नियमपूर्वक चर्चा हो, नियम पढ़े जाएँ, बहस हो, आलोचना-प्रत्यालोचना हो। तभी वह वायुमंडल तैयार होगा। तभी साहित्य में नए युग का आविर्भाव होगा।

हम हरएक सूबे में हरएक ज़बान में ऐसी परिषदें स्थापित कराना चाहते हैं जिसमें हरएक भाषा में अपना संदेश पहुँचा सकें। यह समझना भूल होगी कि यह हमारी कोई नई कल्पना है। नहीं, देश के साहित्य-सेवियों के हृदयों में सामुदायिक भावनाएँ विद्यमान हैं। भारत की हरएक भाषा में इस विचार के बीज प्रकृति और परिस्थिति ने पहले से बो रखे हैं, जगह-जगह उसके अँखुए भी निकलने लगे हैं। उसको सींचना, उसके लक्ष्य को पुष्ट करना हमारा उद्देश्य है।

हम साहित्यकारों में कर्मशक्ति का अभाव है। यह एक कड़वी सचाई है; पर हम उसकी ओर से आँखें नहीं बन्द कर सकते। अभी तक हमने साहित्य का जो आदर्श अपने सामने रखा था; उसके लिए कर्म की आवश्यकता न थी। कर्माभाव ही उसका गुण था; क्योंकि अक्सर कर्म अपने साथ पक्षपात और संकीर्णता को भी लाता है। अगर कोई आदमी धार्मिक होकर अपनी धार्मिकता पर गर्व करे तो इससे कहीं अच्छा है कि वह धार्मिक न होकर 'खाओ-पियो मौज करो' का क़ायल हो। ऐसा स्वच्छंदाचारी तो ईश्वर की दया का अधिकारी हो भी सकता है; पर धार्मिकता का अभिमान रखनेवाले के लिए सम्भावना नहीं।

जो हो, जब तक साहित्य का काम केवल मन-बहलाव का सामान जुटाना, केवल लोरियाँ गा-गाकर सुलाना, केवल आँसू बहाकर जी हलका करना था, तब तक इसके

लिए कर्म की आवश्यकता न थी। वह एक दीवाना था, जिसका गम दूसरे खाते थे; मगर हम साहित्य को केवल मनोरंजन और विलासिता की वस्तु नहीं समझते। हमारी कसौटी पर वही साहित्य खरा उतरेगा, जिसमें उच्च चिंतन हो, स्वाधीनता का भाव हो, सौंदर्य का सार हो, सृजन की आत्मा हो, जीवन की सचाइयों का प्रकाश हो—जो हममें गति और बेचैनी पैदा करे, सुलाए नहीं; क्योंकि अब और ज्यादा सोना मृत्यु का लक्षण है।[१]

■

१. 'प्रगतिशील लेखक संघ' के लखनऊ अधिवेशन में सभापति के आसन से दिया हुआ भाषण।

कहानी-कला

(१)

गल्प, आख्यायिका या छोटी कहानी लिखने की प्रथा प्राचीनकाल से चली आती है। धर्म-ग्रन्थों में जो दृष्टान्त भरे पड़े हैं, वे छोटी कहानियाँ ही हैं; पर कितनी उच्च कोटि की। महाभारत, उपनिषद, बुद्ध-जातक; बाइबिल सभी सद्ग्रन्थों में जन-शिक्षा का यही साधन उपयुक्त समझा गया है। ज्ञान और तत्व की बातें इतनी सरल रीति से और क्योंकर समझाई जातीं? किंतु प्राचीन ऋषि इन दृष्टान्तों द्वारा केवल आध्यात्मिक और नैतिक तत्वों का निरूपण करते थे। उनका अभिप्राय केवल मनोरंजन न होता था। सद्ग्रंथों के रूपकों और बाइबिल के Parables को देखकर तो यही कहना पड़ता है कि अगले जो कुछ कर गए, वह हमारी शक्ति से बाहर है। कितनी विशुद्ध कल्पना, कितना मौलिक निरूपण, कितनी ओजस्विनी रचना-शैली है कि उसे देखकर वर्तमान साहित्यिक की बुद्धि चकरा जाती है। आजकल आख्यायिका का अर्थ बहुत व्यापक हो गया है। उसमें प्रेम की कहानियाँ, जासूसी किस्से, भ्रमण-वृत्तान्त, अद्‌भुत घटना, विज्ञान की बातें, यहाँ तक कि मित्रों की गप-शप भी शामिल कर दी जाती है। एक अँगरेजी समालोचक के मतानुसार तो कोई रचना, जो पंद्रह मिनटों में पढ़ी जा सके, गल्प कही जा सकती है। और तो और, उसका यथार्थ उद्‌देश्य इतना अनिश्चित हो गया है कि उसमें किसी प्रकार का उपदेश होना दूषण समझा जाने लगा है। वह कहानी सबसे नाक़िस समझी जाती है, जिसमें उपदेश की छाया भी पड़ जाय।

आख्यायिकाओं द्वारा नैतिक उपदेश देने की प्रथा धर्मग्रथों ही में नहीं, साहित्य-ग्रंथों में भी प्रचलित थी। कथा-सरित्सागर इसका उदाहरण है। इसके पश्चात् बहुत-सी आख्यायिकाओं को एक शृंखला में बाँधने की प्रथा चली। बैताल-पच्चीसी और सिंहासनबत्तीसी इसी श्रेणी की पुस्तकें हैं। उनमें कितनी नैतिक और धार्मिक समस्याएँ हल की गई हैं, यह उन लोगों से छिपा नहीं, जिन्होंने उनका अध्ययन किया। अरबी में सहस्र-रजनी-चरित्र इसी भाँति का अद्‌भुत संग्रह है, किंतु उसमें किसी प्रकार का उपदेश देने की चेष्टा नहीं की गई। उसमें सभी रसों का समावेश है, पर अद्‌भुत रस ही की प्रधानता है और अद्‌भुत रस में उपदेश की गुंजाइश नहीं रहती। कदाचित् उसी आदर्श को लेकर इस देश में शुक बहत्तरी के ढंग की कथाएँ रची गईं, जिनमें स्त्रियों की बेवफाई का राग अलापा गया है। यूनान में हकीम ईसप ने एक नया ही ढंग निकाला। उन्होंने पशु-पक्षियों की कहानियों द्वारा उपदेश देने का आविष्कार किया।

मध्यकाल काव्य और नाटक-रचना का काल था, आख्यायिकाओं की ओर बहुत कम ध्यान दिया गया। उस समय कहीं तो भक्ति-काव्य की प्रधानता रही, कहीं

राजाओं के कीर्त्तिगान की। हाँ, शेखसादी ने फ़ारसी में गुलिस्ताँ-बोस्ताँ की रचना करके आख्यायिकाओं की मर्यादा रखी। यह उपदेश-कुसुम इतना मनोहर और सुंदर है कि चिरकाल तक प्रेमियों के हृदय इसकी सुगंध से रंजित होते रहेंगे। उन्नीसवीं शताब्दी में फिर आख्यायिकाओं की ओर साहित्यकारों की प्रवृत्ति हुई, और तभी से सभ्य साहित्य में इनका विशेष महत्व है। योरप की सभी भाषाओं में गल्पों का यथेष्ट प्रचार है; पर मेरे विचार में फ्रांस और रूस के साहित्य में जितनी उच्च-कोटि की गल्पें पाई जाती हैं, उतनी अन्य योरपीय भाषाओं में नहीं। अँगरेजी में भी डिकेंस, वेल्स, हार्डी, किप्लिंग, शार्लट यंग, ब्रांटी आदि ने कहानियाँ लिखी हैं, लेकिन इनकी रचनाएँ गाई-डी० मोपासाँ, बालज़क या पियेर-लोटी के टक्कर की नहीं। फ्रांसीसी कहानियों में सरसता की मात्रा बहुत अधिक रहती है। इसके अतिरिक्त मोपासाँ और बालज़क ने आख्यायिका के आदर्श को हाथ से नहीं जाने दिया है। उनमें आध्यात्मिक या सामाजिक गुत्थियाँ अवश्य सुलझायी गई हैं। रूस में सबसे उत्तम कहानियाँ काउंट टालस्टाय की हैं। इनमें कई तो ऐसी हैं, जो प्राचीन काल के दृष्टांतों की कोटि की हैं। चेक़ाफ़ ने बहुत कहानियाँ लिखी हैं, और योरप में उनका प्रचार भी बहुत है; किन्तु उनमें रूस के विलास-प्रिय समाज के जीवन-चित्रों के सिवा और कोई विशेषता नहीं। डास्टावेस्की ने भी उपन्यासों के अतिरिक्त कहानियाँ लिखी हैं; पर उनमें मनोभावों की दुर्बलता दिखाने ही की चेष्टा की गई है। भारत में बंकिमचंद्र और डाक्टर रवींद्रनाथ ने कहानियाँ लिखी हैं, और उनमें से कितनी ही बहुत उच्च कोटि की हैं।

प्रश्न यह हो सकता है कि आख्यायिका और उपन्यास में आकार के अतिरिक्त और भी कोई अन्तर है? हाँ, है और बहुत बड़ा अंतर है। उपन्यास घटनाओं, पात्रों और चरित्रों का समूह है; आख्यायिका केवल एक घटना है—अन्य बातें सब उसी घटना के अंतर्गत होती हैं। इस विचार से उसकी तुलना ड्रामा से की जा सकती है। उपन्यास में आप चाहे जितने स्थान लाएँ, चाहे जितने दृश्य दिखाएँ, चाहे जितने चरित्र खींचें; पर यह कोई आवश्यक बात नहीं कि वे सब घटनाएँ और चरित्र एक ही केन्द्र पर आकर मिल जाएँ। उनमें कितने ही चरित्र तो केवल मनोभाव दिखाने के लिए ही रहते हैं; पर आख्यायिका में इस बाहुल्य की गुंजाइश नहीं; बल्कि कई सुविज्ञ जनों की सम्मति तो यह है कि उसमें केवल एक ही घटना या चरित्र का उल्लेख होना चाहिए। उपन्यास में आपकी क़लम में जितनी शक्ति हो, उनता ज़ोर दिखाइए, राजनीति पर तर्क कीजिए, किसी महफिल के वर्णन में दस-बीस पृष्ठ लिख डालिए; (भाषा सरस होनी चाहिए) ये कोई दूषण नहीं! आख्यायिका में आप महफ़िल के सामने से चले जायेंगे और बहुत उत्सुक होने पर भी आप उसकी ओर निगाह नहीं उठा सकते। वहाँ तो एक शब्द, एक वाक्य भी ऐसा न होना चाहिये, जो गल्प के उद्देश्य को स्पष्ट न करता हो। इसके सिवा, कहानी की भाषा बहुत ही सरल और सुबोध होनी चाहिए। उपन्यास वे लोग पढ़ते हैं, जिनके पास रुपया है; और समय भी उन्हीं के पास रहता है, जिनके पास धन होता है। आख्यायिका साधारण जनता के लिए लिखी जाती है, जिसके पास न धन है,

न समय। यहाँ तो सरलता में सरसता पैदा कीजिए, यही कमाल है। कहानी वह ध्रुपद की तान है, जिसमें गायक महफ़िल शुरू होते ही अपनी सम्पूर्ण प्रतिभा दिखा देता है, एक क्षण में चित्त को इतने माधुर्य से परिपूरित कर देता है, जितना रात भर गाना सुनने से भी नहीं हो सकता।

हम जब किसी अपरिचित प्राणी से मिलते हैं, तो स्वभावतः यह जानना चाहते हैं कि यह कौन है, पहले उससे परिचय करना आवश्यक समझते हैं। पर आजकल कथा भिन्न-भिन्न रूप से आरंभ की जाती है। कहीं दो मित्रों की बातचीत से कथा आरम्भ हो जाती है, कहीं पुलिसकोर्ट के एक दृश्य से। परिचय पीछे आता है। यह अँगरेज़ी आख्यायिकाओं की नक़ल है। इससे कहानी अनायास ही जटिल और दुर्बोध हो जाती है। योरपवालों की देखादेखी पत्रों द्वारा, डायरी या टिप्पणियों द्वारा भी कहानियाँ लिखी जाती हैं। मैंने स्वयं इन सभी प्रथाओं पर रचना की है, पर वास्तव में इससे कहानी की सरलता में बाधा पड़ती है।

योरप के विज्ञ समालोचक कहानियों के लिए किसी अन्त की भी जरूरत नहीं समझते। इसका कारण यही है कि वे लोग कहानियाँ केवल मनोरंजन के लिए पढ़ते हैं। आपको एक लेडी लंदन के किसी होटल में मिल जाती है। उसके साथ उसकी वृद्धा माता भी है। माता कन्या से किसी विशेष पुरुष से विवाह करने के लिए आग्रह करती है। लड़की ने अपना दूसरा वर ठीक कर रखा है। माँ बिगड़कर कहती है: मैं तुझे अपना धन नहीं दूँगी। कन्या कहती है, मुझे इसकी परवा नहीं। अंत में माता अपनी लड़की से रूठकर चली जाती है। लड़की निराशा की दशा में बैठी है कि उसका अपना पसंद किया युवक आता है। दोनों में बातचीत होती है। युवक का प्रेम सच्चा है। वह बिना धन के ही विवाह करने पर राजी हो जाता है। विवाह होता है। कुछ दिनों तक स्त्री-पुरुष सुखपूर्वक रहते हैं। इसके बाद पुरुष धनाभाव से किसी दूसरी धनवान् स्त्री की टोह लेने लगता है। उसकी स्त्री को इसकी खबर हो जाती है, और वह एक दिन घर से निकल जाती है। बस, कहानी समाप्त कर दी जाती है, क्योंकि Realists अर्थात् यथार्थवादियों का कथन है कि संसार में नेकी-बदी का फल कहीं मिलता नज़र नहीं आता, बल्कि बहुधा बुराई का परिणाम अच्छा और भलाई का बुरा होता है। आदर्शवादी कहता है यथार्थ का यथार्थ रूप दिखाने से फायदा ही क्या, वह तो हम अपनी आँखों से देखते ही हैं। कुछ देर के लिए तो हमें इन कुत्सित व्यवहारों से अलग रहना चाहिए, नहीं तो साहित्य का मुख्य उद्देश्य ही गायब हो जाता है। वह साहित्य को समाज का दर्पण मात्र नहीं मानता, बल्कि दीपक मानता है,जिसका काम प्रकाश फैलाना है।

भारत का प्राचीन साहित्य आदर्शवाद ही का समर्थक है। हमें भी आदर्श ही की मर्यादा का पालन करना चाहिए। हाँ, यथार्थ का उसमें ऐसा सम्मिश्रण होना चाहिए कि सत्य से दूर न जाना पड़े।

■

कहानी-कला

(२)

एक आलोचक ने लिखा है कि इतिहास में सब कुछ यथार्थ होते हुए भी वह असत्य है,और कथा-साहित्य में सब कुछ काल्पनिक होते हुए भी वह सत्य है।

इस कथन का आशय इसके सिवा और क्या हो सकता है कि इतिहास आदि से अंत तक हत्या,संग्राम और धोखे का ही प्रदर्शन है, जो असुंदर है, इसलिए असत्य है। लोभ की क्रूर से क्रूर, अहंकार की नीच से नीच, ईर्ष्या की अधम से अधम घटनाएँ आपको वहाँ मिलेंगी और आप सोचने लगेंगे, मनुष्य इतना अमानुषी है! थोड़े-से स्वार्थ के लिए भाई -भाई की हत्या कर डालता है, बेटा बाप की हत्या कर डालता है और राजा असंख्य प्रजा की हत्या कर डालता है! उसे पढ़कर मन में ग्लानि होती है, आनंद नहीं और जो वस्तु आनंद नहीं प्रदान कर सकती वह सुंदर नहीं हो सकती और जो सुंदर नहीं हो सकती, वह सत्य भी नहीं हो सकती। जहाँ आनंद है, वहीं सत्य है। साहित्य काल्पनिक वस्तु है पर उसका प्रधान गुण है आनंद करना, और इसीलिए वह सत्य है।

मनुष्य ने जगत् में जो कुछ सत्य और सुंदर पाया है और पा रहा है, उसी को साहित्य कहते हैं और कहानी भी साहित्य का एक भाग है।

मनुष्य-जाति के लिए मनुष्य ही सबसे विकट पहेली है। वह खुद अपनी समझ में नहीं आता। किसी न किसी रूप में वह अपनी ही आलोचना किया करता है—अपने ही मनोरहस्य खोला करता है। मानव-संस्कृति का विकास ही इसलिए हुआ है कि मनुष्य अपने को समझे। अध्यात्म और दर्शन की भाँति साहित्य भी इसी सत्य की खोज में लगा हुआ है,—अंतर इतना ही है कि वह इस उद्योग में रस का मिश्रण करकें उसे आनंदप्रद बना देता है। इसीलिए अध्यात्म और दर्शन केवल ज्ञानियों के लिए हैं, साहित्य मनुष्य मात्र के लिए।

जैसा हम ऊपर कह चुके हैं, कहानी या आख्यायिका साहित्य का एक प्रधान अंग है, आज से नहीं, आदिकाल से ही। हाँ आजकल की आख्यायिका और प्राचीन काल की आख्यायिका में, समय की गति और रुचि के परिवर्तन से बहुत कुछ अंतर हो गया है। प्राचीन आख्यायिका कुतूहल-प्रधान होती थी या अध्यात्म-विषयक। उपनिषद् और महाभारत में आध्यात्मिक रहस्यों को समझाने के लिए आख्यायिकाओं का आश्रय लिया गया है। बौद्ध-जातक भी आख्यायिका के सिवा और क्या है? बाइबिल में भी दृष्टांतों और आख्यायिकाओं के द्वारा ही धर्म के तत्व समझाए गए हैं। सत्य इस रूप में आकर साकार हो जाता है और तभी जनता उसे समझती है और उसका व्यवहार करती है।

वर्तमान आख्यायिका मनोवैज्ञानिक विश्लेषण और जीवन के यथार्थ और स्वाभाविक चित्रण को अपना ध्येय समझती है। उसमें कल्पना की मात्रा कम, अनुभूतियों की मात्रा अधिक होती है; इतना ही नहीं, बल्कि अनुभूतियाँ ही रचनाशील भावना से अनुरंजित होकर कहानी बन जाती हैं।

मगर यह समझना भूल होगी कि कहानी जीवन का यथार्थ चित्र है। यथार्थ जीवन का चित्र तो मनुष्य स्वयं हो सकता है, मगर कहानी के पात्रों के सुख-दुःख से हम जितना प्रभावित होते हैं उतना यथार्थ जीवन से नहीं होते—जब तक वह निजत्व की परिधि में न आ जाय। कहानियों में पात्रों से हमें एक ही दो मिनट के परिचय में निजत्व हो जाता है और हम उनके साथ हँसने और रोने लगते हैं। उनका हर्ष और विषाद हमारा अपना हर्ष और विषाद हो जाता है। इतना ही नहीं, बल्कि कहानी पढ़कर वे लोग भी रोते या हँसते देखे जाते हैं, जिन पर साधारणतः सुख-दुःख का कोई असर नहीं पड़ता। जिनकी आँखें श्मशान में या कब्रिस्तान में भी सजल नहीं होतीं, वे लोग भी उपन्यास के मर्मस्पर्शी-स्थलों में पहुँचकर रोने लगते हैं।

शायद इसका यह कारण भी हो कि स्थूल प्राणी सूक्ष्म मन के उतने समीप नहीं पहुँच सकते, जितने कि कथा के सूक्ष्म चरित्र के। कथा के चरित्रों और मन के बीच में जड़ता का वह पर्दा नहीं होता, जो एक मनुष्य के हृदय को दूसरे मनुष्य के हृदय से दूर रखता है। और अगर हम यथार्थ को हू-ब-हू खींचकर रख दें, तो उसमें कला कहाँ है? कला केवल यथार्थ की नक़ल का नाम नहीं है।

कला दीखती तो यथार्थ है, पर यथार्थ होती नहीं। उसकी खूबी यही है कि वह यथार्थ न होते हुए भी यथार्थ मालूम हो। उसका माप-दंड भी जीवन के माप-दंड से अलग है। जीवन में बहुधा हमारा अंत उस समय हो जाता है, जब यह वांछनीय नहीं होता। जीवन किसी का दायी नहीं है; उसके सुख-दुख, हानि-लाभ, जीवन-मरण में कोई क्रम, कोई सम्बन्ध नहीं ज्ञात होता,—कम से कम मनुष्य के लिए वह अज्ञेय है। लेकिन कथा-साहित्य मनुष्य का रचा हुआ जगत् है और परिमित होने के कारण सम्पूर्णतः हमारे सामने आ जाता है, और जहाँ वह हमारी मानवी न्यायबुद्धि या अनुभूति का अतिक्रमण करता हुआ पाया जाता है, हम उसे दंड देने के लिए तैयार हो जाते हैं। कथा में अगर किसी को सुख प्राप्त होता है तो इसका कारण बताना होगा। दुःख भी मिलता है तो उसका कारण बताना होगा। यहाँ कोई चरित्र मर नहीं सकता, जब तक कि मानव-न्याय-बुद्धि उसकी मौत न माँगे। स्रष्टा को जनता की अदालत में अपनी हर एक कृति के लिए जवाब देना पड़ेगा। कला का रहस्य भ्रांति है, पर वह भ्रांति, जिस पर यथार्थ का आवरण पड़ा हो।

हमें यह स्वीकार कर लेने में संकोच न होना चाहिए कि उपन्यासों ही की तरह आख्यायिका की कला भी हमने पश्चिम से ली है—कम से कम इसका आज का विकसित रूप तो पश्चिम का है ही। अनेक कारणों से जीवन की अन्य धाराओं की तरह ही साहित्य में भी हमारी प्रगति रुक गई और हमने प्राचीन से जौ भर इधर-उधर

हटना भी निषिद्ध समझ लिया। साहित्य के लिए प्राचीनों ने जो मर्यादाएँ बाँध दी थीं, उनका उल्लंघन करना वर्जित था, अतएव काव्य, नाटक, कथा, किसी में भी हम आगे कदम न बढ़ा सके। कोई वस्तु बहुत सुंदर होने पर भी अरुचिकर हो जाती है, जब तक उसमें कुछ नवीनता न लायी जाए। एक ही तरह के नाटक, एक ही तरह के काव्य पढ़ते-पढ़ते आदमी ऊब जाता है और वह कोई नई चीज़ चाहता है—चाहे वह उतनी सुंदर और उत्कृष्ट न हो। हमारे यहाँ या तो यह इच्छा उठी ही नहीं, या हमने उसे इतना कुचला कि वह जड़ीभूत हो गई। पश्चिम प्रगति करता रहा—उसे नवीनता की भूख थी, मर्यादाओं की बेड़ियों से चिढ़। जीवन के हर विभाग में उसकी इस अस्थिरता की, असंतोष की बेड़ियों से मुक्त हो जाने की छाप लगी हुई है। साहित्य में भी उसने क्रांति मचा दी।

शेक्सपियर के नाटक अनुपम हैं, पर आज उन नाटकों का जनता के जीवन से कोई सम्बन्ध नहीं। आज के नाटक का उद्‌देश्य कुछ और है, आदर्श कुछ और है, विषय कुछ और है, शैली कुछ और है। कथा-साहित्य में भी विकास हुआ और उसके विषय में चाहे उतना बड़ा परिवर्तन न हुआ हो, पर शैली तो बिलकुल ही बदल गई। अलिफ़ लैला उस वक़्त का आदर्श था—उसमें बहुरूपता थी, वैचित्र्य था, कुतूहल था, रोमांस था; पर उसमें जीवन की समस्याएँ न थीं, मनोविज्ञान के रहस्य न थे, अनुभूतियों की इतनी प्रचुरता न थी, जीवन अपने सत्य रूप में इतना स्पष्ट न था। उसका रूपांतर हुआ और उपन्यास का उदय हुआ, जो कथा और नाटक के बीच की वस्तु है। पुराने दृष्टांत भी रूपांतरित होकर कहानी बन गए।

मगर सौ बरस पहले योरप भी इस कला से अनभिज्ञ था। बड़े-बड़े उच्चकोटि के दार्शनिक, ऐतिहासिक तथा सामाजिक उपन्यास लिखे जाते थे। लेकिन छोटी-छोटी कहानियों की ओर किसी का ध्यान न जाता था। हाँ, परियों और भूतों की कहानियाँ लिखी जाती थीं। किंतु इसी एक शताब्दी के अंदर या उससे भी कम में समझिए, छोटी कहानियों ने साहित्य के और सभी अंगों पर विजय प्राप्त कर ली है और यह कहना ग़लत न होगा कि जैसे किसी जमाने में काव्य ही साहित्यिक अभिव्यक्ति का व्यापक रूप था, वैसे ही आज कहानी है और उसे यह गौरव प्राप्त हुआ है योरप के कितने ही महान् कलाकारों की प्रतिभा से, जिनमें बालजक, मोपासाँ, चेख़व, टालस्टाय, मैक्सिम गोर्की आदि मुख्य हैं। हिंदी में पच्चीस-तीस साल पहले तक कहानी का जन्म न हुआ था। परन्तु आज तो कोई ऐसी पत्रिका नहीं, जिसमें दो-चार कहानियाँ न हों—यहाँ तक कि कई पत्रिकाओं में केवल कहानियाँ ही दी जाती हैं।

कहानियों के प्राबल्य का मुख्य कारण आजकल का जीवन-संग्राम और समयाभाव है। अब वह ज़माना नहीं रहा कि हम 'बोस्ताने ख़याल' लेकर बैठ जाएँ और सारे दिन उसी के कुंजों में विचरते रहें। अब तो हम जीवन-संग्राम में इतने तन्मय हो गए हैं कि हमें मनोरंजन के लिए समय ही नहीं मिलता। अगर कुछ मनोरंजन स्वास्थ्य के लिए अनिवार्य न होता, और हम विक्षिप्त हुए बिना नित्य अठारह घंटे काम कर सकते

तो शायद हम मनोरंजन का नाम भी न लेते। लेकिन प्रकृति ने हमें विवश कर दिया है; हम चाहते हैं कि थोड़े से थोड़े समय में अधिक मनोरंजन हो जाय, इसीलिए सिनेमा-गृहों की संख्या दिन-दिन बढ़ती जाती है। जिस उपन्यास के पढ़ने में महीनों लगते, उसका आनंद हम दो घंटों में उठा लेते हैं। कहानी के लिए पंद्रह-बीस मिनट ही काफी हैं। अतएव हम कहानी ऐसी चाहते हैं कि वह थोड़े से थोड़े शब्दों में कही जाय, उसमें एक वाक्य, एक शब्द भी अनावश्यक न आने पाए। उसका पहला ही वाक्य मन को आकर्षित कर ले और अंत तक उसे मुग्ध किए रहे और उनमें कुछ चटपटापन हो, कुछ ताज़गी हो और इसके साथ ही कुछ तत्त्व भी हो। तत्त्वहीन कहानी से मनोरंजन भले हो जाए, मानसिक तृप्ति नहीं होती। यह सच है कि हम कहानियों में उपदेश नहीं चांहते, लेकिन विचारों को उत्तेजित करने के लिए, मन के सुंदर भाओं को जागृत् करने के लिए, कुछ न कुछ अवश्य चाहते हैं। वही कहानी सफल होती है, जिसमें इन दोनों में से—मनोरंजन और मानसिक तृप्ति में से, एक अवश्य उपलब्ध हो।

सबसे उत्तम कहानी वह होती है, जिसका आधार किसी मनोवैज्ञानिक सत्य पर हो। साधु पिता का अपने कुव्यसनी पुत्र की दशा से दुःखी होना मनोवैज्ञानिक सत्य है। इस आवेग में पिता के मनोवेगों को चित्रित करना और तदनुकूल उसके व्यवहारों को प्रदर्शित करना, कहानी को आकर्षक बना सकता है। बुरा आदमी भी बिलकुल बुरा नहीं होता, उसमें कहीं देवता अवश्य छिपा होता है—यह मनोवैज्ञानिक सत्य है। उस देवता को खोलकर दिखा देना सफल आख्यायिका-लेखक का काम है। विपत्ति पर विपत्ति पड़ने से मनुष्य कितना दिलेर हो जाता है—यहाँ तक कि वह बड़े-से-बड़े संकट का सामना करने के लिए ताल ठोंक तैयार हो जाता है, उसकी दुर्वासना भाग जाती है, उसके हृदय के किसी गुप्त स्थान में छिपे हुए जौहर निकल आते हैं और हमें चकित कर देते हैं—यह मनोवैज्ञानिक सत्य है। एक ही घटना या दुर्घटना भिन्न-भिन्न प्रकृति के मनुष्यों को भिन्न-भिन्न रूप से प्रभावित करती है। हम कहानी में इसको सफलता के साथ दिखा सकें, तो कहानी अवश्य आकर्षक होगी।

किसी समस्या का समावेश कहानी को आकर्षक बनाने का सबसे उत्तम साधन है। जीवन में ऐसी समस्याएँ नित्य ही उपस्थित होती रहती हैं और उनसे पैदा होनेवाला द्वंद्व आख्यायिका को चमका देता है। सत्यवादी पिता को मालूम होता है कि उसके पुत्र ने हत्या की है। वह उसे न्याय की वेदी पर बलिदान कर दे या अपने जीवन-सिद्धान्तों की हत्या कर डाले? कितना भीषण द्वंद्व है! पश्चात्ताप ऐसे द्वंद्वों का अखंड स्रोत है। एक भाई ने अपने दूसरे भाई की सम्पत्ति छल-कपट से अपहरण कर ली है, उसे भिक्षा माँगते देखकर क्या छली भाई को जरा भी पश्चात्ताप न होगा, अगर ऐसा न हो, तो वह मनुष्य नहीं है।

उपन्यासों की भाँति कहानियाँ भी कुछ घटना-प्रधान होती हैं, कुछ चरित्र-प्रधान। चरित्र-प्रधान कहानी का पद ऊँचा समझा जाता है, मगर कहानी में बहुत विस्तृत

विश्लेषण की गुंजाइश नहीं होती। यहाँ हमारा उद्‌देश्य सम्पूर्ण मनुष्य को चित्रित करना नहीं, वरन् उसके चरित्र का एक अंग दिखाना है। यह परमावश्यक है कि हमारी कहानी से जो परिणाम या तत्त्व निकले, सर्वमान्य हो और उसमें कुछ बारीकी हो। यह एक साधारण नियम है कि हमें उसी बात में आनंद आता है जिससे हमारा कुछ सम्बन्ध हो। जुआ खेलनेवालों को जो उन्माद और उल्लास होता है, वह दर्शक को कदापि नहीं हो सकता। जब हमारे चरित्र इतने सजीव और आकर्षक होते हैं कि पाठक अपने को उनके स्थान पर समझ लेता है, तभी उस कहानी में आनंद प्राप्त होता है। अगर लेखक ने अपने पात्रों के प्रति पाठक में यह सहानुभूति नहीं उत्पन्न कर दी, तो वह अपने उद्‌देश्य में असफल है।

पाठकों से यह कहने की जरूरत नहीं है कि इन थोड़े ही दिनों में हिंदी कहानी-कला ने कितनी प्रौढ़ता प्राप्त कर ली है। पहले हमारे सामने केवल बँगला कहानियों का नमूना था। अब हम संसार के सभी प्रमुख कहानी-लेखकों की रचनाएँ पढ़ते हैं, उन पर विचार और बहस करते हैं, उनके गुण-दोष निकालते हैं, और उनसे प्रभावित हुए बिना नहीं रह सकते। अब हिंदी-कहानी-लेखकों में विषय और दृष्टिकोण और शैली का अलग-अलग विकास होने लगा है—कहानी जीवनी के बहुत निकट आ गई। उसकी ज़मीन अब उतनी लम्बी-चौड़ी नहीं है। उसमें कई रसों, कई चरित्रों और कई घटनाओं के लिए स्थान नहीं रहा। वह अब केवल एक प्रसंग का,आत्मा की एक झलक का,सजीव हृदय-स्पर्शी चित्रण है। इस एकतथ्यता ने उसमें प्रभाव, आकस्मिकता और तीव्रता भर दी है। अब उसमें व्याख्या का अंश कम, संवेदना का अंश अधिक रहता है। उसकी शैली भी अब प्रवाहमयी हो गई है। लेखक को जो कुछ कहना है, वह कम से कम शब्दों में कह डालना चाहता है। वह अपने चरित्रों के मनोभावों की व्याख्या करने नहीं बैठता, केवल उसकी तरफ़ इशारा कर देता है। कभी-कभी तो संभाषणों में एक-दो शब्दों से ही काम निकाल लेता है। ऐसे कितने ही अवसर होते हैं, जब पात्र के मुँह से एक शब्द सुनकर हम उसके मनोभावों का पूरा अनुमान कर लेते हैं—पूरे वाक्य की ज़रूरत ही नहीं रहती। अब हम कहानी का मूल्य उसके घटना-विन्यास से नहीं लगाते—हम चाहते हैं पात्रों की मनोगति स्वयं घटनाओं की सृष्टि करे। घटनाओं का स्वतन्त्र कोई महत्व ही नहीं रहा। उनका महत्व केवल पात्रों के मनोभावों को व्यक्त करने की दृष्टि से ही है—उसी तरह, जैसे शालग्राम स्वतन्त्र रूप से केवल पत्थर का एक गोल टुकड़ा है, लेकिन उपासक की श्रद्धा से प्रतिष्ठित होकर देवता बन जाता है।

खुलासा यह कि कहानी का आधार अब घटना नहीं, अनुभूति है। आज लेखक केवल कोई रोचक दृश्य देखकर कहानी लिखने नहीं बैठ जाता है। उसका उद्‌देश्य स्थूल सौंदर्य नहीं है। वह तो कोई ऐसी प्रेरणा चाहता है, जिसमें सौंदर्य की झलक हो और जिसके द्वारा वह पाठक की सुंदर भावनाओं को स्पर्श कर सके।

■

कहानी-कला

(३)

कहानी सदैव से जीवन का एक विशेष अंग रही है। हर एक मनुष्य को अपने बचपन की वे कहानियाँ याद होंगी, जो उसने अपनी माता या बहन से सुनी थीं। कहानियाँ सुनने को वह कितना लालायित रहता था, कहानी शुरू होते ही वह किस तरह सब भूलकर सुनने में तन्मय हो जाता था, कुत्ते और बिल्लियों की कहानियाँ सुनकर वह कितना प्रसन्न होता था! इसे शायद वह कभी नहीं भूल सकता। बालजीवन की मधुर स्मृतियों में कहानी शायद सबसे मधुर है। वह खिलौने और मिठाइयाँ और तमाशे सब भूल गए; पर वह कहानियाँ अभी तक याद हैं और उन्हीं कहानियों को आज उसके मुँह से उसके बालक उसी हर्ष और उत्सुकता से सुनते होंगे। मनुष्य-जीवन की सबसे बड़ी लालसा यही है कि वह कहानी बन जाय और उसकी कीर्ति हर एक जबान पर हो।

कहानियों का जन्म तो उसी समय से हुआ, जब आदमी ने बोलना सीखा; लेकिन प्राचीन कथा-साहित्य का हमें जो कुछ ज्ञान है, वह 'कथा-सरित-सागर', 'ईसप की कहानियाँ' और 'अलिफ़लैला' आदि पुस्तकों से हुआ है। ये सब उस समय के साहित्य के उज्ज्वल रत्न हैं उनका मुख्य लक्षण उनका कथा-वैचित्र्य था। मानव-हृदय को वैचित्र्य से सदैव प्रेम रहा है। अनोखी घटनाओं और प्रसंगों को सुनकर हम, अपने बाप-दादा की भाँति ही, आज भी प्रसन्न होते हैं। हमारा ख्याल है कि जन-रुचि जितनी आसानी से अलिफ़लैला की कथाओं का आनंद उठाती है, उतनी आसानी से नवीन उपन्यासों का आनंद नहीं उठा सकती। और अगर काउंट टाल्सटाय के कथनानुसार जनप्रियता ही कला का आदर्श मान लिया जाय, तो अलिफ़लैला के सामने स्वयं टाल्सटाय के 'वार एंड पीस' और ह्यूगो के 'ला मिज़रेबुल' की कोई गिनती नहीं। इस सिद्धांत के अनुसार हमारी राग-रागिनियाँ, हमारी सुंदर चित्रकारियाँ और कला के अनेक रूप, जिन पर मानव-जाति को गर्व है, कला के क्षेत्र से बाहर हो जायेंगे। जन-रुचि परज और बिहाग की अपेक्षा बिरहे और दादरे को ज्यादा पसंद करती है। बिरहों और ग्राम-गीतों में बहुधा बड़े ऊँचे दरजे की कविता होती है, फिर भी यह कहना असत्य नहीं है कि विद्वानों और आचार्यों ने कला के विकास के लिए जो मर्यादाएँ बना दी हैं, उनसे कला का रूप अधिक सुंदर और अधिक संयत हो गया है।

प्रकृति में जो कला है, वह प्रकृति की है, मनुष्य की नहीं। मनुष्य को तो वही कला मोहित करती है, जिस पर मनुष्य के आत्मा की छाप हो, जो गीली मिट्टी की

भाँति मानव-हृदय के साँचे में पड़कर संस्कृत हो गई हो। प्रकृति का सौंदर्य हमें अपने विस्तार और वैभव से पराभूत कर देता है। उससे हमें आध्यात्मिक उल्लास मिलता है, पर वही दृश्य जब मनुष्य की तूलिका और रंगों और मनोभावों से रंजित होकर हमारे सामने आता है, तो वह जैसे हमारा अपना हो जाता है। उसमें हमें आत्मीयता का संदेश मिलता है।

लेकिन भोजन जहाँ थोड़े-से मसाले से अधिक रुचिकर हो जाता है, वहाँ यह भी आवश्यक है कि मसाले मात्रा से बढ़ने न पाएँ। जिस तरह मसालों के बाहुल्य से भोजन का स्वाद और उपयोगिता कम हो जाती है उसी भाँति साहित्य भी अलंकारों के दुरुपयोग से विकृत हो जाता है। जो कुछ स्वाभाविक है,वही सत्य है और स्वाभाविकता से दूर होकर कला अपना आनंद खो देती है और उसे समझनेवाले थोड़े से कलाविद् ही रह जाते हैं; उसमें जनता के मर्म को स्पर्श करने की शक्ति नहीं रह जाती है।

पुरानी कथा-कहानियाँ अपने घटना-वैचित्र्य के कारण मनोरंजक तो हैं, पर उनमें उस रस की कमी है, जो शिक्षित रुचि साहित्य में खोजती है। अब हमारी साहित्यिक रुचि कुछ परिष्कृत हो गई है। हम हर एक विषय की भाँति साहित्य में भी बौद्धिकता की तलाश करते हैं। अब हम किसी राजा की अलौकिक वीरता या रानी के हवा में उड़कर राजा के पास पहुँचने या भूत-प्रेतों के काल्पनिक चरित्रों को देखकर प्रसन्न नहीं होते। हम उन्हें यथार्थ के काँटे पर तौलते हैं और जौ भर भी इधर-उधर नहीं देखना चाहते। आजकल के उपन्यासों और आख्यायिकाओं में अस्वाभाविक बातों के लिए गुंजाइश नहीं है। उनमें हम अपने जीवन का ही प्रतिबिम्ब देखना चाहते हैं। उसके एक-एक वाक्य को, एक-एक पात्र को यथार्थ के रूप में देखना चाहते हैं। उनमें जो कुछ भी हो, वह इस तरह लिखा जाय कि साधारण बुद्धि उसे यथार्थ समझे। घटना वर्तमान कहानी या उपन्यास का मुख्य अंग नहीं है। उपन्यासों में पात्रों का केवल बाह्य रूप देखकर हम संतुष्ट नहीं होते। हम उनके मनोगत भावों तक पहुँचना चाहते हैं और जो लेखक मानवी हृदय के रहस्यों को खोलने में सफल होता है, उसी की रचना सफल समझी जाती है। हम केवल इतने ही से संतुष्ट नहीं होते कि अमुक व्यक्ति ने अमुक काम किया। हम देखना चाहते हैं कि किन मनोभावों से प्रेरित होकर उसने यह काम किया, अतएव मानसिक द्वन्द्व वर्तमान उपन्यास या गल्प का खास अंग है।

प्राचीन कलाओं में लेखक बिलकुल नेपथ्य में छिपा रहता था। हम उसके विषय में उतना ही जानते थे, जितना वह अपने को अपने पात्रों के मुख से व्यक्त करता था। जीवन पर उसके क्या विचार हैं, भिन्न-भिन्न परिस्थितियों में उसके मनोभावों में क्या परिवर्तन होते हैं, इसका हमें कुछ पता न चलता था; लेकिन आजकल उपन्यासों में हमें लेखक के दृष्टिकोण का भी स्थल-स्थल पर परिचय मिलता रहता है। हम उसके मनोगत विचारों और भावों द्वारा उसका रूप देखते रहते हैं और ये भाव जितने व्यापक और गहरे और अनुभव-पूर्ण होते हैं, उतनी ही लेखक के प्रति हमारे मन में श्रद्धा

उत्पन्न होती है। यों कहना चाहिए कि वर्तमान आख्यायिका या उपन्यास का आधार ही मनोविज्ञान है। घटनाएँ और पात्र तो उसी मनोवैज्ञानिक सत्य को स्थिर करने के निमित्त ही लाए जाते हैं। उनका स्थान बिलकुल गौण है। उदाहरणतः मेरी 'सुजान भगत', 'मुक्ति-मार्ग', 'पंच-परमेश्वर', 'शतरंज के खिलाड़ी' और 'महातीर्थ' नामक सभी कहानियों में एक न एक मनोवैज्ञानिक रहस्य को खोलने की चेष्टा की गई थी।

यह तो सभी मानते हैं कि आख्यायिका का प्रधान धर्म मनोरंजन है, पर साहित्यिक मनोरंजन वह है, जिससे हमारी कोमल और पवित्र भावनाओं को प्रोत्साहन मिले—हममें सत्य, निःस्वार्थ सेवा, न्याय आदि देवत्व के जो अंश हैं, वे जागृत हों। वास्तव में मानवीय आत्मा की यह वह चेष्टा है, जो उसके मन में अपने आपको पूर्ण रूप में देखने की होती है। अभिव्यक्ति मानव हृदय का स्वाभाविक गुण है। मनुष्य जिस समाज में रहता है, उसमें मिलकर रहता है, जिन मनोभावों से वह अपने मेल के क्षेत्र को बढ़ा सकता है, अर्थात् जीवन के अनंत प्रवाह में सम्मिलित हो सकता है, वही सत्य है। जो वस्तुएँ भावनाओं के इस प्रवाह में बाधक होती हैं, वे सर्वथा अस्वाभाविक हैं। परन्तु यदि स्वार्थ और अहंकार और ईर्ष्या की ये बाधाएँ न होतीं, तो हमारी आत्मा के विकास को शक्ति कहाँ से मिलती? शक्ति तो संघर्ष में है। हमारा मन इन बाधाओं को परास्त करके अपने स्वाभाविक कर्म को प्राप्त करने की सदैव चेष्टा करता रहता है। इसी संघर्ष से साहित्य की उत्पत्ति होती है। यही साहित्य की उपयोगिता भी है। साहित्य में कहानी का स्थान इसीलिए ऊँचा है कि वह एक क्षण में ही, बिना किसी घुमाव-फिराव के, आत्मा के किसी न किसी भाव को प्रगट कर देती है और चाहे थोड़ी ही मात्रा में क्यों न हो, वह हमारे परिचय का, दूसरों में अपने को देखने का, दूसरों के हर्ष या शोक को अपना बना लेने का क्षेत्र बढ़ा देती है।

हिंदी में इस नवीन शैली की कहानियों का प्रचार अभी थोड़े ही दिनों से हुआ है; पर इन थोड़े ही दिनों में इसने साहित्य के अन्य सभी अंगों पर अपना सिक्का जमा लिया है। किसी पत्र को उठा लीजिए, उसमें कहानियों ही की प्रधानता होगी। हाँ, जो पत्र किसी विशेष नीति या उद्देश्य से निकाले जाते हैं, उसमें कहानियों का स्थान नहीं रहता। जब डाकिया कोई पत्रिका लाता है, तो हम सबसे पहले उसकी कहानियाँ पढ़ना शुरू करते हैं। इनसे हमारी वह क्षुधा तो नहीं मिटती, जो इच्छा-पूर्ण भोजन चाहती है; पर फलों और मिठाइयों की जो क्षुधा हमें सदैव बनी रहती है, वह अवश्य कहानियों से तृप्त हो जाती है। हमारा ख्याल है कि कहानियों ने, अपने सार्वभौम आकर्षण के कारण संसार के प्राणियों को एक-दूसरे के जितना निकट कर दिया है, उनमें जो एकात्म भाव उत्पन्न कर दिया है, उतना और किसी चीज ने नहीं किया। हम आस्ट्रेलिया का गेहूँ खाकर, चीन की चाय पीकर, अमेरिका की मोटरों पर बैठकर भी उनको उत्पन्न करनेवाले प्राणियों से बिलकुल अपरिचित रहते हैं। लेकिन मोपासाँ, अनातोले फ्रांस, चेक़ाफ़ और टालस्टाय की कहानियाँ पढ़कर हमने फ़्रांस और रूस से आत्मिक सम्बन्ध स्थापित कर लिया है। हमारे परिचय का क्षेत्र सागरों और द्वीपों और पहाड़ों को लाँघता

हुआ फ्रांस और रूस तक विस्तृत हो गया है। हम वहाँ भी अपनी ही आत्मा का प्रकाश देखने लगते हैं। वहाँ के किसान और मज़दूर और विद्यार्थी हमें ऐसे लगते हैं, मानो उनसे हमारा घनिष्ठ परिचय हो।

हिन्दी में २०-२५ साल पहले कहानियों की कोई चर्चा न थी। कभी-कभी बँगला या अँगरेजी कहानियों के अनुवाद छप जाते थे। परंतु आज कोई ऐसा पत्र नहीं, जिसमें दो-चार कहानियाँ प्रतिमास न छपती हों। कहानियों के अच्छे-अच्छे संग्रह निकलते जा रहे हैं। अभी बहुत दिन नहीं हुए कि कहानियों का पढ़ना समय का दुरुपयोग समझा जाता था। बचपन में हम कभी कोई किस्सा पढ़ते पकड़ लिए जाते थे, तो कड़ी डाँट पड़ती थी। यह ख़याल किया जाता था कि किस्सों से चरित्र भ्रष्ट हो जाता है और उन 'फिसाना अजायब' और 'शुक बहत्तरी' और 'तोता मैना' के दिनों में ऐसा खयाल होना स्वाभाविक ही था। उस वक्त कहानियाँ कहीं स्कूल-करिकुलम में रख दी जातीं, तो शायद पिताओं का एक डेपुटेशन इसके विरोध में शिक्षा-विभाग के अध्यक्ष की सेवा में पहुँचता।

आज छोटे-बड़े सभी क्लासों में कहानियाँ पढ़ायी जाती हैं और परीक्षाओं में उन पर प्रश्न किए जाते हैं। यह मान लिया गया है कि सांस्कृतिक विकास के लिए सरल साहित्य से उत्तम कोई साधन नहीं है। अब लोग यह भी स्वीकार करने लगे हैं कि कहानी कोरी गप नहीं है और उसे मिथ्या समझना भूल है। आज से दो हजार बरस पहले यूनान के विख्यात फ़िलासफ़र अफ़लातूँ ने कहा था कि हर एक काल्पनिक रचना में मौलिक सत्य मौजूद रहता है। रामायण, महाभारत आज भी उतने ही सत्य हैं, जितने आज से पाँच हजार साल पहले थे, हालाँकि इतिहास, विज्ञान और दर्शन में सदैव परिवर्तन होते रहते हैं। कितने ही सिद्धन्त, जो एक ज़माने में सत्य समझे जाते थे, आज असत्य सिद्ध हो गए हैं; पर कथाएँ आज भी उतनी ही सत्य हैं; क्योंकि उनका सम्बन्ध मनोभावों से है और मनोभावों में कभी परिवर्तन नहीं होता। किसी ने बहुत ठीक कहा है कि 'कहानी में नाम और सन् के सिवा और सब कुछ सत्य है, और इतिहास में नाम और सन् के सिवा कुछ भी सत्य नहीं।. गल्पकार अपनी रचनाओं को जिस साँचे में ढाल सकता है, किसी दशा में भी वह उस महान् सत्य की अवहेलना नहीं कर सकता, जो जीवन-सत्य कहलाता है।

■

जीवन में साहित्य का स्थान

साहित्य का आधार जीवन है। इसी नींव पर साहित्य की दीवार खड़ी होती है। उसकी अटारियाँ, मीनार और गुम्बद बनते हैं; लेकिन बुनियाद मिट्टी के नीचे दबी पड़ी है। उसे देखने को भी जी नहीं चाहेगा। जीवन परमात्मा की सृष्टि है, इसलिए अनंत है, अगम्य है। साहित्य मनुष्य की सृष्टि है, इसलिए सुबोध है, सुगम है और मर्यादाओं से परिमित है। जीवन परमात्मा को अपने कामों का जवाबदेह है या नहीं, हमें मालूम नहीं; लेकिन साहित्य तो मनुष्य के सामने जवाबदेह है। इसके लिए कानून हैं, जिनसे वह इधर-उधर नहीं हो सकता। ज़ीवन का उद्देश्य ही आनंद है। मनुष्य जीवनपर्यंत आनंद ही की खोज में लगा रहता है। किसी को वह रत्न द्रव्य में मिलता है, किसी को भरे-पूरे परिवार में, किसी को लम्बे-चौड़े भवन में, किसी को ऐश्वर्य में; लेकिन साहित्य का आनंद इस आनंद से ऊँचा है, इससे पवित्र है, उसका आधार सुंदर और सत्य है। वास्तव में सच्चा आनंद सुंदर और सत्य से मिलता है, उसी आनंद को दर्शाना, वही आनंद उत्पन्न करना साहित्य का उद्देश्य है। ऐश्वर्य या भोग के आनंद में ग्लानि छिपी होती है। उससे अरुचि भी हो सकती है, पश्चात्ताप भी हो सकता है; पर सुंदर से जो आनंद प्राप्त होता है, वह अखंड है, अमर है।

साहित्य के नौ रस कहे गए हैं। प्रश्न होगा, वीभत्स में भी कोई आनंद है? अगर ऐसा न होता, तो वह रसों में गिना ही क्यों जाता? हाँ, है। वीभत्स में सुंदर और सत्य मौजूद है। भारतेन्दु ने श्मशान का जो वर्णन किया है, वह कितना वीभत्स है! प्रेतों और पिशाचों का अधजले मांस के लोथड़े नोचना, हड्डियों को चटर-चटर चबाना, वीभत्स की पराकाष्ठा है; लेकिन वह वीभत्स होते हुए भी सुंदर है; क्योंकि उसकी सृष्टि पीछे आनेवाले स्वर्गीय दृश्य के आनंद को तीव्र करने के लिए ही हुई है। साहित्य तो हर एक रस में सुंदर खोजता है—राजा के महल में, रंक की झोपड़ी के शिखर पर, गंदे नालों के अंदर, ऊषा की लाली में, सावन-भादों की अँधेरी रात में। और यह आश्चर्य की बात है कि रंक की झोपड़ी में जितनी आसानी से सुंदर मूर्तिमान दिखाई देता है, महलों में नहीं। महलों में तो वह खोजने से मुश्किलों से मिलता है।

जहाँ मनुष्य अपने मौलिक, यथार्थ, अकृत्रिम रूप में है, वहीं आनंद है। आनंद कृत्रिमता और आडम्बर से कोसों भागता है। सत्य का कृत्रिम से क्या सम्बन्ध? अतएव हमारा विचार है कि साहित्य में केवल एक रस है और वह श्रृंगार है। कोई रस साहित्यिक दृष्टि से रस नहीं रहता और न उस रचना की गणना साहित्य में की जा सकती है,जो श्रृंगारविहीन और अ-सुन्दर हो, जो रचना केवल वासना-प्रधान हो, जिसका उद्देश्य कुत्सित भावों को जागाना हो, जो केवल बाह्य जगत् से सम्बन्ध रखे,

वह साहित्य नहीं है। जासूसी उपन्यास अद्‌भुत होता है। लेकिन हम उसे साहित्य उसी वक्त कहेंगे, जब उसमें सुंदर का समावेश हो। खूनी का पता लगाने के लिए सतत उद्योग, नाना प्रकार के कष्टों का झेलना, न्याय-मर्यादा की रक्षा करना, ये भाव हैं,जो इस अद्‌भुत रस की रचना को सुंदर बना देते हैं।

सत्य से आत्मा का सम्बन्ध तीन प्रकार का है। एक जिज्ञासा का सम्बन्ध है, दूसरा प्रयोजन का सम्बन्ध है और तीसरा आनंद का। जिज्ञासा का सम्बन्ध दर्शन का विषय है, प्रयोजन का सम्बन्ध विज्ञान का विषय है और साहित्य का विषय केवल आनंद का सम्बन्ध हैं। सत्य जहाँ आनंद का स्रोत बन जाता है, वहीं वह साहित्य हो जाता है। जिज्ञासा का सम्बन्ध विचार से है,प्रयोजन का सम्बन्ध स्वार्थ-बुद्धि से। आनंद का सम्बन्ध मनोभावों से है। साहित्य का विकास मनोभावों द्वारा ही होता है। एक ही दृश्य या घटना या कांड को हम तीनों ही भिन्न-भिन्न नजरों से देख सकते हैं। हिम से ढँके हुए पर्वत पर ऊषा का दृश्य दार्शनिक के गहरे विचार की वस्तु है, वैज्ञानिक के लिए अनुसंधान की और साहित्यिक के लिए विह्वलता की! विह्वलता एक प्रकार का आत्म-समर्पण है। यहाँ हम पृथकता का अनुभव नहीं करते। यहाँ ऊँच-नीच, भले-बुरे का भेद नहीं रह जाता। श्रीरामचन्द्र शबरी के जूठे बेर क्यों प्रेम से खाते हैं, कृष्ण भगवान् विदुर के शाक को क्यों नाना व्यंजनों से रुचिकर समझते हैं; इसलिए कि उन्होंने इस पार्थक्य को मिटा दिया है। उनकी आत्मा विशाल है। उसमें समस्त जगत् के लिए स्थान है। आत्मा, आत्मा से मिल गई है। जिसकी आत्मा जितनी ही विशाल है, वह उतना ही महापुरुष है। यहाँ तक कि ऐसे महान् पुरुष भी हो गए हैं,जो जड़ जगत् से भी अपनी आत्मा का मेल कर सके हैं।

आइए देखें, जीवन क्या है? जीवन केवल जीना, खाना, सोना और मर जाना नहीं है। यह तो पशुओं का जीवन है। मानव-जीवन में भी यह सब प्रवृत्तियाँ होती हैं, क्योंकि वह भी तो पशु है। पर इनके उपरांत कुछ और भी होता है। उसमें कुछ ऐसी मनोवृत्तियाँ होती हैं, जो प्रकृति के साथ हमारे मेल में बाधक होती हैं, कुछ ऐसी होती हैं, जो इस मेल में सहायक बन जाती हैं। जिन प्रवृत्तियों में प्रकृति के साथ हमारा सामंजस्य बढ़ता है, वह वांछनीय होती हैं; जिनसे सामंजस्य में बाधा उत्पन्न होती है, वे दूषित हैं। अहंकार, क्रोध या द्वेष हमारे मन की बाधक प्रवृत्तियाँ हैं। यदि हम इनको बेरोकटोक चलने दें, तो निस्संदेह वह हमें नाश और पतन की ओर ले जायेंगी। इसलिए हमें उनकी लगाम रोकनी पड़ती है, उन पर संयम रखना पड़ता है, जिसमें वे अपनी सीमा से बाहर न जा सकें। हम उन पर जितना कठोर संयम रख सकते हैं, उतना ही मंगलमय हमारा जीवन हो जाता है।

किंतु नटखट लड़कों से डाँटकर कहना—तुम बड़े बदमाश हो, हम तुम्हारे कान पकड़कर उखाड़ लेंगे—अक्सर व्यर्थ ही होता है; बल्कि उस प्रवृत्ति को और हठ की ओर ले जाकर पुष्ट कर देता है। ज़रूरत यह होती है कि बालक में जो सद्‌वृत्तियाँ हैं, उन्हें उत्तेजित किया जाय कि दूषित वृत्तियाँ स्वाभावकि रूप से शांत हो जाएँ। इसी

प्रकार मनुष्य को भी आत्मविकास के लिए संयम की आवश्यकता होती हैं। साहित्य ही मनोविकारों के रहस्य खोलकर सद्‌वृत्तियों को जगाता है। सत्य को रसों द्वारा हम जितनी आसानी से प्राप्त कर सकते हैं ज्ञान और विवेक द्वारा नहीं कर सकते, उसी भाँति जैसे दुलार-चुमकारकर बच्चों को जितनी सफलता से वश में किया जा सकता है, डाँट-फटकार से सम्भव नहीं। कौन नहीं जानता कि प्रेम से कठोर से कठोर प्रकृति को नरम किया जा सकता है। साहित्य मस्तिष्क की वस्तु नहीं, हृदय की वस्तु है। जहाँ ज्ञान और उपदेश असफल होता है,वहाँ साहित्य बाजी ले जाता है। यही कारण है कि हम उपनिषदों और अन्य धर्म-ग्रंथों को साहित्य की सहायता लेते देखते हैं! हमारे धर्माचार्यों ने देखा कि मनुष्य पर सबसे अधिक प्रभाव मानव-जीवन के दुख-सुख के वर्णन से ही हो सकता है और उन्होंने मानव-जीवन की वे कथाएँ रचीं, जो आज भी हमारे आनंद की वस्तु हैं। बौद्धों की जातक-कथाएँ, तोरेह, कुरान, इंजील ये सभी मानवी कथाओं के संग्रह-मात्र हैं। उन्हीं कथाओं पर हमारे बड़े-बड़े धर्म स्थिर हैं। वही कथाएँ धर्मों की आत्मा हैं। उन कथाओं को निकाल दीजिए, तो उस धर्म का अस्तित्व मिट जायेगा। क्या उन धर्म-प्रवर्तकों ने अकारण ही मानवी जीवन की कथाओं का आश्रय लिया? नहीं, उन्होंने देखा कि हृदय द्वारा ही जनता की आत्मा तक अपना संदेश पहुँचाया जा सकता है। वे स्वयं विशाल हृदय के मनुष्य थे। उन्होंने मानव-जीवन से अपनी आत्मा का मेल कर लिया था। समस्त मानव-जाति से उनके जीवन का सामंजस्य था,फिर वे मानव-चरित्र की उपेक्षा कैसे करते?

आदिकाल से मनुष्य के लिए सबसे समीप मनुष्य है। हम जिसके सुख-दुःख हँसने-रोने का मर्म समझ सकते हैं, उसी से हमारी आत्मा का अधिक मेल होता है। विद्यार्थी को विद्यार्थी जीवन से, कृषक को कृषक जीवन से जितनी रुचि है, उतनी अन्य जातियों से नहीं, लेकिन साहित्य जगत् में प्रवेश पाते ही यह भेद, यह पार्थक्य मिट जाता है। हमारी मानवता जैसे विशाल और विराट् होकर समस्त मानव जाति पर अधिकार पा जाती है। मानव जाति ही नहीं, चर और अचर, जड़ और चेतन सभी उसके अधिकार में आ जाते हैं। उसे मानो विश्व की आत्मा पर साम्राज्य प्राप्त हो जाता है। श्री रामचन्द्र राजा थे; पर आज रंक भी उनके दुःख से उतना ही प्रभावित होता है, जितना कोई राजा हो सकता है।

साहित्य वह जादू की लकड़ी है, जो पशुओं में, ईंट-पत्थरों में, पेड़-पौधों में भी विश्व की आत्मा का दर्शन करा देती है। मानव हृदय का जगत्, इस प्रत्यक्ष जगत् जैसा नहीं है। हम मनुष्य होने के कारण मानव जगत् के प्राणियों में अपने को अधिक पाते हैं, उसके सुख-दुख,हर्ष और विषाद से ज्यादा विचलित होते हैं। हम अपने निकटतम बंधु-बांधवों से अपने को इतना निकट नहीं पाते, इसलिए कि हम उसके एक-एक विचार, एक-एक उद्‌गार को जानते हैं। उसका मन हमारी नजरों के सामने आईने की तरह खुला हुआ है। जीवन में ऐसे प्राणी हमें कहाँ मिलते हैं, जिनके अंतःकरण में हम इतनी स्वाधीनता से विचर सकें? सच्चे साहित्यकार का यही लक्षण है कि उसके भावों

में व्यापकता हो, उसने विश्व की आत्मा से ऐसी 'हारमनी' प्राप्त कर ली हो कि उसके भाव प्रत्येक प्राणी को अपने ही भाव मालूम हों।

साहित्यकार बहुधा अपने देश-काल से प्रभावित होता है। जब कोई लहर देश में उठती है, तो साहित्यकार के लिए उससे अविचलित रहना असंभव हो जाता है। उसकी विशाल आत्मा अपने देश-बंधुओं के कष्टों से विकल हो उठती है और इस तीव्र विकलता में वह रो उठता है, पर उसके रुदन में भी व्यापकता होती है। वह स्वदेश का होकर भी सार्वभौमिक रहता है। 'टाम काका की कुटिया' गुलामी की प्रथा से व्यथित हृदय की रचना है; पर आज उस प्रथा के उठ जाने पर भी उसमें वह व्यापकता है कि हम लोग उसे पढ़कर मुग्ध हो जाते हैं। सच्चा साहित्य कभी पुराना नहीं होता। वह सदा नया बना रहता है। दर्शन और विज्ञान समय की गति के अनुसार बदलते हैं; पर साहित्य तो हृदय की वस्तु है और मानव-हृदय में तबदीलियाँ नहीं होतीं। हर्ष और विस्मय, क्रोध और द्वेष, आशा और भय, आज भी हमारे मन पर उसी तरह अधिकृत हैं, जैसे आदिकवि बाल्मीकि के समय में थे और कदाचित् अनंत तक रहेंगे। रामायण के समय का समय अब नहीं है; महाभारत का समय भी अतीत हो गया; पर ये ग्रंथ अभी तक नए हैं। साहित्य ही सच्चा इतिहास है, क्योंकि उसमें अपने देश और काल का जैसा चित्र होता है, वैसा कोरे इतिहास में नहीं हो सकता। घटनाओं की तालिका इतिहास नहीं है और न राजाओं की लड़ाइयाँ ही इतिहास है। इतिहास जीवन के विभिन्न अंगों की प्रगति का नाम है और जीवन पर साहित्य से अधिक प्रकाश और कौन वस्तु डाल सकती है, क्योंकि साहित्य अपने देशकाल का प्रतिबिम्ब होता है।

जीवन में साहित्य की उपयोगिता के विषय में कभी-कभी संदेह किया जाता है। कहा जाता है जो स्वभाव से अच्छे हैं, वह अच्छे ही रहेंगे, चाहे कुछ भी पढ़ें। जो स्वभाव से बुरे हैं, वह बुरे ही रहेंगे, चाहे कुछ भी पढ़ें। इस कथन में सत्य की मात्रा बहुत कम है। इसे सत्य मान लेना मानव-चरित्र को बदल देना होगा। जो सुंदर है, उसकी ओर मनुष्य का स्वाभाविक आकर्षण होता है। हम कितने ही पतित हो जाएँ; पर असुंदर की ओर हमारा आकर्षण नहीं हो सकता। हम कर्म चाहे कितने ही बुरे करें; पर यह असम्भव है कि करुणा और दया और प्रेम और भक्ति का हमारे दिलों पर असर न हो। नादिरशाह से ज्यादा निर्दयी मनुष्य और कौन हो सकता है—हमारा आशय दिल्ली में कतलाम करानेवाले नादिरशाह से है। अगर दिल्ली का कतलाम सत्य घटना है, तो नादिरशाह के निर्दय होने में कोई संदेह नहीं रहता। उस समय आपको मालूम है, किस बात से प्रभावित होकर उसने कतलाम बंद करने का हुक्म दिया था? दिल्ली के बादशाह का वज़ीर एक रसिक मनुष्य था। जब उसने देखा कि नादिरशाह का क्रोध किसी तरह नहीं शांत होता और दिल्ली वालों के खून की नदी बहती चली जाती है, यहाँ तक कि खुद नादिरशाह के मुँहलगे अफसर भी उसके सामने आने का साहस नहीं करते, तो वह हथेलियों पर जान रखकर नादिरशाह के पास पहुँचा और

यह शेर पढ़ा—

'कसे न माँद कि दीगर ब तेग़े नाज कुशी।
मगर कि ज़िंदा कुनी खल्क रा व बाज कुशी।'

इसका अर्थ यह हुआ कि तेरे प्रेम की तलवार ने अब किसी को जिंदा न छोड़ा। अब तो तेरे लिए इसके सिवा और कोई उपाय नहीं है कि तू मुर्दों को फिर जिला दे और फिर उन्हें मारना शुरू करे। यह फ़ारसी के एक प्रसिद्ध कवि का श्रृंगार-विषयक शेर है; पर इसे सुनकर कातिल के दिल में मनुष्य जाग उठा। इस शेर ने उसके हृदय के कोमल भाग को स्पर्श कर दिया और कतलाम तुरन्त बंद कर दिया गया।

नेपोलियन के जीवन की वह घटना भी प्रसिद्ध है, जब उसने एक अंग्रेज मल्लाह को झाऊँ की नाव पर कैले का समुद्र पार करते देखा। जब फ्रांसीसी अपराधी मल्लाह को पकड़कर नेपोलियन के सामने लाये और उसने पूछा—तू इस भंगुर नौका पर क्यों समुद्र पार कर रहा था, तो अपराधी ने कहा—इसलिए कि मेरी वृद्धा माता घर पर अकेली है, मैं उसे एक बार देखना चाहता था। नेपोलियन की आँखों में आँसू छलछला आये। मनुष्य का कोमल भाग स्पंदित हो उठा। उसने उस सैनिक को फ्रांसीसी नौका पर इंग्लैंड भेज दिया।

मनुष्य स्वभाव से देवतुल्य है। जमाने के छल-प्रपंच या और परिस्थितियों के वशीभूत होकर वह अपना देवत्व खो बैठता है। साहित्य इसी देवत्व को अपने स्थान पर प्रतिष्ठित करने की चेष्टा करता है—उपदेशों से नहीं, नसीहतों से नहीं, भावों को स्पंदित करके, मन के कोमल तारों पर चोट लगाकर प्रकृति से सामंजस्य उत्पन्न करके। हमारी सभ्यता साहित्य पर ही आधारित है। हम जो कुछ हैं, साहित्य के ही बनाए हैं। विश्व की आत्मा के अंतर्गत भी राष्ट्र या देश की एक आत्मा होती है। इसी आत्मा की प्रतिध्वनि है—साहित्य।

योरप का साहित्य उठा लीजिए। आप वहाँ संघर्ष पाएँगे। कहीं खूनी कांडों का प्रदर्शन है, कहीं जासूसी कमाल का। जैसे सारी संस्कृति उन्मत्त होकर मरु में जल खोज रही है। उस साहित्य का परिणाम यही है कि वैयक्तिक स्वार्थपरायणता दिन-दिन बढ़ती जाती है, अर्थ-लोलुपता की कहीं सीमा नहीं, नित्य दंगे, नित्य लड़ाइयाँ। प्रत्येक वस्तु स्वार्थ के काँटे पर तौली जा रही है। यहाँ तक कि अब किसी यूरोपियन महात्मा का उपदेश सुनकर भी संदेह होता है कि इसके परदे में स्वार्थ न हो।

साहित्य सामाजिक आदर्शों का स्रष्टा है। जब आदर्श ही भ्रष्ट हो गया, तो समाज के पतन में बहुत दिन नहीं लगते। नई सभ्यता का जीवन १५० साल से अधिक नहीं; पर अभी से संसार उससे तंग आ गया है; पर इसके बदले में उसे कोई ऐसी वस्तु नहीं मिल रही है, जिसे वहाँ स्थापित कर सके। उसकी दशा उस मनुष्य की-सी है, जो यह तो समझ रहा है कि वह जिस रास्ते पर जा रहा है, वह ठीक रास्ता नहीं है; पर वह इतनी दूर जा चुका है कि अब लौटने की उसमें सामर्थ्य नहीं है। वह आगे ही

जायेगा—चाहे उधर कोई समुद्र ही क्यों न लहरें मार रहा हो। उसमें नैराश्य का हिंसक बल है; आशा की उदार शक्ति नहीं।

भारतीय साहित्य का आदर्श उसका त्याग और उत्सर्ग है। योरप का कोई व्यक्ति लखपती होकर, जायदाद खरीदकर, कम्पनियों में हिस्से लेकर और ऊँची सोसाइटी में मिलकर अपने को कृतकार्य समझता है। भारत अपने को उस समय कृतकार्य समझता है, जब वह इस माया-बंधन से मुक्त हो जाता है, जब उसमें भोग और अधिकार का मोह नहीं रहता। किसी राष्ट्र की सबसे मूल्यवान् सम्पत्ति उसके साहित्यिक आदर्श होते हैं। व्यास और वाल्मीकि ने जिन आदर्शों की सृष्टि की, वह आज भी भारत का सिर ऊँचा किए हुए हैं। राम अगर वाल्मीकि के साँचे में न ढलते, तो राम न रहते। सीता भी उसी साँचे में ढलकर सीता हुईं। यह सत्य है कि हम सब ऐसे चरित्रों का निर्माण नहीं कर सकते; पर धन्वंतरि के एक होने पर भी संसार में वैद्यों की आवश्यकता है और रहेगी।

ऐसा महान् दायित्व जिस पर है, उसके निर्माताओं का पद कुछ कम जिम्मेदारी का नहीं है। कलम हाथ में लेते ही हमारे सिर पर बड़ी भारी जिम्मेदारी आ जाती है। साधारणतः युवावस्था में हमारी निगाह पहले विध्वंस करने की ओर उठ जाती है। हम सुधार करने की धुन में अंधाधुंध शर चलाना शुरू करते हैं। खुदाई फौजदार बन जाते हैं। तुरंत आँखें काले धब्बों की ओर पहुँच जाती हैं। यथार्थवाद के प्रवाह में बहने लगते हैं। बुराइयों के नग्न चित्र खींचने में कला की कृतकार्यता समझते हैं। यह सत्य है कि कोई मकान गिराकर ही उसकी जगह नया मकान बनाया जाता है। पुराने ढकोसलों और बंधनों को तोड़ने की जरूरत है; पर इसे साहित्य नहीं कह सकते। साहित्य तो वही है, जो साहित्य की मर्यादाओं का पालन करे।

हम अक्सर साहित्य का मर्म समझे बिना ही लिखना शुरू कर देते हैं। शायद हम समझते हैं कि मज़ेदार, चटपटी और ओजपूर्ण भाषा में लिखना ही साहित्य है। भाषा भी साहित्य का अंग है, पर स्थायी साहित्य विध्वंस नहीं करता, निर्माण करता है। वह मानव-चरित्र की कालिमाएँ नहीं दिखाता, उसकी उज्ज्वलताएँ दिखाता है। मकान गिरानेवाला इंजीनियर नहीं कहलाता। इंजीनियर तो निर्माण ही करता है। हममें जो युवक साहित्य को अपने जीवन का ध्येय बनाना चाहते हैं, उन्हें बहुत आत्मसंयम की आवश्यकता है; क्योंकि वह अपने को एक महान् पद के लिए तैयार कर रहे हैं, जो अदालतों में बहस करने या कुरसी पर बैठकर मुक़दमे का फ़ैसला करने से कहीं ऊँचा है। उसके लिए केवल डिग्रियाँ और ऊँची शिक्षा काफी नहीं। चित्त की साधना, संयम, सौंदर्य-तत्व का ज्ञान, इसकी कहीं ज्यादा ज़रूरत है।

साहित्यकार को आदर्शवादी होना चाहिए। भावों का परिमार्जन भी उतना ही वांछनीय है। जब तक हमारे साहित्य-सेवी इस आदर्श तक न पहुँचेंगे, तब तक हमारे साहित्य से मंगल की आशा नहीं की जा सकती। अमर साहित्य के निर्माता विलासी प्रवृत्ति के मनुष्य नहीं थे। वाल्मीकि और व्यास दोनों तपस्वी थे। सूर और तुलसी भी

विलासिता के उपासक न थे। कबीर भी तपस्वी ही थे।

हमारा साहित्य अगर आज उन्नति नहीं करता, तो इसका कारण यही है कि हमने साहित्य-रचना के लिए कोई तैयारी नहीं की। दो-चार नुस्ख़े याद करके हकीम बन बैठे। साहित्य का उत्थान राष्ट्र का उत्थान है और हमारी ईश्वर से यही याचना है कि हममें सच्चे साहित्य-सेवी उत्पन्न हों, सच्चे तपस्वी, सच्चे आत्मज्ञानी।

■

साहित्य का आधार

साहित्य का सम्बन्ध बुद्धि से उतना नहीं जितना भावों से है। बुद्धि के लिए दर्शन है, विज्ञान है, नीति है। भावों के लिए कविता है, उपन्यास है, गद्य काव्य है।

आलोचना भी साहित्य का एक अंग मानी जाती है, इसलिए कि वह साहित्य को अपनी सीमा के अन्दर रखने की व्यवस्था करती है। साहित्य में जब कोई ऐसी वस्तु सम्मिलित हो जाती है, जो उसके रस प्रवाह में बाधक होती है, तो वहीं साहित्य में दोष का प्रवेश हो जाता है। उसी तरह जैसे संगीत में कोई बेसुरी ध्वनि उसे दूषित कर देती है। बुद्धि और मनोभाव का भेद काल्पनिक ही समझना चाहिए। आत्मा में विचार, तुलना, निर्णय का अंश, बुद्धि और प्रेम, भक्ति, आनन्द, कृतज्ञता आदि का अंश भाव है। ईर्ष्या, दम्भ, द्वेष, मत्सर आदि मनोविकार हैं। साहित्य का इनसे इतना ही प्रयोजन है कि वह भावों को तीव्र और आनन्दवर्द्धक बनाने के लिए इनकी सहायता लेता है, उसी तरह, जैसे कोई कारीगर श्वेत को और श्वेत बनाने के लिए श्याम की सहायता लेता है। हमारे सत्य भावों का प्रकाश ही आनन्द है। असत्य भावों में तो दुःख का ही अनुभव होता है। हो सकता है कि किसी व्यक्ति को असत्य भावों में भी आनन्द का अनुभव हो। हिंसा करके या किसी के धन का अपहरण करके या अपने स्वार्थ के लिए किसी का अहित करके भी कुछ लोगों को आनन्द प्राप्त होता है, लेकिन यह मन की स्वाभाविक वृत्ति नहीं है। चोर को प्रकाश से अँधेरा कहीं अधिक प्रिय है। इससे प्रकाश की श्रेष्ठता में कोई बाधा नहीं पड़ती। हमारा जैसा मानसिक संगठन है, उसमें असत्य भावों के प्रति घृणामय दया ही का उदय होता है। जिन भावों द्वारा हम अपने को दूसरों में मिला सकते हैं, वही सत्य भाव है, प्रेम हमें अन्य वस्तुओं से मिलाता है, अहंकार पृथक् करता है। जिसमें अहंकार की मात्रा अधिक है वह दूसरों से कैसे मिलेगा? अतएव प्रेम सत्य भाव है, अहंकार असत्य भाव है। प्रकृति से मेल रखने में ही जीवन है। जिसके प्रेम की परिधि जितनी ही विस्तृत है, उसका जीवन उतना ही महान है।

जब साहित्य की सृष्टि भावोत्कर्ष होती है, तो यह अनिवार्य है कि उसका कोई आधार हो। हमारे अन्तःकरण का सामंजस्य जब तक बाहर के पदार्थों या वस्तुओं या प्राणियों से न होगा, जागृति हो ही नहीं सकती। भक्ति करने के लिए कोई प्रत्यक्ष वस्तु चाहिए। दया करने के लिए भी किसी पात्र की आवश्यकता है। धैर्य और साहस के लिए भी किसी सहारे की जरूरत है। तात्पर्य यह है कि हमारे भावों को जगाने के लिए उनका बाहर की वस्तुओं से सामंजस्य होना चाहिए। अगर बाह्य प्रकृति का हमारे ऊपर कोई असर न पड़े, अगर हम किसी को पुत्र शोक में विलाप करते देखकर आँसू की चार बूँदे नहीं गिरा सकते, अगर हम किसी आनन्दोत्सव में मिलकर आनन्दित नहीं हो

सकते, तो यह समझना चाहिए कि हम निर्वाण प्राप्त कर चुके हैं। उस दशा के लिए साहित्य का कोई मूल्य नहीं। साहित्यकार तो वही हो सकता है जो दुनिया के सुख-दु:ख से सुखी या दुखी हो सके और दूसरों में सुख या दु:ख पैदा कर सके। स्वयं दु:ख अनुभव कर लेना काफी नहीं है। कलाकार में उसे प्रकट करने का सामर्थ्य होना चाहिए। लेकिन परिस्थितियाँ मनुष्य को भिन्न दिशाओं में डालती हैं। मनुष्य मात्र में भावों की समानता होते हुए भी परिस्थितियों में भेद होता ही है। हमें तो मिठास से काम है, चाहे वह अब ऊख में मिले या खजूर में या चुकन्दर में। अगर हम किसानों में रहते हैं या हमें उनके साथ रहने के अवसर मिले हैं, तो स्वभावत: हम उनके सुख-दु:ख को अपना सुख-दु:ख समझने लगते हैं और उससे उसी मात्रा में प्रभावित होते हैं जितनी हमारे भावों में गहराई है। इसी तरह अन्य परिस्थितियों को भी समझना चाहिए। अगर इसका अर्थ यह लगाया जाय कि अमुक प्राणी किसानों का या मजदूरों का या किसी आन्दोलन का प्रोपेगेंडा करता है, तो यह अन्याय है। साहित्य और प्रोपेगेंडा में क्या अन्तर है, इसे यहाँ प्रकट कर देना जरूरी मालूम होता है। प्रोपेगेंडा में अगर आत्म-विज्ञापन न भी हो तो एक विशेष उद्देश्य को पूरा करने की वह उत्सुकता होती है जो साधनों की परवाह नहीं करती। साहित्य शीतल, मन्द समीर है, जो सभी को शीतल और आनंदित करती है। प्रोपेगेंडा आँधी है, जो आँखों में धूल झोंकती है, हरे-भरे वृक्षों को उखाड़ फेंकती है और झोपड़े तथा महल दोनों को ही हिला देती है। वह रस-विहीन होने के कारण आनन्द की वस्तु नहीं। लेकिन यदि कोई चतुर कलाकार उसमें सौन्दर्य और रस भर सके, तो वह प्रोपेगेंडा की चीज न होकर सद्साहित्य की वस्तु बन जाती है। 'अंकिल टॉम्स केबिन' दास प्रथा के विरुद्ध प्रोपेगेंडा है, लेकिन कैसा प्रोपेगेंडा है? जिसके एक-एक शब्द में रस भरा हुआ है। इसलिए वह प्रोपेगेंडा की चीज नहीं रहा। बर्नार्ड शा के ड्रामे, वेल्स के उपन्यास, गाल्सवर्दी के ड्रामे और उपन्यास, डिकेन्स, मेरी कारेली, रोमां रोलां, टाल्स्टाय, दास्तावेस्की, मैक्सिम गोर्की, सिंक्लेयर, कहाँ तक गिनायें। इन सभी की रचनाओं में प्रोपेगेंडा और साहित्य का सम्मिश्रण है। जितना शुष्क विषय-प्रतिपादन है वह प्रोपेगेंडा है, जितनी सौन्दर्य की अनुभूति है, वह सच्चा साहित्य है। हम इसलिए किसी कलाकार से जवाब तलब नहीं कर सकते कि वह अमुक प्रसंग से ही क्यों अनुराग रखता है। यह उसकी रुचि या परिस्थितियों से पैदा हुई परवशता है। हमारे लिए तो उसकी परीक्षा की एक ही कसौटी है : वह हमें सत्य और सुन्दर के समीप ले जाता है या नहीं? यदि ले जाता है तो वह साहित्य है, नहीं ले जाता तो प्रोपेगेंडा या उससे भी निकृष्ट है।

हम अक़सर किसी लेखक की आलोचना करते समय अपनी रुचि से पराभूत हो जाते हैं। ओह, इस लेखक की रचनाएँ कौड़ी काम की नहीं, यह तो प्रोपेगेन्डिस्ट है, यह जो कुछ लिखता है, किसी उद्देश्य से लिखता है, इसके यहाँ किलरों का दारिद्र्य है। इसकी रचनाओं में स्वानुभूत दर्शन नहीं इत्यादि। हमें किसी लेखक के विषय में

अपनी राय रखने का अधिकार है, इसी तरह औरों को भी है, लेकिन सद्‌साहित्य की परख वही है जिसका हम उल्लेख कर आये हैं। उसके सिवा कोई दूसरी कसौटी हो ही नहीं सकती। लेखक का एक-एक शब्द दर्शन में डूबा हो, एक-एक वाक्य में विचार भरे हों, लेकिन उसे हम उस वक्त तक सद्‌साहित्य नहीं कह सकते, जब तक उसमें रस का स्रोत न बहता हो, उसमें भावों का उत्कर्ष न हो, वह हमें सत्य की ओर न ले जाता हो, अर्थात?...बाह्य प्रकृति से हमारा मेल न कराता हो। केवल विचार और दर्शन का आधार लेकर वह दर्शन का शुष्क ग्रन्थ हो सकता है, सरस साहित्य नहीं हो सकता। जिस तरह किसी आंदोलन या किसी सामाजिक अत्याचार के पक्ष या विपक्ष में लिखा गया रसहीन साहित्य प्रोपेगेंडा है, उसी तरह किसी तात्विक विचार या अनुभूत दर्शन से भरी हुई रचना भी प्रोपेगेंडा है। साहित्य जहाँ रसों से पृथक् हुआ, वहीं वह साहित्य के पद से गिर जाता है और प्रोपेगेंडा के क्षेत्र में जा पहुँचता है। आस्कर वाइल्ड या शा आदि की रचनाएँ जहाँ तक विचार प्रधान हों, वहाँ तक रसहीन हैं। हम रामायण को इसलिए सद्‌साहित्य नहीं समझते कि उसमें विचार या दर्शन भरा हुआ है, बल्कि इसलिए कि उसका एक-एक अक्षर सौन्दर्य के रस में डूबा हुआ है, इसलिए कि उसमें त्याग और प्रेम और बन्धुत्व और मैत्री और साहस आदि मनोभावों की पूर्णता का रूप दिखानेवाले चरित्र हैं। हमारी आत्मा अपने अन्दर जिस अपूर्णता का अनुभव करती है, उसकी पूर्णता को पाकर वह मानो अपने को पा जाती है और यही उसके आनन्द की चरम सीमा है।

इसके साथ यह भी याद रखना चाहिए कि बहुधा एक लेखक की कलम से जो चीज प्रोपेगेंडा होकर निकलती है, वही दूसरे लेखक की कलम से सद्‌साहित्य बन जाती है। बहुत कुछ लेखक के व्यक्तित्व पर मुनहसर है। हम जो कुछ लिखते हैं, यदि उसमें रहते भी हैं, तो हमारा शुष्क विचार भी अपने अन्दर आत्म प्रकाश का सन्देश रखता है और पाठक को उसमें आनन्द की प्राप्ति होती है। वह श्रद्धा जो हममें है, मानो अपना कुछ अंश हमारे लेखों में भी डाल देती है। एक ऐसा लेखक जो विश्वबन्धुत्व की दुहाई देता हो, पर तुच्छ स्वार्थ के लिए लड़ने पर कमर कस लेता हो, कभी अपने ऊँचे आदर्श की सत्यता से हमें प्रभावित नहीं कर सकता। उसकी रचना में तो विश्वबन्धुत्व की गन्ध आते ही हम ऊब जाते हैं, हमें उसमें कृत्रिमता की गन्ध आती है और पाठक सब कुछ क्षमा कर सकता है, लेखक में बनावट या दिखावा या प्रशंसा की लालसा को क्षमा नहीं कर सकता। हाँ, अगर उसे लेखक में कुछ श्रद्धा है, तो वह उसके दर्शन, विचार, उपदेश, शिक्षा सभी असाहित्यिक प्रसंगों में सौन्दर्य का आभास पाता है। अतएव बहुत कुछ लेखक के व्यक्तित्व पर निर्भर है। लेकिन हम लेखक से परिचित हों या न हों, अगर वह सौन्दर्य की सृष्टि कर सकता है, तो हम उसकी रचना में आनन्द प्राप्त करने से अपने को रोक नहीं सकते। साहित्य का आधार भावों का सौन्दर्य है, इसके परे जो कुछ है वह साहित्य नहीं कहा जा सकता।

■

साहित्य और मनोविज्ञान

साहित्य का वर्तमान युग मनोविज्ञान का युग कहा जा सकता है। साहित्य अब केवल मनोरंजन की वस्तु नहीं है। मनोरंजन के सिवा उसका कुछ और भी उद्देश्य है। वह अब केवल विरह और मिलन के राग नहीं अलापता। वह जीवन की समस्याओं पर विचार करता है, उनकी आलोचना करता है और उनको सुलझाने की चेष्टा करता है।

नीतिशास्त्र और साहित्य का कार्य-क्षेत्र एक है, केवल उनके रचना विधान में अन्तर है। नीतिशास्त्र भी जीवन का विकास और परिष्कार चाहता है, साहित्य भी। नीतिशास्त्र का माध्यम तर्क और उपदेश है। वह युक्तियों और प्रमाणों से बुद्धि और विचार को प्रभावित करने की चेष्टा करता है। साहित्य ने अपने लिए मनो-भावनाओं का क्षेत्र चुन लिया है। वह उन्हीं तत्वों को रागात्मक व्यंजना के द्वारा हमारे अंतस्तल तक पहुँचाता है। उसका काम हमारी सुन्दर भावनाओं को जगाकर उनमें क्रियात्मक शक्ति की प्रेरणा करना है। नीतिशास्त्री बहुत से प्रमाण देकर हमसे कहता है, ऐसा करो, नहीं तुम्हें पछताना पड़ेगा। कलाकार उसी प्रसंग को इस तरह हमारे सामने उपस्थित करता है कि उससे हमारा निजत्व हो जाता है, और वह हमारे आनन्द का विषय बन जाता है।

साहित्य की बहुत-सी परिभाषाएँ की गई हैं, लेकिन मेरे विचार में उसकी सबसे सुन्दर परिभाषा ज़ीवन की आलोचना है। हम जिस रोमानियत के युग से गुज़रे हैं, उसे जीवन से कोई सम्बन्ध न था। साहित्यकारों में एक दल तो वैराग्य की दुहाई देता था, दूसरा शृंगार में डूबा हुआ था। पतन काल में प्राय: सभी साहित्यों का यही हाल होता है। विचारों की शिथिलता ही पतन का सबसे मनहूस लक्षण है। जब समाज का मस्तिष्क अर्थात् पढ़ा-लिखा शासक भाग, विषय-भोग में लिप्त हो जाता है, तो विचारों की प्रगति रुक जाती है और अकर्मण्यता का अड्डा जमने लगता है। यों तो इतिहास के उज्ज्वल युगों में भी भोगवृत्ति की कमी कभी नहीं रही; मगर फर्क इतना ही है कि एक दशा में तो भोग हमें कर्म के लिए उत्तेजित करता है, दूसरी दशा में वह हमें पस्तहिम्मत और विचारशून्य बना डालता है। समाज इन्द्रियसुख में इतना डूब जाता है कि उसे किसी बात की चिन्ता नहीं रहती। उसकी दशा उस शराबी-सी हो जाती है, जिसमें केवल शराब पीने की चेतना रह जाती है। उसकी आत्मा इतनी दुर्बल हो जाती है कि शराब का आनन्द भी नहीं उठा सकती। वह पीता है केवल पीने के लिए, आनन्द के लिए नहीं। जब शिक्षित समाज इस दशा में आ जाता है तो साहित्य पर उसका असर कैसे न पड़े। जब कुछ लोग भोग में डूबेंगे, तो कुछ लोग वैराग्य में भी

डूबेंगे ही। क्रिया की प्रतिक्रिया तो होती ही है। चकले और मठ एक दूसरे के जवाब हैं। ये मठ न होते तो चकले भी न होते। ऐसे युग में रोमान ही साहित्य कला का आधार था, लेकिन अब हालतें बड़ी तेज़ी से बदलती जा रही हैं। आज का साहित्यकार जीवन के प्रश्नों से भाग नहीं सकता। अगर सामाजिक समस्याओं से वह प्रभावित नहीं होगा, अगर वह हमारे सौन्दर्य-बोध को जगा नहीं सकता, अगर वह हममें भावों और विचारों की स्फूर्ति नहीं डाल सकता तो वह इस ऊँचे पद के योग्य नहीं समझा जाता। पुराने जमाने में पंथों के हाथ में समाज की बागडोर थी। हमारा मानसिक और नैतिक संस्कार धर्म के आदेशों का अनुगामी था। अब यह भार साहित्य ने अपने ऊपर ले लिया है। धर्म भय या लोभ से काम लेता था। स्वर्ग और नरक, पाप और पुण्य, उसके यन्त्र थे। साहित्य हमारी सौंदर्य-भावना को सजग करने की चेष्टा करता है। मनुष्य-मात्र में यह भावना होती है। जिसमें यह भावना प्रबल होती है, और उसके साथ ही उसे प्रकट करने का सामर्थ्य भी होता है, वह साहित्य का उपासक बन जाता है। यह भावना उसमें इतनी तीव्र हो जाती है कि मनुष्य में, समाज में, प्रकृति में, जो कुछ असुन्दर, असौम्य, असत्य है, वह उसके लिए असह्य हो जाता है और वह अपनी सौंदर्य-भावना से व्यक्ति और समाज में सुरुचिपूर्ण जागृति डाल देने के लिए व्याकुल हो जाता है। यों कहिए कि वह मानवता का, प्रगति का, शराफत का वकील है। जो दलित है, मर्दित है, जख्मी है, चाहे वे व्यक्ति हों या समाज उनकी हिमायत और वकालत उसका धर्म है। उसकी अदालत समाज है। इसी अदालत के सामने वह अपना इस्तग़ासा पेश करता है और अदालत की सत्य और न्याय-बुद्धि और उसकी सौन्दर्य-भावना को प्रभावित करके ही वह सन्तोष प्राप्त करता है। पर साधारण वकीलों की तरह वह अपने मुवक्किल की तरफ़ से जा और बेजा दावे नहीं पेश करता कुछ बढ़ाता नहीं, कुछ घटाता नहीं, न गवाही को सिखाता-पढ़ाता है। वह जानता है, इन हथकण्डों से वह समाज की अदालत में विजय नहीं पा सकता। इस अदालत में तो तभी सुनवाई होगी, जब आप सत्य से जौ-भर भी न हटें, नहीं अदालत उसके खिलाफ़ फैसला कर देगी और इस अदालत के सामने वह मुवक्किल का सच्चा रूप तभी दिखा सकता है, जब वह मनोविज्ञान की सहायता ले। अगर वह खुद उसी दलित-समाज का एक अंग है, तब तो उसका काम कुछ आसान हो जाता है, क्योंकि वह अपने मनोभावों का विश्लेषण करके अपने समाज की वकालत कर सकता है। लेकिन अधिकतर वह अपने मुवक्किल की आन्तरिक प्रेरणाओं से, उसके मनोगत भावों से अपरिचित होता है। ऐसी दशा में उसका पथ-प्रदर्शक मनोविज्ञान के सिवा कोई और नहीं हो सकता। इसलिए साहित्य के वर्तमान युग को हमने मनोविज्ञान का युग कहा है। मानव-बुद्धि की विभिन्नताओं को मानते हुए भी हमारी भावनाएँ सामान्यत: एक रूप होती हैं। अन्तर केवल उनके विकास में होता है। कुछ लोगों में उनका विकास इतना प्रखर होता है कि वह क्रिया के रूप में प्रकट होता है वर्ना अधिकतर सुषुप्तावस्था में पड़ा रहता है। साहित्य इन भावनाओं को सुषुप्तावस्था से जाग्रतावस्था

में लाने की चेष्टा करता है। पर इस सत्य को वह कभी नहीं भूल सकता कि मनुष्य में जो मानवता और सौंदर्य-भावना छिपी हुई रहती है, वहीं उसका निशाना पड़ना चाहिए। उपदेश और शिक्षा का द्वार उसके लिए बन्द है। हाँ, उसका उद्देश्य अगर सच्चे भावावेश में डूबे हुए शब्दों से पूरा होता है, तो वह उनका व्यवहार कर सकता है।

■

उर्दू, हिन्दी और हिंदुस्तानी

यह बात सभी लोग मानते हैं कि राष्ट्र को दृढ़ और बलवान बनाने के लिए देश में सांस्कृतिक एकता का होना बहुत आवश्यक है और किसी राष्ट्र की भाषा तथा लिपि इस सांस्कृतिक एकता का एक विशेष अंग है। श्रीमती ख़लीदा अदीब ख़ानम ने अपने एक भाषण में कहा था कि तुर्की जाति और राष्ट्र की एकता तुर्की भाषा के कारण ही हुई है और यह निश्चित बात है कि राष्ट्रीय भाषा के बिना किसी राष्ट्र के अस्तित्व की कल्पना ही नहीं हो सकती। जब तक भारतवर्ष की कोई राष्ट्रीय भाषा न हो, तब तक वह राष्ट्रीयता का दावा नहीं कर सकता।

सम्भव है कि प्राचीन काल में भारतवर्ष एक राष्ट्र रहा हो; परंतु बौद्धों के पतन के उपरांत उसकी राष्ट्रीयता का भी अंत हो गया था। यद्यपि देश में सांस्कृतिक एकता वर्तमान थी, तो भी भाषाओं के भेद ने देश को खंड-खंड करने का काम और भी सुगम कर दिया था। मुसलमानों के शासन काल में भी जो कुछ हुआ था, उसमें भिन्न-भिन्न प्रांतों का राजनीतिक एकीकरण तो हो गया था, परंतु उस समय भी देश में राष्ट्रीयता का अस्तित्व नहीं था। और सच बात तो यह है कि राष्ट्रीयता की भावना अपेक्षाकृत बहुत थोड़े दिनों से संसार में उत्पन्न हुई है और इसे उत्पन्न हुए लगभग दो सौ वर्षों से अधिक नहीं हुए। भारतवर्ष में राष्ट्रीयता का आरम्भ अँगरेज़ी राज्य की स्थापना के साथ-साथ हुआ था और उसी की दृढ़ता के साथ-साथ इसकी भी वृद्धि हो रही है। लेकिन इस समय राजनीतिक पराधीनता के अतिरिक्त देश के भिन्न-भिन्न अंगों और तत्त्वों में कोइ ऐसा पारस्परिक सम्बन्ध नहीं है, जो उन्हें संघटित करके एक राष्ट्र का स्वरूप दे सके। यदि आज भारतवर्ष से अँगरेज़ी राज्य उठ जाय, तो इन तत्त्वों में जो एकता इस समय दिखाई दे रही है, बहुत सम्भव है कि वह विभेद और विरोध का रूप धारण कर ले और भिन-भिन्न भाषाओं के आधार पर एक ऐसा नया संघटन उत्पन्न हो जाय, जिसका एक-दूसरे के साथ कोई सम्बन्ध ही न हो और फिर वही खींचातानी शुरू हो जाय, जो अँगरेज़ों के यहाँ आने से पहले थी। अत: राष्ट्र के जीवन के लिए यह बात आवश्यक है कि देश में सांस्कृतिक एकता हो और भाषा की एकता उस सांस्कृतिक एकता का प्रधान स्तम्भ है। इसीलिए यह बात भी आवश्यक है कि भारतवर्ष की एक ऐसी राष्ट्रीय भाषा हो, जो देश के एक सिरे से दूसरे सिरे तक बोली और समझी जाय। इसी बात का आवश्यक परिणाम यह होगा कि कुछ दिनों में राष्ट्रीय साहित्य की सृष्टि भी आरम्भ हो जाएगी और एक ऐसा समय आएगा जब कि भिन्न-भिन्न जातियों और राष्ट्रों के साहित्यिक मंडल में हिंदुस्तानी भाषा भी बराबरी की हैसियत से शामिल होने के काबिल हो जाएगी।

परंतु प्रश्न तो यह है कि इस राष्ट्रीय भांषा का स्वरूप क्या हो? आजकल भिन्न-भिन्न प्रांतों में जो भाषाएँ प्रचलित हैं, उनमें तो राष्ट्रीय भाषा बनने की योग्यता नहीं, क्योंकि उनके कार्य और प्रचार का क्षेत्र परिमित है। केवल एक ही भाषा ऐसी है, जो देश के एक बहुत बड़े भाग में बोली जाती है और उससे भी कहीं बड़े भाग में समझी जाती है और उसी को राष्ट्रीय भाषा का पद दिया जा सकता है। परंतु इस समय उस भाषा के तीन स्वरूप हैं—उर्दू, हिंदी और हिंदुस्तानी। और अभी तक यह बात राष्ट्रीय रूप से निश्चित नहीं की जा सकी है कि इनमें से कौन-सा स्वरूप ऐसा है, जो देश में सबसे अधिक मान्य हो सकता है और जिसका प्रचार भी ज्यादा आसानी से हो सकता है। तीनों ही स्वरूपों के पक्षपाती और समर्थक मौजूद हैं और उनमें खींचातानी हो रही हैं। यहाँ तक कि इस मतभेद को राजनीतिक स्वरूप दे दिया गया है और हम इस प्रश्न पर शांत चित्त और शांत मस्तिष्क से विचार करने के अयोग्य हो गए हैं। लेकिन इन सब रुकावटों के होते हुए भी यदि हम भारतीय राष्ट्रीयता के लक्ष्य तक पहुँचना और उसकी सिद्धि करना असम्भव समझकर हिम्मत न हार बैठें, तो फिर हमारे लिए इस प्रश्न की किसी-न-किसी प्रकार की मीमांसा करना आवश्यक हो जाता है।

देश में ऐसे आदमियों की संख्या कम नहीं है, जो उर्दू और हिंदी की अलग-अलग और स्वतंत्र उन्नति और विकास के मार्ग में बाधक नहीं होना चाहते। उन्होंने यह मान लिया है कि आरम्भ में इन दोनों के स्वरूपों में चाहे जो कुछ एकता और समानता रही हो, लेकिन फिर भी इस समय दोनों जिस रास्ते पर जा रही हैं, उसे देखते हुए इन दोनों में मेल और एकता होना असम्भव ही है। प्रत्येक भाषा की एक प्राकृतिक प्रवृत्ति होती है। उर्दू का फ़ारसी और अरबी के साथ स्वाभाविक सम्बन्ध है और हिंदी का संस्कृत तथा प्राकृत के साथ उसी प्रकार का सम्बन्ध है। उनकी यह प्रवृत्ति हम किसी शक्ति से रोक नहीं सकते। फिर इन दोनों को आपस में मिलाने का प्रयत्न करके हम क्यों व्यर्थ इन दोनों को हानि पहुँचावें?

यदि उर्दू और हिंदी दोनों अपने आपको अपने जन्म स्थान और प्रचार क्षेत्र तक ही परिमित रखें, तो हमें इनकी प्राकृतिक वृद्धि और विकास के सम्बन्ध में कोई आपत्ति न हो। बँगला, मराठी, गुजराती, तमिल, तेलगू, और कन्नड़ आदि प्रांतीय भाषाओं के सम्बन्ध में हमें किसी प्रकार की चिंता नहीं है। उन्हें अधिकार है कि वे अपने अंदर चाहे जितनी संस्कृत, अरबी या लैटिन आदि भरती चलें। उन भाषाओं के लेखक आदि स्वयं ही इस बात का निर्णय कर सकते हैं, परन्तु उर्दू और हिंदी की बात इन सबसे अलग है। यहाँ तो दोनों ही भारतवर्ष की राष्ट्रीय भाषा कहलाने का दावा करती हैं। परन्तु वे अपने व्यक्तिगत रूप में राष्ट्रीय आवश्यकताओं की पूर्ति नहीं कर सकीं और इसीलिए संयुक्त रूप में स्वयं ही उनका संयोग और मेल आरम्भ हो गया और दोनों का वह सम्मिलित स्वरूप उत्पन्न हो गया, जिसे हम बहुत ठीक तौर पर हिंदुस्तानी ज़बान कहते हैं। वास्तविक बात तो यह है कि भारतवर्ष की राष्ट्रीय भाषा न तो वह उर्दू ही हो सकती है, जो अरबी और फ़ारसी के अप्रचलित तथा अपरिचित शब्दों के भार से

लदी रहती है, और न वह हिंदी ही हो सकती है, जो संस्कृत के कठिन शब्दों से लदी हुई होती है। यदि इन दोनों भाषाओं के पक्षपाती और समर्थक आमने-सामने खड़े होकर अपनी साहित्यिक भाषाओं में बातें करें, तो शायद एक-दूसरे का कुछ भी मतलब न समझ सकें।

हमारी राष्ट्रीय भाषा तो वही हो सकती है, जिसका आधार सर्वसामान्य बोधगम्यता हो—जिसे सब लोग सहज में समझ सकें। वह इस बात की क्यों परवांह करने लगी कि अमुक शब्द इसलिए छोड़ दिया जाना चाहिए कि वह फ़ारसी, अरबी अथवा संस्कृत का है? वह तो केवल यह मानदंड अपने सामने रखती है कि जन-साधारण यह शब्द समझ सकते हैं या नहीं? और जन-साधारण में हिंदू, मुसलमान, पंजाबी, बंगाली, महाराष्ट्रीय और गुजराती सभी सम्मिलित हैं। यदि कोई शब्द या मुहावरा या पारिभाषिक शब्द जन-साधारण में प्रचलित है, तो फिर वह इस बात की परवाह नहीं करती कि वह कहाँ से निकला है और कहाँ से आया है। और यही हिंदुस्तानी है और जिस प्रकार अँगरेजों की भाषा अँगरेजी, जापान की जापानी, ईरान की ईरानी और चीन की चीनी है, उसी प्रकार हिंदुस्तान की राष्ट्रीय भाषा को इसी तौर पर हिंदुस्तानी कहना केवल उचित ही नहीं, बल्कि आवश्यक भी है। और अगर इस देश को हिंदुस्तान न कहकर केवल हिंद कहें, तो इसकी भाषा को हिंदी कह सकते हैं, लेकिन यहाँ की भाषा को उर्दू तो किसी प्रकार कहा ही नहीं जा सकता, जब तक हम हिंदुस्तान को उर्दूस्तान न कहने लगें, जो अब किसी प्रकार सम्भव ही नहीं है।

प्राचीन काल के लोग यहाँ की भाषा को हिंदी ही कहते थे और खुसरो ने खालिकबारी की रचना करके हिंदुस्तानी की नींव रखी थी। इस ग्रंथ की रचना में कदाचित् उसका यही अभिप्राय होगा कि जन साधारण की आवश्यकता के शब्द उन्हें दोनों ही रूपों में सिखलाए जाएँ, जिसमें उन्हें अपने रोज़मर्रा के कामों में सहूलियत हो जाय। अभी तक इस बात का निर्णय नहीं हो सका है कि उर्दू की सृष्टि कब और कहाँ हुई थी। जो हो, परंतु भारतवर्ष की राष्ट्रीय भाषा न तो उर्दू ही है और न हिंदी; बल्कि वह हिंदुस्तानी है, जो सारे हिंदुस्तान में समझी जाती है और उसके बहुत बड़े भाग में बोली जाती है; लेकिन फिर भी लिखी कहीं नहीं ज़ाती और यदि कोई लिखने का प्रयत्न करता है तो उर्दू और हिंदी के साहित्यज्ञ उसे टाट बाहर कर देते हैं। वास्तव में उर्दू और हिंदी की उन्नति में जो बात बाधक है, वह उनका वैशिष्ट्य प्रेमी है। हम चाहे उर्दू लिखें और चाहे हिंदी, जन-साधारण के लिए नहीं लिखते; बल्कि एक परिमित वर्ग के लिए लिखते हैं और यही कारण है कि हमारी साहित्यिक रचनाएँ जन-साधारण को प्रिय नहीं होतीं।

यह बात बिलकुल ठीक है कि किसी देश में भी लिखने और बोलने की भाषाएँ एक नहीं हुआ करतीं। जो अँगरेजी हम किताबों और अखबारों में पढ़ते हैं, वह कहीं बोली नहीं जाती। पढ़े-लिखे लोग भी उस भाषा में बातचीत नहीं करते, जिस भाषा में ग्रंथ और समाचार-पत्र आदि लिखे जाते हैं और जनसाधारण की भाषा तो बिलकुल

अलग ही होती है। इंग्लैंड के हर एक पढ़े-लिखे आदमी से यह आशा अवश्य की जाती है कि वह लिखी जानेवाली भाषा समझे और अवसर पड़ने पर उसका प्रयोग भी कर सके। यह बात हम हिंदुस्तान में भी चाहते हैं।

परन्तु आज क्या परिस्थिति है? हमारे हिंदीवाले इस बात पर तुले हुए हैं कि हम हिंदी से भिन्न भाषाओं के शब्दों को हिंदी में किसी तरह घुसने ही न देंगे। उन्हें 'मनुष्य' से तो प्रेम है; परन्तु 'आदमी' से पूरी-पूरी घृणा है। यद्यपि 'दरख्वास्त' जनसाधारण में भली-भाँति प्रचलित है; परन्तु फिर भी उनके यहाँ इसका प्रयोग वर्जित है। इसके स्थान पर वे 'प्रार्थना-पत्र' ही लिखना चाहते हैं, यद्यपि जनसाधारण इसका मतलब बिलकुल ही नहीं समझता। 'इस्तीफा' को वे किसी तरह मंजूर नहीं कर सकते और इसके स्थान पर वे 'त्यागपत्र' रखना चाहते हैं। 'हवाई जहाज' चाहे कितना ही सुबोध क्यों न हो, परन्तु उन्हें 'वायुयान' की सैर ही पसंद है। उर्दूवाले तो इस बात पर और भी अधिक लट्टू हैं। वे 'खुदा' को तो मानते हैं, परन्तु 'ईश्वर' को नहीं मानते। 'कुसूर' तो वे बहुत से कर सकते हैं, परन्तु 'अपराध' कभी नहीं कर सकते। 'ख़िदमत' तो उन्हें बहुत पसंद है, 'सेवा' उन्हें एक आँख भी नहीं भाती। इसी तरह हम लोगों ने उर्दू और हिन्दी के दो अलग-अलग कैम्प बना लिए हैं और मजाल नहीं कि एक कैम्प का आदमी दूसरे कैम्प में पैर भी रख सके। इस दृष्टि से हिंदी के मुकाबले में उर्दू में कहीं अधिक कड़ाई है। हिंदुस्तानी इस चारदीवारी को तोड़कर दोनों में मेल-जोल पैदा कर देना चाहती है, जिसमें दोनों एक दूसरे के घर बिना किसी प्रकार के संकोच के आ-जा सकें, और वह भी सिर्फ मेहमान की हैसियत से नहीं, बल्कि घर के आदमी की तरह। 'गारसन डि टासी' के शब्दों में उर्दू और हिंदी के बीच में कोई ऐसी विभाजक रेखा नहीं खींची जा सकती, जहाँ एक को विशेष रूप से हिंदी और दूसरी को उर्दू कहा जा सके। अँगरेजी भाषा के भी अनेक रंग हैं। कहीं लैटिन और यूनानी शब्दों की अधिकता होती है, कहीं ऐंग्लो-सैक्सन शब्दों की। परन्तु हैं दोनों ही अँगरेजी। इसी प्रकार हिंदी या उर्दू शब्दों के विभेद के कारण दो भिन्न-भिन्न भाषाएँ नहीं हो सकतीं। जो लोग भारतीय राष्ट्रीयता का स्वप्न देखते हैं और जो इस सांस्कृतिक एकता को दृढ़ करना चाहते हैं, उनसे हमारी प्रार्थना है कि वे लोग हिंदुस्तानी का निमंत्रण ग्रहण करें, जो कोई नई भाषा नहीं है; बल्कि उर्दू और हिंदी का राष्ट्रीय स्वरूप है।

संयुक्त प्रांत के अपर प्राइमरी स्कूलों में चौथे दरज़े तक इसी मिश्रित भाषा अर्थात् हिंदुस्तानी की रीडरें पढ़ाई जाती हैं। केवल उनकी लिपि अलग होती है। उनकी भाषा में कोई अन्तर नहीं होता। इसमें शिक्षा विभाग का उद्देश्य यह होगा कि इस प्रकार विद्यार्थियों में बचपन में ही हिंदुस्तानी की नींव पड़ जायेगी और वे उर्दू तथा हिंदी के विशेष प्रचलित शब्दों से भली भाँति परिचित हो जाएँगे और उन्हीं का प्रयोग करने लगेंगे। इसमें दूसरा लाभ यह भी है कि एक ही शिक्षक शिक्षा दे सकता है। इस समय भी यही व्यवस्था प्रचलित है। लेकिन हिंदी और उर्दू के पक्षपातियों की ओर से इसकी

शिकायतें शुरू हो गई हैं कि इस मिश्रित भाषा की शिक्षा से विद्यार्थियों को कुछ भी साहित्यिक ज्ञान नहीं होने पाता और वे अपर प्राइमरी के बाद भी साधारण पुस्तकें तक नहीं समझते। इसी शिकायत को दूर करने के लिए इन रीडरों के अतिरिक्त अपर प्राइमरी दरजों के लिए एक साहित्यिक रीडर भी नियत हुई है। हमारे मासिक-पत्र, समाचार-पत्र और पुस्तकें आदि विशुद्ध हिंदी में प्रकाशित होती हैं। इसलिए जब तक उर्दू पढ़ने-वाले लड़कों के पास फ़ारसी और अरबी शब्दों का और हिंदी पढ़ने-वाले लड़कों के पास संस्कृत शब्दों का यथेष्ट भंडार न हो, तब तक वे उर्दू या हिंदी की कोई पुस्तक नहीं समझ सकते। इस प्रकार बाल्यावस्था से ही हमारे यहाँ उर्दू और हिंदी का विभेद आरम्भ हो जाता है। क्या इस विभेद को मिटाने का कोई उपाय नहीं है?

जो लोग इस विभेद के पक्षपाती हैं, उनके पास अपने-अपने दावे की दलीलें और तर्क भी मौजूद हैं। उदाहरण के लिए विशुद्ध हिंदी के पक्षपाती कहते हैं कि संस्कृत की ओर झुकने से हिंदी भाषा हिंदुस्तान की दूसरी भाषाओं के पास पहुँच जाती है। अपने विचार प्रकट करने के लिए उसे बने-बनाए शब्द मिल जाते हैं, लिखावट में साहित्यिक रूप आ जाता है, आदि, आदि। इसी तरह उर्दू का झंडा लेकर चलनेवाले कहते हैं कि फ़ारसी और अरबी, उर्दू के पास आ जाती हैं। अपने विचार प्रकट करने के लिए उसे अरबों का विद्या सम्बन्धी भंडार मिल जाता है, जिससे बढ़कर विद्या की भाषा और कोई नहीं है और लेखन-शैली में गम्भीरता और शान आ जाती है, आदि, आदि। इसलिए क्यों न इन दोनों को अपने-अपने ढंग पर चलने दिया जाय और उन्हें आपस में मिलाकर क्यों दोनों के रास्तों में रुकावटें पैदा की जाएँ? यदि सभी लोग इन तर्कों से सहमत हो जाएँ, तो इसका अभिप्राय यही होगा कि हिंदुस्तान में कभी राष्ट्रीय भाषा की सृष्टि न हो सकेगी। इसलिए हमें आवश्यक है कि जहाँ तक हो सके, हम इस प्रकार की धारणाओं को दूर करके ऐसी परिस्थिति उत्पन्न करें, जिससे हम दिन पर दिन राष्ट्रीय भाषा के और भी अधिक समीप पहुँचते जाएँ, और सम्भव है कि दस बीस वर्षों में हमारा स्वप्न यथार्थता में परिणत हो जाय।

हिंदुस्तान के हर एक सूबे में मुसलमानों की थोड़ी-बहुत संख्या मौजूद ही है। संयुक्त प्रांत के सिवा और-और सूबों में मुसलमानों ने अपने-अपने सूबे की भाषा अपना ली है। बंगाल का मुसलमान बँगला बोलता और लिखता है, गुजरात का गुजराती, मैसूर का कन्नड़ी, मद्रास का तमिल और पंजाब का पंजाबी, आदि। यहाँ तक कि उसने अपने-अपने सूबे की लिपि भी ग्रहण कर ली है। उर्दू लिपि और भाषा से यद्यपि उसका धार्मिक और सांस्कृतिक अनुराग हो सकता है, लेकिन नित्यप्रति के जीवन में उसे उर्दू की बिलकुल आवश्यकता नहीं पड़ती। यदि दूसरे सूबों के मुसलमान अपने-अपने सूबे की भाषा निस्संकोच भाव से सीख सकते हैं और उसे यहाँ तक अपनी भी बना सकते हैं कि हिंदुओं और मुसलमानों की भाषा में नाम को भी कोई भेद नहीं रह जाता, तो फिर संयुक्त प्रांत और पंजाब के मुसलमान क्यों हिंदी से इतनी घृणा करते हैं? हमारे सूबे के देहातों में रहनेवाले मुसलमान प्रायः देहातियों की भाषा ही बोलते हैं।

जो बहुत से मुसलमान देहातों से आकर शहरों में आबाद हो गए हैं, वे भी अपने घरों में देहाती ज़बान ही बोलते हैं।

बोलचाल की हिंदी समझने में न तो साधारण मुसलमानों को ही कोई कठिनता होती है और न बोलचाल की उर्दू समझने में साधारण हिंदुओं को ही। बोलचाल की हिंदी और उर्दू प्रायः एक सी ही है। हिंदी के जो शब्द साधारण पुस्तकों और समाचार-पत्रों में व्यवहृत होते हैं और कभी-कभी पंडितों के भाषणों में भी आ जाते हैं, उनकी संख्या दो हजार से अधिक न होगी। इसी प्रकार फ़ारसी के साधारण शब्द भी इससे अधिक न होंगे। क्या उर्दू के वर्तमान कोषों में दो हजार हिंदी शब्द और हिंदी के कोषों में दो हजार उर्दू शब्द नहीं बढ़ाए जा सकते? और इस प्रकार हम एक मिश्रित कोश की सृष्टि नहीं कर सकते? क्या हमारी स्मरणशक्ति पर यह भार असह्य होगा? हम अँगरेज़ों के असंख्य शब्द याद कर सकते हैं और वह भी केवल एक अस्थायी आवश्यकता की पूर्ति करने के लिए, तो फिर क्या हम स्थायी उद्देश्य की सिद्धि के लिए थोड़े से और शब्द भी याद नहीं कर सकते? उर्दू और हिंदी भाषाओं में न तो अभी विस्तार ही है और न दृढ़ता। उनके शब्दों की संख्या परिमित है। प्रायः साधारण अभिप्राय प्रकट करने के लिए भी उपयुक्त शब्द नहीं मिलते। शब्दों की इस वृद्धि से यह शिकायत दूर हो सकती है।

भारतवर्ष की सभी भाषाएँ या तो प्रत्यक्ष रूप से और या अप्रत्यक्ष रूप से संस्कृत से निकली हैं। गुजराती, मराठी और बँगला की तो लिपियाँ भी देवनागरी से मिलती-जुलती हैं। यद्यपि दक्षिणी भारत की भाषाओं की लिपियाँ बिलकुल भिन्न हैं, परन्तु फिर भी उनमें संस्कृत शब्दों की बहुत अधिकता है। अरबी और फ़ारसी के शब्द भी सभी प्रांतीय भाषाओं में कुछ न कुछ मिलते हैं। परन्तु उनमें संस्कृत शब्दों की उतनी अधिकता नहीं होती; जितनी हिंदी में होती है। इसलिए यह बात बिलकुल ठीक है कि भारतवर्ष में ऐसी हिंदी बहुत सहज में स्वीकृत और प्रचलित हो सकती है, जिसमें संस्कृत के शब्द अधिक हों। दूसरे प्रांतों के मुसलमान भी ऐसी हिंदी सहज में समझ सकते हैं, परन्तु फ़ारसी और अरबी के शब्दों से लदी हुई उर्दू भाषा के लिए संयुक्त प्रांत और पंजाब के नगरों और क़स्बों तथा हैदराबाद के बड़े-बड़े शहरों के सिवा और कोई क्षेत्र नहीं। मुसलमान संख्या में अवश्य आठ करोड़ हैं, लेकिन उर्दू बोलनेवाले मुसलमान इसके एक चौथाई से अधिक न होंगे। ऐसी अवस्था में क्या उच्चकोटि की राष्ट्रीयता के विचार से इसकी आवश्यकता नहीं है कि उर्दू में कुछ आवश्यक सुधार और वृद्धि करके उसे हिंदी के साथ मिला लिया जाय? और हिंदी में भी इसी प्रकार की वृद्धि करके उसे उर्दू से मिला दिया जाय? और इस मिश्रित भाषा को इतना दृढ़ कर दिया जाय कि वह सारे भारतवर्ष में बोली-समझी जा सके? और हमारे लेखक जो कुछ भी लिखें, वह एक विशेष क्षेत्र के लिए न हो, बल्कि सारे भारतवर्ष के लिए हो? सिंधी भाषा इस प्रकार के मिश्रण का बहुत अच्छा उदाहरण है। सिंधी भाषा की केवल लिपि अरबी है, परन्तु उसमें हिंदी के सभी तत्त्व सम्मिलित कर लिए गए हैं और

शब्दों की दृष्टि से भी उसमें संस्कृत, अरबी और फ़ारसी का कुछ ऐसा सम्मिश्रण हो गया है कि कहीं खटक नहीं मालूम होती। हिंदुस्तानी के लिए भी कुछ इसी प्रकार के सम्मिश्रण की आवश्यकता है।

जो लोग उर्दू और हिंदी को बिलकुल अलग-अलग रखना चाहते हैं, उनका यह कहना एक बहुत बड़ी सीमा तक ठीक है कि मिश्रित भाषा में क़िस्से-कहानियाँ और नाटक आदि तो लिखे जा सकते हैं, परन्तु विज्ञान और साहित्य के उच्च विषय उसमें नहीं लिखे जा सकते। वहाँ तो विवश होकर फ़ारसी और अरबी के शब्दों से भरी हुई उर्दू और संस्कृत के शब्दों से भरी हुई हिंदी का व्यवहार आवश्यक हो जायेगा। विज्ञान और विद्या सम्बन्धी विषय लिखने के लिए सबसे बड़ी आवश्यकता उपयुक्त पारिभाषिक शब्दों की होती है और पारिभाषिक शब्दों के लिए हमें विवश होकर अरबी और संस्कृत के असीम शब्द-भंडारों से सहायता लेनी पड़ेगी। इस समय प्रत्येक प्रांतीय भाषा अपने लिए अलग-अलग पारिभाषिक शब्द तैयार कर रही है। उर्दू में भी विज्ञान सम्बन्धी पारिभाषिक शब्द बनाए गए हैं और अभी यह क्रम चल रहा है। क्या यह बात कहीं अधिक उत्तम न होगी कि भिन्न-भिन्न प्रांतीय सभाएँ और संस्थाएँ आपस में मिलकर परामर्श करें और एक-दूसरी की सहायता से यह कठिन कार्य पूरा करें? इस समय सभी लोगों को अलग-अलग बहुत कुछ परिश्रम, माथापच्ची और व्यय करना पड़ रहा है और उसमें बहुत कुछ बचत हो सकती है।

हमारी समझ में तो यह आता है कि नए सिरे से पारिभाषिक शब्द बनाने की जगह कहीं अच्छा यह होगा कि अँग़रेज़ी के प्रचलित पारिभाषिक शब्दों में कुछ आवश्यक परिवर्तन करके उन्हीं को ग्रहण कर लिया जाय। पारिभाषिक शब्द केवल अँगरेजी में ही प्रचलित नहीं हैं, बल्कि प्रायः सभी उन्नत भाषाओं में उनसे मिलते-जुलते पारिभाषिक शब्द पाए जाते हैं। कहते हैं कि जापानियों ने भी इसी मार्ग का अवलम्बन किया है और मिस्र में थोड़े बहुत सुधार और परिवर्तन के साथ उन्हीं को ग्रहण किया गया है। यदि हमारी भाषा में बटन, लालटेन और बाइसिकल सरीखे सैकड़ों विदेशी शब्द खप सकते हैं, तो फिर पारिभाषिक शब्दों को लेने में कौन-सी-बात बाधक हो सकती है? यदि प्रत्येक प्रांत ने अपने अलग-अलग पारिभाषिक शब्द बना लिए, तो फिर भारतवर्ष की कोई राष्ट्रीय विद्या और विज्ञान सम्बन्धी भाषा न बन सकेगी। बंगला, मराठी, गुजराती और कन्नड़ी आदि भाषाएँ संस्कृत की सहायता से यह कठिनता दूर कर सकती है। उर्दू भी अरबी और फ़ारसी की सहायता से अपनी पारिभाषिक आवश्यकताएँ पूरी कर सकती है। परन्तु हमारे लिए ऐसे शब्द प्रचलित अँगरेजी पारिभाषिक शब्दों से भी कहीं अधिक अपरिचित होंगे। 'आईने अकबरी' ने हिंदू दर्शन, संगीत और गणित के लिए संस्कृत के प्रचलित पारिभाषिक शब्द ग्रहण करके एक अच्छा उदाहरण उपस्थित कर दिया है। इस्लामी दर्शन, धर्म-शास्त्र आदि में से हम प्रचलित अरबी पारिभाषिक शब्द ग्रहण कर सकते हैं। जो विद्याएँ पाश्चात्य देशों से अपने-अपने पारिभाषिक शब्द लेकर आयी हैं, यदि उन्हें भी हम उन शब्दों के

सहित ग्रहण कर लें, तो यह बात हमारी ऐतिहासिक परम्परा से भिन्न न होगी।

यह कहा जा सकता है कि मिश्रित हिंदुस्तानी उतनी सरस और कोमल न होगी परन्तु सरसता और कोमलता का मानदंड सदा बदलता रहता है। कई साल पहले अचकन पर अँगरेजी टोपी बेजोड़ और हास्यास्पद मालूम होती थी। लेकिन अब वह साधारणत: सभी जगह दिखाई देती है। स्त्रियों के लिए लम्बे-लम्बे सिर के बाल सौंदर्य का एक विशेष स्तम्भ है; परन्तु आजकल तराशे हुए बाल प्राय: पसंद किए जाते हैं। फिर किसी भाषा का मुख्य गुण उसकी सरसता ही नहीं है, बल्कि मुख्य गुण तो अभिप्राय प्रकट करने की शक्ति है। यदि हम सरसता और कोमलता की कुरबानी करके भी अपनी राष्ट्रीय भाषा का क्षेत्र विस्तृत कर सकें, तो हमें इसमें संकोच नहीं होना चाहिए। जब कि हमारे राजनीतिक संसार में एक फेडरेशन या संघ की नींव डाली जा रही है, तब क्यों न हम साहित्यिक संसार में भी एक फेडरेशन या संघ की स्थापना करें, जिसमें हर एक प्रांतीय भाषा के प्रतिनिधि साल में एक बार, एक सप्ताह के लिए किसी केन्द्र में एकत्र होकर राष्ट्रीय भाषा के प्रश्न पर विचार-विनिमय करें और अनुभव के प्रकाश में सामने आनेवाली समस्याओं की मीमांसा करें? जब हमारे जीवन की प्रत्येक बात और प्रत्येक अंग में परिवर्तन हो रहे हैं और प्राय: हमारी इच्छा के विरुद्ध भी परिवर्तन हो रहे हैं, तो फिर भाषा के विषय में हम क्यों सौ वर्ष पहले के विचारों और दृष्टिकोणों पर अड़े रहें?

अब वह अवसर आ गया है कि अखिल भारतीय हिंदुस्तानी भाषा और साहित्य की एक सभा या संस्था स्थापित की जाय, जिसका काम ऐसी हिंदुस्तानी भाषा की सृष्टि करना हो, जो प्रत्येक प्रांत में प्रचलित हो सके। यहाँ यह बताने की आवश्यकता नहीं कि इस सभा या संस्था के कर्तव्य और उद्देश्य क्या होंगे। इसी सभा या संस्था का यह काम होगा कि वह अपना कार्यक्रम तैयार करे। हमारा तो यही निवेदन है कि अब इस काम में ज्यादा देर करने की गुंजाइश नहीं है।

■

महाजनी सभ्यता

मुज़दः ए दिल कि मसीहा नफ़से मी आयद;

कि जे अनफास खुँशश बूए कसे मी आयद।[१]

जागीरदारी सभ्यता में बलवान् भुजाएँ और मजबूत कलेजा जीवन की आवश्यकताओं में परिगणित थे, और साम्राज्यवाद में बुद्धि और वाणी के गुण तथा मूक आज्ञापालन उसके आवश्यक साधन थे; पर उन दोनों स्थितियों में दोनों के साथ कुछ गुण भी थे। मनुष्य के अच्छे भाव लुप्त नहीं हो गये थे। जागीरदार अगर दुश्मन के खून से अपनी प्यास बुझाता था, तो अकसर अपने किसी मित्र या उपकारक के लिए जान की बाजी भी लगा देता था। बादशाह अगर अपने हुक्म को कानून समझता था और उसकी अवज्ञा को कदापि सहन न कर सकता था, तो प्रजा-पालन भी करता था, न्यायशील भी होता था। दूसरे के देश पर चढ़ाई वह या तो किसी अपमान-अपकार का बदला फेरने के लिए करता था या अपनी आन-बान रोद-दाब कायम रखने के लिए या फिर देश-विजय और राज्य-विस्तार की वीरोचित महत्त्वाकांक्षा से प्रेरित होता था। उसकी विजय का उद्देश्य प्रजा का खून चूसना कदापि न होता था। कारण यह है कि राजा और सम्राट जन-साधारण को अपने स्वार्थसाधन और धन शोषण की भट्टी या ईधन समझते थे; किन्तु उनके दुःख-सुख में शरीक होते थे और उनके गुण की कद्र करते थे।

मगर इस महाजनी सभ्यता में सारे कामों की गरज महज पैसा होती है। किसी देश पर राज्य किया जाता है, तो इसलिए कि महाजनों, पूँजीपतियों को ज्यादा-से-ज्यादा नफ़ा हो। इस दृष्टि से मानो आज दुनिया में महाजनों का ही राज्य है। मनुष्य-समाज दो भागों में बँट गया है। बड़ा हिस्सा तो मरने और खपने वालों का है, और बहुत ही छोटा हिस्सा उन लोगों का, जो अपनी शक्ति और प्रभाव से बड़े समुदाय को अपने वश में किये हुए हैं। इन्हें इस बड़े भाग के साथ किसी तरह की हमदर्दी नहीं, जरा भी रूरियांयत नहीं। उसका अस्तित्व केवल इसलिए है कि अपने मालिकों के लिए पसीना बहाये, खून गिराये और एक दिन चुपचाप इस दुनिया से विदा हो जाय। अधिक दुःख की बात तो यह है कि शासक वर्ग के विचार और सिद्धान्त शासित वर्ग के भीतर भी समा गये हैं; जिसका फल यह हुआ है कि हर आदमी अपने को शिकारी समझता है और उसका शिकार है समाज। वह खुद समाज से बिलकुल अलग है, अगर कोई सम्बन्ध है, तो यह कि किसी चाल या युक्ति से वह समाज को उल्लू बनावे और उससे

---

१. हृदय तू प्रसन्न हो कि पीयूषपाणि मसीहा सशरीर तेरी ओर आ रहा है। देखता नहीं कि लोगों की साँसों से किसी की सुगन्धि आ रही है।

जितना लाभ उठाया जा सकता हो, उठा ले।

धन-लोभ ने मानव भावों को पूर्ण रूप से अपने अधीन कर लिया है। कुलीनता और शराफत, गुण और कमाल की कसौटी पैसा, और केवल पैसा है। जिसके पास पैसा है, वह देवता स्वरूप है, उसका अन्त:करण कितना ही काला क्यों न हो। साहित्य, संगीत और कला—सभी धन की देहली पर माथा टेकने वालों में हैं। यह हवा इतनी जहरीली हो गयी है कि इसमें जीवित रहना कठिन होता जा रहा है। डाक्टर और हकीम है कि वह बिना लम्बी फ़ीस लिये बात नहीं करता। वकील और बैरिस्टर है कि वह मिनटों को अशर्फियों से तौलता है। गुण और योग्यता की सफलता उसके आर्थिक मूल्य के हिसाब से मानी जा रही हैं। मौलवी साहब और पंडितजी भी पैसे वालों के बिना पैसे के गुलाम हैं। अखबार उन्हीं का राग अलापते हैं। इस पैसे ने आदमी के दिलोदिमाग पर इतना कब्जा जमा लिया है कि उसके राज्य पर किसी ओर से भी आक्रमण करना कठिन दिखाई देता है। वह दया और स्नेह, सच्चाई और सौजन्य का पुतला मनुष्य दया-ममता-शून्य जड़यंत्र बन कर रह गया है। इस महाजनी सभ्यता ने नये-नये नीतिनियम गढ़ लिए हैं जिन पर आज समाज की व्यवस्था चल रही है। उसमें से एक यह है कि समय ही धन है। पहले समय जीवन था और उसका सर्वोत्तम उपयोग विद्या कला का अर्जन अथवा दीन-दुखी जनों की सहायता था। अब उसका सबसे बड़ा सदुपयोग पैसा कमाना है। डाक्टर साहब हाथ मरीज की नब्ज पर रखते हैं और निगाह घड़ी की सुई पर। उसका एक-एक मिनट एक-एक अशर्फी है। रोगी ने अगर केवल एक अशर्फी नज़र की है, तो वह उसे मिनट से ज्यादा वक्त नहीं दे सकते। रोगी अपनी दु:ख-गाथा सुनाने के लिए बेचैन है पर डाक्टर साहब का उधर बिलकुल ध्यान नहीं। उन्हें उससे जरा भी दिलचस्पी नहीं। उनकी निगाह में उस व्यक्ति का अर्थ केवल इतना ही है कि वह उन्हें फीस देता है। वह जल्द से जल्द नुस्खा लिखेंगे और दूसरे रोगी को देखने चले जायेंगे। मास्टर साहब पढ़ाने आते हैं, उनका एक घंटा वक्त बँधा है। वह घड़ी सामने रख लेते हैं, जैसे ही घंटा पूरा हुआ, वह उठ खड़े हुए। लड़के का सबक अधूरा रह गया है तो रह जाय, उनकी बला से वह घंटे से अधिक समय कैसे दे सकते हैं, क्योंकि समय रुपया है। इन धन-लोभ से मनुष्यता और मित्रता नाम शेष कर डाला है। पति को पत्नी या लड़कों से बात करने की फुर्सत नहीं, मित्र और सम्बन्धी किस गिनती में हैं। जितनी देर वह बातें करेगा, उतनी देर में तो कुछ कमा लेगा। कुछ कमा लेना ही जीवन की सार्थकता है, शेष सब कुछ समय-नाश है। बिना खाये-सोये काम नहीं चलता, बेचारा इससे लाचार है और इतना समय नष्ट करना ही पड़ता है।

आपका कोई मित्र या सम्बन्धी अपने नगर में प्रसिद्धि प्राप्त कर चुका है, तो समझ लीजिए, उसके यहाँ अब आपकी रसाई मुमकिन नहीं। आपको उसके दरे-दौलत पर जाकर कार्ड भोजना होगा। उन महाशय को बहुत से काम होंगे, मुश्किल से आपसे एक-दो बातें करेंगे या साफ जवाब दे देंगे कि आज फुर्सत नहीं है। अब वह पैसे के

पुजारी हैं, मित्रता और शीलसंकोच के नाम पर कब की तिलांजलि दे चुके हैं।

आपका कोई दोस्त वकील है और आप किसी मुकदमे में फँस गये हैं, तो उससे किसी तरह की सहायता की आशा न रखिये। अगर वह मुरौवत को गंगा में डुबो नहीं चुका है तो आपसे लेन-देन की बात शायद न करेगा, पर आपके मुकदमे की ओर तनिक भी ध्यान न देगा। इससे तो कहीं अच्छा है कि आप किसी अपरिचित के पास जाएँ और उसकी पूरी फ़ीस अदा करें। ईश्वर न करे कि आज किसी को किसी चीज में कमाल हासिल हो जाय, फिर उसमें मनुष्यता नाम को न रह जायेगी; उसका एक-एक मिनट कीमती हो जायेगा।

इसका अर्थ यह नहीं कि व्यर्थ की गपशप में समय नष्ट किया जाय, पर यह अर्थ अवश्य है कि धन-लिप्सा को इतना बढ़ने न दिया जाय कि वह मनुष्यता, मित्रता, स्नेह-सहानुभूति सबको निकाल बाहर करे।

पर आज उस पैसे के गुलाम को बुरा नहीं कह सकते। सारी दुनिया जिस प्रवाह में बह रही है, वह भी उसी में बह रहा है। मान-प्रतिष्ठा सदा से मानवीय आकांक्षाओं का लक्ष्य रहा है। जब विद्या-कला मान-प्रतिष्ठा का साधन थी, उस समय लोग इन्हीं का अर्जन अभ्यास करते थे। जब धन उसका एकमात्र उपाय है, तब मनुष्य मजबूर है कि एकनिष्ठ भाव से उसी की उपासना करे। वह कोई साधु-महात्मा, संन्यासी-उदासी नहीं; वह देख रहा है कि उसके पेशे में जो सौभाग्यशाली सफलता की कठिन यात्रा पूरी कर सके हैं, वह उसी राजमार्ग के पथिक थे, जिस पर वह खुद चल रहा है। समय धन है एक सफल व्यक्ति का। वह इस सिद्धान्त का अनुसरण करते देखता है, फिर वह भी उसी के पद-चिह्नों का अनुसरण करता है, तो उसका क्या दोष? मान-प्रतिष्ठा की लालसा तो दिल से मिटायी नहीं जा सकती। वह देख रहा है कि जिसके पास दौलत नहीं और इसीलिए नहीं कि उन्होंने वक्त को दौलत नहीं समझा, उनको कोई पूछने वाला नहीं। वह अपने पेशे में उस्ताद है फिर भी उसकी कहीं पूछ नहीं। जिस आदमी में तनिक भी जीवन की आकांक्षा है वह तो इस उपेक्षा की स्थिति को सहन नहीं कर सकता। उसे तो मुरौवत, दोस्ती और सौजन्य को धता बतला कर लक्ष्मी की आराधना में अपने को लीन कर देना होगा, तभी इस देवी का वरदान उसे मिलेगा, और यह कोई इच्छाकृत कार्य नहीं किन्तु सर्वथा बाध्यकारी है। उसके मन की अवस्था अपने आप कुछ इस तरह की हो गयी है कि उसे धनार्जन के सिवा और किसी काम से लगाव नहीं रहा। अगर उसे किसी सभा या व्याख्यान में आधा घण्टा बैठना पड़े; तो समझ लो, वह कैद की घड़ी काट रहा है। उसकी सारी मानसिक, भागवत और सांस्कृतिक दिलचस्पियाँ इसी केन्द्र बिन्दु पर एकत्र हो गयी हैं और क्यों न हों? वह देख रहा है कि पैसे के सिवा उसका और कोई अपना नहीं। स्नेही मित्र भी अपनी गरज लेकर ही उसके पास आते हैं, स्वजन-संबंधी भी उसके पैसे के ही पुजारी हैं। वह जानता है कि अगर वह निर्बल होता, तो वह जो दोस्तों का जमघट लग रहा है, उनमें से एक के भी दर्शन न होते, इन स्वजन-सम्बंधियों में से एक भी पास न

फटकता। उस समाज में अपनी एक हैसियत बनानी है, बुढ़ापे के लिए कुछ बचाना है, लड़कों के लिए कुछ कर जाना है जिसमें उन्हें दर-दर की ठोकरें न खानी पड़ें। इस निष्ठुर, सहानुभूति-शून्य दुनिया का उसे पूरा अनुभव है। अपने लड़कों को वह उन कठिन अवस्थाओं में नहीं पड़ने देना चाहता जो सारी आशाओं-उमंगों पर पाला गिरा देती है, हिम्मत हौसले को तोड़कर रख देती है। उसे वह सारी मंजिलें जो एक साथ जीवन के आवश्यक अंग हैं, खुद तय करनी होंगी और जीवन को व्यापार के सिद्धान्तों पर चलाये बिना वह इनमें से एक भी मंजिल पार नहीं कर सकता।

इस सभ्यता का दूसरा सिद्धांत है 'बिज़नेस इज बिज़नेस' अर्थात् व्यवसाय व्यवसाय है, उसमें भावुकता के लिए गुंजाइश नहीं। पुराने जीवन-सिद्धांत में वह लट्ठमार साफगोई नहीं है, जो निर्लज्जता कही जा सकती है और जो इस नवीन सिद्धांत की आत्मा है। जहाँ लेन-देन का सवाल है, रुपये-पैसे का मामला है, वहाँ न दोस्ती का गुजर है, न मुरौवत का, न इन्सानियत का। 'बिज़नेस' में दोस्ती कैसी। जहाँ किसी ने इस सिद्धांत की आड़ ली और लाजवाब हुए। फिर आपकी जबान नहीं खुल सकती। एक सज्जन जरूरत से लाचार होकर अपने किसी महाजन मित्र के पास जाते हैं और चाहते हैं कि वह उनकी कुछ मदद करें। यह भी आशा रखते हैं कि शायद सूद के दर में वह कुछ रियायत कर दें; पर जब देखते हैं कि यह महानुभाव मेरे साथ भी बड़ा कारबारी बर्त्ताव कर रहे हैं, तो कुछ रियायत की प्रार्थना करते हैं, मित्रता और घनिष्ठता के आधार पर आँखों में आँसू भरकर बड़े करुण स्वर में कहते हैं—महाशय, मैं इस समय बड़ा परेशान हूँ, नहीं तो आपको कष्ट नहीं देता, ईश्वर के लिए मेरे हाल पर रहम कीजिये। समझ लीजिये कि एक पुराने दोस्त...। वहीं बात काट कर आशा के स्वर में फरमाया जाता है, लेकिन जनाब, आप 'बिज़नेस इज बिज़नेस' इसे भूल जाते हैं। उस दिन कातर प्रार्थी पर मानो बम का गोला गिरा। अब उसके पास कोई तर्क नहीं, कोई दलील नहीं। चुपके से उठकर अपनी राह लेता है या फिर अपने व्यवसाय-सिद्धांत के भक्त मित्र की सारी शर्तें कबूल कर लेता है।

इस महाजनी सभ्यता ने दुनिया में जो नयी रीति-नीतियाँ चलायी हैं उनमें सबसे अधिक और रक्तपिपासु यहीं व्यवसाय वाला सिद्धान्त है। मियाँ-बीबी में बिज़नेस, बाप-बेटे में बिज़नेस, गुरु-शिष्य में बिज़नेस! सारे मानवी, आध्यात्मिक और सामाजिक नेह-नाते समाप्त। आदमी-आदमी के बीच बस कोई लगाव है, तो बस बिज़नेस का। लानत है इस बिज़नेस पर। लड़की अगर दुर्भाग्यवश क्वाँरी रह गयी और अपनी जीविका का कोई उपाय न निकाल सकी, तो अपने बाप के घर में ही लौंडी बन जाना पड़ता है। यों लड़के-लड़कियाँ सभी घरों में काम-काज करते ही हैं, पर उन्हें कोई टहलुआ नहीं समझता; पर इस महाजनी सभ्यता में लड़की एक खास उम्र के बाद लौंड़ी और अपने भाइयों की मजदूरनी हो जाती है। पूज्य पिताजी भी अपने पितृ-भक्त बेटे के टहलुए बन जाते हैं और माँ अपने सपूत की टहलुई। स्वजन-सम्बन्धी तो किसी गिनती में नहीं। भाई भी भाई के घर आये तो मेहमान है। अकसर तो उसे

मेहमानी का बिल भी चुकाना पड़ता है। इस सभ्यता की आत्मा है व्यक्तिवाद। आप स्वार्थी बनें। सब कुछ अपने लिए।

पर यहाँ भी हम किसी को दोषी नहीं ठहरा सकते। वही मान-प्रतिष्ठा, वही भविष्य की चिन्ता, वही अपने बाद बीबी-बच्चों के गुज़र का सवाल, वही नुमाइश और दिखावे की आवश्यकता हर एक की गरदन पर सवार है, और वह हिल नहीं सकता। वह इस सभ्यता के नीति-नियमों का पालन न करे तो उसका भविष्य अन्धकारमय है।

अब तक दुनिया के लिए इस सभ्यता की रीति-नीति का अनुसरण करने के सिवा और कोई उपाय न था। उसे झक मारकर उसके आदेशों के सामने सिर झुकाना पड़ता था। महाजन अपने जोम में फूला फिरता था। सारी दुनिया उसके चरणों पर नाक रगड़ रही थी। बादशाह उसका बंदा, वजीर उसके गुलाम, सन्धिविग्रह की कुंजी उसके हाथ में, दुनिया उसकी महत्वाकांक्षाओं के सामने सिर झुकाये हुए, हर मुल्क में उसका बोलबाला।

परन्तु अब एक नयी सभ्यता का सूर्य सुदूर पश्चिम से उदय हो रहा है, जिसने इस नाटकीय महाजनवाद या पूँजीवाद की जड़ खोदकर फेंक दी है, जिसका मूल सिद्धान्त यह है कि प्रत्येक व्यक्ति, जो अपने शरीर या दिमाग से मेहनत करके कुछ पैदा कर सकता है, राज्य और समाज का परम सम्मानित सदस्य हो सकता है, और जो केवल दूसरों की मेहनत या बाप-दादों के जोड़े हुए धन पर रईस बना फिरता है, वह पतित्तम् प्राणी है। उसे राज्य-प्रबन्ध में राय देने का हक नहीं और वह नागरिकता के अधिकारों का भी पात्र नहीं। महाजन इस नयी लहर से अति उद्विग्न होकर बौखलाया हुआ फिर रहा है और सारी दुनिया के महाजनों की शामिल आवाज इस नयी सभ्यता को कोस रही है, उसे शाप दे रही हैं। व्यक्ति स्वातंत्र्य, धर्म विश्वास की स्वाधीनता अपनी अन्तरात्मा के आदेश पर चलने की आजादी वह इन सबकी घातक, गला घोंट देनेवाली बतायी जा रही है। उस पर नये-नये लांछन लगाये जा रहे हैं नयी-नयी हुरमतें तराशी जा रही हैं। वह काले से काले रंग में रंगी जा रही है। कुत्सित रूप में चित्रित की जा रही है। उन सभी साधनों से जो पैसेवालों के लिए सुलभ हैं, काम लेकर उनके विरुद्ध प्रचार किया जा रहा है; पर सच्चाई है जो इस सारे अंधकार को चीर कर दुनिया में अपनी ज्योति का उजाला फैला रही है।

निस्सन्देह इस नयी सभ्यता ने व्यक्ति-स्वातंत्र्य के पंजे, नाखून और दाँत तोड़ दिये हैं। उसके राज्य में अब एक पूँजीपति लाखों मजदूरों का खून पाकर मोटा नहीं हो सकता। उसे अब यह आज़ादी नहीं कि अपने नफे के लिए साधारण आवश्यकता की वस्तुओं के दाम चढ़ा सके, दूसरे अपने माल की खपत करने के लिए युद्ध करा दे, गोला-बारूद और युद्ध-सामग्री बनाकर दुर्बल राष्ट्रों का दमन कराये। अगर इसकी स्वाधीनता ही स्वाधीनता है तो निस्सन्देह नयी सभ्यता में स्वाधीनता नहीं; पर यदि स्वाधीनता का अर्थ यह है कि जनसाधारण की हवादार मकान, पुष्टिकर भोजन, साफ-

सुथरे गाँव, मनोरंजन और व्यायाम की सुविधाएँ, बिजली के पंखे और रोशनी, सस्ता और सद्यः सुलभ न्याय की प्राप्ति हो, तो इस समाज-व्यवस्था में जो स्वाधीनता और आज़ादी है, वह दुनिया की किसी सभ्यतम कहलाने वाली जाति को भी सुलभ नहीं है, धर्म की स्वतन्त्रता का अर्थ अगर पुरोहित, पादरियों, मुल्लाओं की मुफ्तखोर जमात के दंभमय उपदेशों और अंधविश्वास-जनित रूढ़ियों का अनुसरण है, तो निस्सन्देह वहां इस स्वातंत्र्य का अभाव है, पर धर्म स्वातंत्र्य का अर्थ यदि लोकसेवा, सहिष्णुता, समाज के लिए व्यक्ति का बलिदान, नेकनीयती, शरीर और मन की पवित्रता है, तो इस सभ्यता में धर्माचरण की स्वाधीनता है और किसी देश को उसके दर्शन भी नहीं हो सकते।

जहाँ धन की कमी-बेशी के आधार पर असमानता है वहां ईर्ष्या, जोर-ज़बर्दस्ती, बेइमानी, झूठ, मिथ्या, अभियोग-आरोप, वेश्या-वृत्ति, व्यभिचार और सारी दुनिया की बुराइयाँ अनिवार्य रूप से मौजूद हैं। जहाँ धन का आधिक्य नहीं, अधिकांश मनुष्य एक ही स्थिति में हैं, वहाँ जलन क्यों हो और जब्र क्यों हो और सतीत्व-विक्रय क्यों हो और व्यभिचार क्यों हो? झूठे मुकदमे क्यों चलें और चोरी-डाके की वारदातें क्यों हों? वे सारी बुराइयाँ तो दौलत की देन हैं, पैसे के प्रसाद हैं। महाजनी सभ्यता ने इनकी सृष्टि की है। वही इनको पालती है और वही यह भी चाहती है कि जो दलित, पीड़ित और विजित हैं, वे इसे ईश्वरीय विधान समझ कर अपनी स्थिति पर संतुष्ट रहें। उनकी ओर से तनिक भी विरोध विद्रोह का भाव दिखाया गया, तो उनका सिर कुचलने के लिये पुलिस है, अदालत है, काला पानी है। आप शराब पीकर उसके नशे से बच नहीं सकते। आग लगाकर चाहें कि लपटें न उठें, असम्भव है। पैसा अपने साथ यह सारी बुराइयाँ लाता है, जिन्होंने दुनिया को नरक बना दिया। इस पैसा-पूजा को मिटा दीजिए, सारी बुराइयाँ अपने आप मिट जाएँगी। जड़ न खोद कर केवल फुनगी की पत्तियाँ तोड़ना बेकार है। यह नयी सभ्यता धनाढ्यता को हेय और लज्जा-जनक तथा घातक विष समझती है। वहाँ कोई आदमी अमीर ढंग से रहे तो लोगों की ईर्ष्या का पात्र नहीं होता, बल्कि तुच्छ और हेय समझा जाता है। गहनों से लदकर कोई स्त्री सुन्दर नहीं बनती, घृणा की पात्र बनती है। साधारण जन-समाज से ऊँचा रहन-सहन रखना वहाँ बेहूदगी समझी जाती है। शराब पी कर वहाँ बहका नहीं जा सकता, अधिक मद्यपान वहाँ दोष समझा जाता है, धार्मिक दृष्टि से नहीं, किन्तु शुद्ध सामाजिक दृष्टि से; क्योंकि शराबखोरी से आदमी में धैर्य और कष्ट सहन, अध्यवसाय और श्रमशीलता का अन्त हो जाता है।

हाँ, इस समाज-व्यवस्था ने व्यक्ति को यह स्वाधीनता नहीं दी है कि वह जनसाधारण को अपनी महत्त्वाकांक्षाओं की तृप्ति का साधन बनाये और तरह-तरह के बहानों से उनकी मेहनत का फ़ायदा उठाये या सरकारी पद प्राप्त करके मोटी-मोटी रकमें उड़ाये और मूँछों पर ताव देता फिरे। वहाँ ऊँचे से ऊँचे अधिकारी की तनख्वाह भी उतनी ही है, जितनी एक कुशल कारीगर की। वह गगनचुम्बी प्रासादों में नहीं

रहता, तीन-चार कमरों में ही उसे गुजर करना पड़ता है। उसकी श्रीमती जी रानी साहबा या बेगम बनी हुई स्कूलों में इनाम बाँटती नहीं फिरतीं; बल्कि अक्सर मेहनत-मजदूरी या किसी अखबार के दफ्तर में काम करती हैं। सरकारी पद पाकर वह अपने को लाट साहब नहीं बल्कि जनता का सेवक समझता है। महाजनी सभ्यता का प्रेमी इस समाज-व्यवस्था को क्यों पसन्द करने लगा जिसमें उसे दूसरों पर हुकूमत जताने के लिए सोने-चाँदी के ढेर लगाने की सुविधाएँ नहीं? पूँजीपति और जमींदार तो इस सभ्यता की कल्पना से ही कांप उठते हैं। उनकी जूड़ी का कारण हम समझ सकते हैं। पर जब वह लोग भी उसकी खिल्ली उड़ाने और उस पर फ़बतियाँ कसने लगते हैं, जो अनजान में महाजनी सभ्यता का उल्लू सीधा कर रहे हैं, तो हमें उनकी दास-मनोवृत्ति पर हँसी आती है। जिसमें मनुष्यता, आध्यात्मिकता, उच्चता और सौन्दर्यबोध है, वह कभी ऐसी समाज-व्यवस्था की सराहना नहीं कर सकता, जिसकी नींव लोभ, स्वार्थपरता और दुर्बल मनोवृत्ति पर खड़ी हो। ईश्वर ने तुम्हें विद्या और कला की संपत्ति दी है, तो उसका सर्वश्रेष्ठ उपयोग यही है कि उसे जन-समाज की सेवा में लगाओ, यह नहीं कि उससे जन-समाज पर हुकूमत चलाओ, उसका खून चूसो और उल्लू बनाओ।

धन्य है वह सभ्यता, जो मालदारी और व्यक्तिगत संपत्ति का अन्त कर रही है, और जल्दी या देर से दुनिया उसका पदानुसरण अवश्य करेगी। यह सभ्यता अमुक देश की समाज-रचना अथवा धर्म-मजहब से मेल नहीं खाती या उस वातावरण के अनुकूल नहीं है—यह तर्क नितांत असंगत है। ईसाई मजहब का पौधा यरुशलम में उगा और सारी दुनिया उसके सौरभ से बस गयी। बौद्ध-धर्म ने उत्तर-भारत में जन्म ग्रहण किया और आधी दुनिया ने उसे गुरुदक्षिणा दी। मानव-समाज अखिल विश्व में एक ही है। छोटी-मोटी बातों में अन्तर हो सकता है; पर मूलस्वरूप की दृष्टि से सम्पूर्ण मानव जाति में कोई भेद नहीं। जो शासन-विधान और समाज-व्यवस्था एक देश के लिये कल्याणकारी है, वह दूसरे देशों के लिए भी हितकर होगी। हाँ, महाजनी सभ्यता और उसके गुर्गे अपनी शक्ति भर उसका विरोध करेंगे, उसके बारे में भ्रमजनक बातों का प्रचार करेंगे, जन-साधारण को बहकावेंगे, उनकी आँखों में धूल झोंकेंगे; पर जो सत्य है एक न एक दिन उसकी विजय होगी और अवश्य होगी।

■